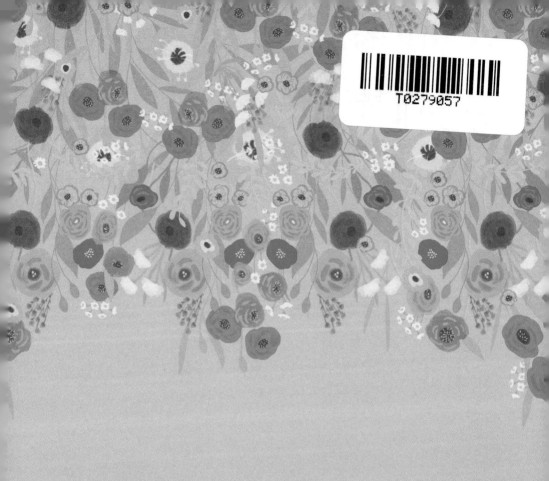

ANA *de* ÁLAMOS VENTOSOS

ALMA CLÁSICOS ILUSTRADOS

ANA *de* ÁLAMOS VENTOSOS

L. M. MONTGOMERY

Traducción de Catalina Martínez Muñoz

Ilustrado por
Giselfust

Título original: *Anne of Windy Poplars*

© de esta edición:
Editorial Alma
Anders Producciones S.L., 2023
www.editorialalma.com

  @almaeditorial

© de la traducción: Catalina Martínez Muñoz, 2023

© de las ilustraciones: Giselfust, 2023.
Ilustradora representada por IMC Agencia Literaria.

Diseño de la colección: lookatcia.com
Diseño de cubierta: lookatcia.com
Maquetación y revisión: LocTeam, S.L.

ISBN: 978-84-18933-48-6
Depósito legal: B10686-2023

Impreso en España
Printed in Spain

Este libro contiene papel de color natural de alta calidad que no amarillea (deterioro por oxidación) con el paso del tiempo y proviene de bosques gestionados de manera sostenible.

ÍNDICE

EL PRIMER AÑO

Capítulo I

(Carta de Ana Shirley, licenciada en Humanidades, directora del Instituto Summerside, a Gilbert Blythe, estudiante de Medicina en Redmond College, Kingsport.)

Los Álamos Ventosos
Callejón de los Espíritus
Summerside, Isla del Príncipe Eduardo

Lunes, 12 de septiembre

Cariño:

¡Qué dirección la mía! ¿Habías oído alguna vez un nombre más delicioso? Mi nueva casa se llama Los Álamos Ventosos, y me encanta. También me encanta el Callejón de los Espíritus, que a efectos legales no existe. Debería llamarse calle Trent, pero nunca se ha llamado así, salvo en las raras ocasiones en que la mencionan en el *Weekly Courier,* y en esos casos la gente se mira y pregunta: «¿Dónde narices está eso?». Bueno, el caso es que se llama Callejón de los Espíritus, aunque no sabría decir por qué. Se lo he preguntado a Rebecca Dew, pero solo sabe que siempre se ha llamado así y que hace años se contaba una antigua leyenda que decía que la calle estaba embrujada. Pero Rebecca nunca ha visto por aquí nada con peor pinta que ella misma.

Bueno, no quiero anticiparme. Todavía no conoces a Rebecca Dew. Pero la conocerás, ya lo creo que sí: la conocerás. Preveo que va a estar muy presente en mi correspondencia futura.

Es la hora del crepúsculo, cariño. (Por cierto, ¿verdad que «crepúsculo» es una palabra preciosa? Me gusta más que «atardecer». Suena como aterciopelada, sombría y... y... *crepuscular.*) De día soy parte del mundo... de noche del sueño y la eternidad. Pero en el crepúsculo estoy libre de todo y soy únicamente mía... y *tuya.* Así que voy a reservar esta hora como un momento sagrado para escribirte. Aunque esta no será una carta de amor. Tengo la pluma mellada y no puedo escribir cartas de amor con una pluma que araña... o una pluma afilada... o una pluma roma. O sea que solo te escribiré cartas de amor cuando tenga la pluma perfecta. De momento voy a hablarte de mi nuevo domicilio y de su gente. Son un encanto, Gilbert.

Vine ayer a buscar una pensión. La señora Rachel Lynde me acompañó, supuestamente para hacer unas compras, aunque en realidad sé que vino para elegir ella mi alojamiento. Aunque soy licenciada en Humanidades, la señora Lynde me sigue considerando una chica sin experiencia a la que hay que guiar, dirigir y supervisar.

Vinimos en tren y, ¡ay, Gilbert!, tuve una aventura divertidísima. Ya sabes que a mí las aventuras me llegan sin que las busque. Parece que las atraigo de algún modo.

La cosa ocurrió cuando el tren estaba a punto de parar en la estación. Me levanté y, al inclinarme para sacar la maleta de la señora Lynde (que pensaba pasar el domingo con una amiga en Summerside), apoyé los nudillos en lo que me pareció el reluciente reposabrazos de un asiento. Al instante noté un golpe tan violento en los nudillos que casi me hizo gritar. Lo que había tomado por el reposabrazos de un asiento, Gilbert, era la calva de un pasajero. Me lanzó una mirada furibunda, con toda la pinta de que lo había despertado. Le pedí disculpas humildemente y bajé del tren lo antes posible. Cuando lo miré por última vez seguía furioso. La señora Lynde se quedó horrorizada, y yo sigo con los nudillos doloridos.

No esperaba tener demasiadas dificultades para encontrar una pensión, porque una tal señora de Tom Pringle aloja desde hace quince años a las sucesivas directoras del instituto. Pero, por alguna razón que desconozco, de repente se ha cansado de que «le den la lata» y no quiso aceptarme. En otras pensiones igual de apetecibles me despacharon con excusas corteses.

Otras no eran apetecibles. Estuvimos toda la tarde dando vueltas por la ciudad, con calor, cansancio, desánimo y dolor de cabeza... al menos yo. Estaba desesperada y a punto de darme por vencida cuando ¡apareció el Callejón de los Espíritus!

Pasamos a saludar a la señora Braddock, una antigua amiga de Rachel Lynde. Y fue ella quien nos dijo que a lo mejor «las viudas» me aceptaban.

—He oído que necesitaban una inquilina para pagar el sueldo a Rebecca Dew. No pueden permitirse conservar a Rebecca si no ingresan algún dinerillo extra. Y, si Rebecca se va, ¿quién va a ordeñar a esa vaca alazana?

La señora Braddock me miró con severidad, como si pensara que quizá me tocaría a mí ordeñar a la vaca pelirroja pero no me creyera capaz, aunque se lo jurase.

—¿Qué viudas son esas? —preguntó la señora Lynde.

—Pues la tía Kate y la tía Chatty —contestó su amiga, como si todo el mundo, incluso una ignorante licenciada en Humanidades, tuviera que saberlo—. La tía Kate es la señora de Amasa MacComber (la viuda del capitán) y la tía Chatty es la señora de Lincoln MacLean, una viuda a secas. Pero todo el mundo las llama «tías». Viven al final del Callejón de los Espíritus.

¡El Callejón de los Espíritus! No había más que hablar. Supe que tenía que vivir con las viudas.

—Vamos a verlas ahora mismo —le rogué a la señora Lynde. Tenía la sensación de que, si no nos dábamos prisa, el Callejón de los Espíritus se desvanecería en el mundo de las fantasías.

—Vayan a verlas, pero será Rebecca quien decidirá si la aceptan o no. Rebecca Dew es quien manda en Los Álamos Ventosos, se lo aseguro.

¡Los Álamos Ventosos! No podía ser verdad... no, era imposible. Me pareció que estaba soñando. Y la señora Rachel no tardó en señalar que era un nombre muy raro para una casa.

—Ah, se lo puso el capitán MacComber. La casa era suya. Plantó todos los álamos y estaba orgullosísimo de ellos, aunque rara vez venía a casa y nunca se quedaba mucho tiempo. La tía Kate decía que era una lástima, pero nunca llegamos a saber si se refería a que se quedara tan poco tiempo en casa o a que viniera. Bueno, señorita Shirley, espero que lo consiga.

Rebecca Dew es una buena cocinera y un genio de las patatas frías. Si le cae en gracia vivirá usted como una reina. Si no... le dirá que no, y listo. Parece ser que hay un banquero nuevo en la ciudad que busca pensión, y puede que Rebecca lo prefiera. Es raro que la señora Pringle no la haya aceptado. Summerside está lleno de Pringle y medio Pringle. Los llaman «la Familia Real», y como no se lleve usted bien con ellos, señorita Shirley, nunca le irá bien en el Instituto Summerside. Los Pringle siempre han llevado la voz cantante por aquí... Incluso hay una calle que lleva el nombre del capitán Abraham Pringle. Son un clan, pero las dos señoras de El Arcedal son quienes mandan en la tribu. He oído decir que tienen algo contra usted.

—¿Por qué? —exclamé—. No me conocen de nada.

—Porque un primo tercero suyo aspiraba al puesto de director y todos creían que iban a dárselo. Cuando la eligieron a usted, la tropa puso el grito en el cielo. Bueno, la gente es así. Hay que aceptarlos como son, ya sabe usted. La tratarán con guante de seda, pero estarán tramando algo contra usted a todas horas. No quiero desanimarla, pero la prevengo para que se prepare. Espero que lo haga usted bien aunque solo sea para fastidiarlos. Si las viudas la aceptaran, no le molestará comer con Rebecca Dew, ¿verdad? En realidad no es una criada. Es una prima lejana del capitán. No se sienta a la mesa cuando hay invitados... sabe estar en su sitio... pero si se aloja usted en la casa no la considerarán una invitada, claro.

Le aseguré a la preocupada señora Braddock que me encantaría comer con Rebecca Dew y me llevé a la fuerza a la señora Lynde. Tenía que adelantarme al banquero.

La señora Braddock nos acompañó a la puerta.

—Y no hiera usted los sentimientos de la tía Chatty. Es muy fácil herir sus sentimientos. Es muy susceptible, la pobrecilla. Es que no tiene tanto dinero como la tía Kate... aunque tampoco es que la tía Kate tenga demasiado. Además, la tía Kate tenía mucho cariño a su marido... al suyo propio, quiero decir... pero la tía Chatty no... no le tenía cariño al suyo, quiero decir. ¡Normal! Lincoln MacLean era un viejo chiflado... y ella cree que la gente lo paga con ella. Es una suerte que hoy sea sábado. Si fuera viernes, la tía Chatty ni siquiera consideraría la posibilidad de aceptarla. Dirá usted que la tía Kate es supersticiosa, ¿verdad? Los marinos lo son. Pero estamos hablando de la tía Chatty... aunque su marido era carpintero. Era muy guapa de joven, pobrecilla.

Le aseguré a la señora Braddock que los sentimientos de la tía Chatty serían sagrados para mí, pero aun así nos siguió por el jardín.

—Kate y Chatty no fisgarán en sus cosas cuando no esté usted en casa. Son muy respetuosas. Rebecca Dew puede que sí, pero no dirá nada. Y yo, en su lugar, no entraría por la puerta principal. Solo la usan para cosas muy importantes. Creo que no la han vuelto a abrir desde el funeral de Amasa. Entre y salga por la puerta lateral. Guardan la llave debajo de una maceta que hay en el alféizar de la ventana, así que, si no hay nadie en casa, abra la puerta, pase y espere. Y no se le ocurra elogiar al gato, porque a Rebecca Dew no le gusta nada.

Prometí que no elogiaría al gato y por fin nos despedimos. No tardamos en llegar al Callejón de los Espíritus. Es un callejón muy pequeño, que da al campo, y a lo lejos hay un monte azulado que hace un telón de fondo precioso. A un lado no hay ninguna casa, y el campo baja hasta el puerto. Al otro lado hay solo tres. La primera es simplemente una casa... sin más que añadir. La segunda es una mansión de ladrillo rojo, imponente y tétrica, con unas mansardas que parecen verrugas y con claraboyas en el tejado, una barandilla de hierro en la terraza y tantas píceas y abetos alrededor que la casa apenas se ve. Debe de ser oscurísima. Y la tercera es Los Álamos Ventosos: está justo en la esquina, con la hierba del callejón delante y un camino rural al otro lado que se pone precioso con la sombra de los árboles.

Me enamoré nada más verla. Ya sabes que hay casas que te impresionan a simple vista, aunque no sepas explicar por qué. Los Álamos Ventosos es de ese tipo. Podría describirla diciendo que es de madera blanca... muy blanca... con las persianas verdes... muy verdes... una «torre» en la esquina y una mansarda al otro lado, separada del callejón por un muro de piedra bajo, con una hilera de álamos temblones a lo largo, y detrás un jardín grande y un huerto, donde las frutas y verduras crecen deliciosamente juntas... aunque no creo que con esto pueda transmitirte todo su encanto. Es una casa con una personalidad cautivadora, y se da un aire a Tejas Verdes.

—Este sitio es para mí… me estaba predestinado —dije, maravillada.

La señora Lynde me miró como si no se fiara de la predestinación.

—Estarás muy lejos del instituto —señaló, dudosa.

—Eso me da igual. Será un buen ejercicio. Ah, mire ese abedul y ese arce tan bonitos, ahí enfrente.

La señora Lynde miró y se limitó a decir:

—Espero que no te coman los mosquitos.

Yo también lo esperaba. No soporto a los mosquitos. Un solo mosquito me impide dormir más que la mala conciencia.

Me alegré de no tener que entrar por la puerta principal. Imponía mucho: es un portón muy grande de madera, con la veta a la vista, de doble hoja y con paneles de cristal con flores rojas. No se corresponde en nada con la casa. La puertita lateral verde, a la que llegamos recorriendo un camino muy bonito de losas de arenisca, hundidas a intervalos en la hierba, me pareció mucho más acogedora y amable. El camino estaba bordeado de arriates, cuidadísimos y muy bien colocados. Había cintas, dicentras, flores de lazo atigradas, claveles del poeta, artemisa, alhelíes blancos, crisantemos rojos y blancos, y lo que la señora Lynde llama «pionías». Naturalmente, no todas estaban en flor en esta época del año, pero se notaba que habían florecido muy bien en su momento. En una esquina, al fondo, había una rosaleda, y entre Los Álamos Ventosos y la tétrica casa de ladrillo de al lado todo estaba cubierto de parra virgen, con una pérgola en forma de arco sobre una puerta verde y despintada en el centro. Una rama de la parra colgaba justo delante de la puerta, lo que indicaba que no se abría desde hacía algún tiempo. En realidad es solo media puerta, porque la mitad superior era una simple abertura alargada que dejaba entrever un jardín selvático al otro lado.

Nada más entrar por la cancela del jardín vi una matita de tréboles que crecían al borde del camino. Algo me impulsó a agacharme y a mirarlos. ¿Te lo puedes creer, Gilbert? Ahí mismo, delante de mis ojos, ¡había tres tréboles de cuatro hojas! ¡Para que luego digan de los augurios! Ni siquiera los Pringle pueden luchar contra eso. Y me convencí de que el banquero no tenía la más mínima posibilidad.

La puerta lateral estaba abierta, así que era evidente que había alguien en la casa y no tuvimos que buscar la llave debajo de la maceta. Tocamos con los nudillos y salió Rebecca Dew. Supimos que era ella, porque no podía ser nadie más en el mundo. Y no podía tener otro nombre.

Rebecca Dew tiene «unos cuarenta» y si un tomate tuviera el pelo negro y retirado de la frente, unos ojillos negros y centelleantes, la nariz diminuta y respingona, y la boca como una ranura, sería idéntico a ella. Lo tiene todo un poco corto... los brazos y las piernas... el cuello y la nariz... Todo menos la sonrisa. La sonrisa es tan larga que le llega de oreja a oreja.

Pero en ese momento no le vimos la sonrisa. Se puso muy seria cuando pregunté si podía ver a la señora MacComber.

—¿Se refiere a la señora del *capitán* MacComber? —preguntó con reproche, como si hubiera allí lo menos media docena de señoras MacComber.

—Sí —asentí, con humildad. Y con esto nos llevó a la sala de estar y allí nos dejó. Era una salita preciosa, algo recargada de tapetes en los respaldos, pero me gustó su aire apacible y acogedor. Cada pieza del mobiliario tenía su sitio particular y llevaba años ocupándolo. ¡Cómo relucían los muebles! Ningún abrillantador podía sacarles ese brillo de espejo. Supe que era el resultado del arduo esfuerzo de Rebecca Dew. Sobre la repisa de la chimenea había un barco de vela dentro de una botella que interesó mucho a la señora Lynde. No entendía cómo habían conseguido meterlo ahí. De todos modos, dijo que le daba a la sala un «aire náutico».

Llegaron las viudas. Me cayeron bien a simple vista. La tía Kate era alta, delgada, con el pelo gris y gesto adusto. Del estilo exacto de Marilla. Y la tía Chatty era bajita, delgada, con el pelo gris y gesto melancólico. Si era muy guapa, como decían, de su belleza ya no queda nada aparte de los ojos. Son preciosos: castaños, grandes y dulces.

Expliqué el motivo de mi visita y las viudas cruzaron una mirada.

—Tenemos que consultarlo con Rebecca Dew —dijo la tía Chatty.

—Indudablemente —asintió la tía Kate.

Y llamaron a Rebecca Dew, que estaba en la cocina. El gato vino con ella: un maltés grande y esponjoso con el pecho blanco y un collar blanco.

Me habría gustado acariciarlo, pero me acordé de la advertencia de la señora Braddock y no le hice ni caso.

Rebecca me miró sin el menor atisbo de sonrisa.

—Rebecca —dijo la tía Kate, quien, yo ya me había dado cuenta, no malgasta palabras—. La señorita Shirley quiere alojarse en casa. Yo creo que no podemos aceptarla.

—¿Por qué no? —preguntó Rebecca Dew.

—Me temo que sería demasiado trabajo para ti —añadió la tía Chatty.

—Yo estoy acostumbrada al trabajo —replicó Rebecca Dew. No puedes separar el nombre del apellido, Gilbert. Es imposible... Aunque las viudas lo hacen. La llaman Rebecca cuando hablan con ella. No sé cómo lo consiguen.

—Somos muy mayores para tener gente joven entrando y saliendo —insistió la tía Chatty.

—Hable por usted —protestó Rebecca Dew—. Yo solo tengo cuarenta y cinco años y estoy en pleno uso de mis facultades. Y creo que sería agradable tener en casa a una persona joven. Siempre una chica mejor que un chico. El chico fumaría día y noche... nos quemaría las camas. Si quieren un huésped, mi consejo es que la acepten a ella. Pero, claro, la casa es suya.

Dicho esto se desvaneció... como le gustaba repetir a Homero. Supe que no había más que hablar, pero la tía Chatty propuso que subiera a ver si me gustaba mi habitación.

—Te daremos la habitación de la torre, hija. No es tan grande como la de invitados, pero tiene salida de humos para poner una estufa en invierno y unas vistas mucho más bonitas. Desde allí se ve el cementerio.

Sabía que me encantaría la habitación: su simple nombre, «habitación de la torre», me emocionaba. Me sentí como si viviéramos en esa canción antigua que cantábamos en la escuela de Avonlea, la de la doncella que «vivía en la alta torre junto al mar gris». Resultó ser una preciosidad. Subimos un pequeño tramo de escaleras que salía del recodo del rellano. Era un cuartito bastante pequeño, aunque ni de lejos tan pequeño como ese dormitorio horrible que tuve el primer año en Redmond. Tenía dos ventanas, una claraboya que miraba al oeste y una abuhardillada que miraba al norte, y en el rincón que formaba la torre había otra ventana de tres hojas, que se abría hacia fuera, y debajo unas estanterías para mis libros. El suelo estaba alfombrado con esteras redondas, la cama era grande, con dosel y un edredón de «ganso» tan bien puesto y alisado que daba pena estropearlo para dormir. Y, Gilbert, es una cama tan alta que tengo que subir con ayuda de una curiosa escalerilla portátil que de día se guarda debajo. Parece ser que el capitán MacComber compró el mueble en el extranjero y lo trajo a casa.

Había un armarito de esquina muy bonito, con las baldas forradas de papel con festones blancos y unos ramos de flores pintados en la puerta. En el asiento de la ventana había un cojín azul: un cojín redondo con un botón hundido en el centro que parecía una rosquilla enorme. Y había un lavabo precioso, con dos estantes, el de arriba con el tamaño justo para la jofaina y el aguamanil, que era azul como el huevo de un petirrojo, y el de abajo con una jabonera y una jarra para el agua caliente. Tenía un cajón con el tirador de bronce, lleno de toallas, y encima del cajón una repisa en la que había una damisela de porcelana blanca, con zapatitos rosas, un fajín dorado y una rosa de porcelana roja en el pelo rubio.

Todo era dorado, por la luz que entraba a través de las cortinas de color maíz, y las sombras de los álamos temblones formaban un tapiz extraordinario en las paredes, blanqueadas con cal: un tapiz vivo, tembloroso y siempre cambiante. Me pareció una habitación *feliz*. Me sentí como si fuera la chica más rica del mundo.

—Aquí estarás segura, te lo digo yo —me aseguró la señora Lynde cuando salimos.

—Creo que algunas cosas me agobiarán un poco, después de haber vivido con tanta libertad en la Casa de Patty —dije, para chincharla.

—¡Libertad! —resopló—. ¡Libertad! No hables como una yanqui, Ana.

Hoy he traído todos mis bártulos. No tenía ganas de irme de Tejas Verdes. Aunque pase largas temporadas lejos de allí, en cuanto vuelvo de vacaciones me siento parte de esa casa, como si nunca me hubiera marchado, y me duele muchísimo dejarla. Pero sé que esta casa me gustará. Y que yo le gusto. Siempre sé si a una casa le gusto o no.

Las vistas de mi ventana son una maravilla... incluso el cementerio, rodeado por una hilera de abetos oscuros, al que se llega por un sendero sinuoso que discurre al lado de una acequia. Por la ventana que da al oeste veo desde el puerto hasta las costas envueltas en la bruma a lo lejos, con esos veleros que me encantan y los barcos que zarpan «hacia puertos desconocidos»... ¡Qué frase tan fascinante! ¡Cuánto espacio para la imaginación ofrece! Desde la ventana norte veo el abedul y el arce que están al otro lado del callejón. Ya sabes que siempre he venerado a los árboles. Cuando estudiamos a Tennyson en clase de literatura, en Redmond, me daba muchísima pena un poema en el que la pobre Enone lloraba por sus pinos talados.

Más allá de la arboleda y el cementerio hay un valle precioso, por el que serpentea un camino como un lazo de raso rojo, salpicado de casas blancas. Hay valles que son una preciosidad... no sabes decir por qué. El mero hecho de mirarlos te llena de placer. Y detrás del valle está mi monte azul. Voy a llamarlo el Rey de la Tormenta: la pasión dominante y esas cosas.

Aquí arriba puedo estar muy sola cuando quiero. Ya sabes que es precioso estar a solas de vez en cuando. Los vientos serán mis amigos. Gemirán, suspirarán y murmurarán alrededor de mi torre... Los vientos blancos del invierno... los vientos verdes de la primavera... los vientos azules del verano... los vientos escarlata del otoño... y los vientos salvajes de todas las estaciones... «El viento tempestuoso cumple su palabra.» Cuánta emoción me ha producido siempre ese versículo de la Biblia... como si todos y cada uno de los vientos tuvieran un mensaje que darme. Siempre sentí envidia del chico que se fue volando con el viento del norte en ese cuento tan bonito de George MacDonald. Una noche, Gilbert, abriré la ventana de la torre y me echaré en los brazos del viento... y Rebecca Dew nunca sabrá por qué esa noche no he dormido en mi cama.

Espero que cuando encontremos «la casa de nuestros sueños», cariño, los vientos la rodeen. No sé dónde estará... esa casa desconocida. ¿Me gustará más a la luz de la luna o al amanecer? Ese futuro hogar en el que viviremos el amor, la amistad y el trabajo... y unas cuantas aventuras divertidas para reírnos cuando seamos viejos. ¡Viejos! ¿Seremos viejos algún día, Gilbert? Parece imposible.

Desde la ventana izquierda de la torre veo los tejados de la ciudad... en la que voy a vivir por lo menos un año. En esas casas vive gente que serán mis amigos, aunque todavía no los conozco. Y quizá mis enemigos. Porque gente como los Pye la hay en todas partes, con nombres de todo tipo, y ya sé que los Pringle serán duros de pelar. Mañana empiezan las clases. ¡Tengo que dar geometría! No creo que sea peor que aprenderla. Rezo para que no haya genios matemáticos entre los Pringle.

Llevo aquí solo medio día y ya me siento como si conociera a las viudas y a Rebecca Dew de toda la vida. Me han pedido que las llame «tías», y yo les he pedido que me llamen Ana. A Rebecca Dew la he llamado señorita Dew... una sola vez.

—Señorita ¿qué? —dijo.

—Dew —contesté humildemente—. ¿No es ese su apellido?

—Bueno, sí, pero no me llaman señorita Dew desde hace tanto tiempo que me ha chocado. Mejor que no vuelva a llamarme así, señorita Shirley, porque no estoy acostumbrada.

—Lo recordaré, Rebecca... Dew —añadí, sin poder evitar el Dew por más que quisiera.

La señora Braddock tenía mucha razón al decir que la tía Chatty era susceptible. Lo descubrí cenando, cuando la tía Kate hizo un comentario sobre «cuando Chatty cumplió sesenta y seis años». Al mirar de reojo a la tía Chatty vi que había... bueno, no diré que había roto a llorar. Es una expresión demasiado explosiva para describir lo que hizo. Sencillamente se desbordó. Sus grandes ojos castaños se llenaron de lágrimas que cayeron en silencio y sin esfuerzo.

—¿Y ahora qué pasa, Chatty? —preguntó la tía Kate con un deje severo.

—Cumplí solo sesenta y cinco —contestó Chatty.

—Perdona, Charlotte —se disculpó la tía Kate... Y volvió a reinar la alegría.

El gato es una preciosidad, con los ojos dorados, un elegante pelaje de gato maltés gris y suave como la seda. Las tías Kate y Chatty lo llaman Ceniciento, porque se llama así, y Rebecca Dew lo llama «el gato ese», porque no lo soporta y no soporta tener que darle un trocito de hígado por la mañana y otro por la noche, limpiar con un cepillo de dientes viejo el pelo que deja en la butaca de la sala de estar cada vez que se cuela y salir a buscarlo de noche cuando se hace tarde.

—Rebecca Dew siempre ha odiado a los gatos —me ha dicho la tía Chatty—, y a Ceniciento lo odia especialmente. El perro de la señora Campbell, que antes tenía un perro, apareció un buen día con el gato en la boca. Debió de pensar que era inútil llevárselo a la señora Campbell. Era un pobre gatito miserable, empapado y muerto de frío, con los huesitos que casi se le salían de la piel. Ni un corazón de piedra se habría negado a darle cobijo. Así que Kate y yo lo adoptamos, y Rebecca Dew nunca nos lo ha perdonado. Esa vez no fuimos nada diplomáticas. Tendríamos que habernos negado a adoptarlo. No sé si se ha dado cuenta —la tía Chatty miró de reojo hacia la puerta que estaba entre el comedor y la cocina— de cómo tratamos a Rebecca Dew.

Me había dado cuenta, y daba gusto verlo. Los vecinos de Summerside y Rebecca Dew pueden pensar que en esta casa manda ella, pero las viudas saben que no es verdad.

—No queríamos alojar al banquero... Un hombre joven nos habría alterado mucho y nos habría dado un montón de preocupaciones si no hubiera ido a la iglesia con regularidad. Pero fingimos que lo queríamos, y Rebecca Dew dijo que ni hablar. Me alegro mucho de que haya venido usted, hija. Estoy segura de que será estupendo cocinar para usted. Espero que todas le gustemos. Rebecca Dew tiene grandes cualidades. Cuando llegó, hace quince años, no se esmeraba tanto como ahora. Una vez Kate tuvo que escribir su nombre, «Rebecca Dew», en el espejo de la sala de estar para que viera el polvo que tenía. Pero bastó con una sola vez. Rebecca Dew sabe captar una indirecta. Espero que su habitación le resulte cómoda, hija. Puede dejar la ventana abierta de noche. Kate no es partidaria del aire de la noche, pero sabe que los huéspedes tienen sus privilegios. Nosotras dormimos juntas, y hemos llegado al acuerdo de que una noche dejamos la ventana cerrada, por ella, y otra noche abierta, por mí. Las pequeñas diferencias como esta siempre tienen solución, ¿no le parece? Querer es poder. No se asuste si oye a Rebecca dando vueltas de noche. Siempre oye ruidos y se levanta a investigar. Creo que por eso no quería al banquero. Temía encontrarse con él en camisón. Espero que no le moleste que Kate hable tan poco. Ella es así. Y mira que tiene cosas de que hablar... De joven anduvo por todo el mundo con Amasa MacComber. Ya me gustaría a mí tener los temas de conversación que tiene ella, pero nunca he salido de la isla del Príncipe Eduardo. Muchas veces he pensado por qué serán así las cosas: a mí me encanta hablar y no tengo nada de lo que hablar, y a Kate, que puede hablar de todo, no le gusta. Pero supongo que Dios sabrá lo que hace.

Aunque la tía Chatty es muy habladora, no dijo todo esto del tirón. Yo intercalé alguna observación cuando me pareció oportuno, aunque nada de importancia.

Tienen una vaca que pasta en la finca del señor James Hamilton, camino arriba, y Rebecca Dew sube allí a ordeñarla. Siempre hay nata, y he visto que todos los días, por la mañana y por la noche, Rebecca Dew le lleva un vaso de leche recién ordeñada por el hueco del portón del muro a la Mujer de la señora Campbell. Es para Elizabeth, una niña que necesita leche por orden del médico. Aún no he descubierto quién es esa tal Mujer y quién es Elizabeth. La señora Campbell es la inquilina y dueña de la fortaleza de al lado, que se llama Las Coníferas.

No cuento con dormir esta noche... Nunca duermo la primera noche en una cama extraña, y esta es la más extraña que he visto en mi vida. Pero da igual. Siempre me ha encantado la noche y me gustará quedarme despierta pensando en todo: pasado, presente y porvenir. Especialmente en el porvenir.

Esta es una carta cruel, Gilbert. No volveré a castigarte con una carta tan larga. Pero quería contártelo todo, para que pudieras imaginarme en este entorno. Ya ha terminado, porque la luna se está «hundiendo en la tierra de las sombras». Todavía tengo que escribir a Marilla. La carta llegará a Tejas Verdes pasado mañana, y Davy la recogerá en la estafeta y la llevará a casa. Y Dora y él se arrimarán a Marilla mientras abre el sobre, y la señora Lynde estará muy atenta... ¡Ayyyyyy! Esto me ha puesto nostálgica. Buenas noches, de esta que es, ahora y para siempre,

Tuya, con todo cariño,
Ana Shirley

Capítulo II

(Pasajes de varias cartas de la misma remitente al mismo destinatario)

26 de septiembre

¿Sabes a dónde voy a leer tus cartas? A la arboleda de enfrente del callejón. Hay una pequeña hondonada cubierta de helechos salpicados por el sol. Por la hondonada pasa un arroyuelo, y hay un tronco retorcido cubierto de musgo que me sirve de asiento y una hilera maravillosa de jóvenes abedules que son hermanos. Después, cuando tengo cierto sueño... un sueño verde y dorado, con vetas escarlata... una maravilla de sueño... le doy a mi fantasía el gusto de creer que provengo de mi secreto rincón de abedules y he nacido de la mística unión entre el más esbelto y liviano de los hermanos y la susurrante rivera. Me encanta sentarme aquí y escuchar el silencio de la arboleda. ¿Te has fijado alguna vez en la cantidad de distintos silencios que hay, Gilbert? El silencio de los bosques... el de la costa... el de las praderas... el de la noche... el de las tardes de verano... Todos distintos, entretejidos de tonos distintos. Estoy segura de que si fuera ciega e insensible al frío y al calor, sabría decir fácilmente dónde estoy por la textura del silencio que me envuelve.

Llevamos ya dos semanas de clase y lo tengo todo muy bien organizado. Pero la señora Braddock no se equivocaba: los Pringle son mi problema. Y de momento no veo exactamente cómo voy a resolverlo, a pesar de mis tréboles de la suerte. Como dice la señora Braddock, son dulces como la miel... e igual de escurridizos.

Son una especie de clan que se vigilan de cerca los unos a los otros y se pelean bastante, pero se enfrentan hombro con hombro a cualquier forastero. He llegado a la conclusión de que en Summerside hay dos tipos de personas: los que son Pringle y los que no.

Mi clase está llena de Pringle, y buena parte de los alumnos que llevan otro apellido también tienen sangre Pringle. La cabecilla parece ser Jen Pringle, una chica de ojos verdes, con un aire al que debía de tener Becky Sharp a los catorce años. Creo que está organizando sutilmente una campaña de insubordinación y falta de respeto que me va a resultar difícil afrontar. Tiene un don para poner unas caras graciosísimas, y cuando oigo que una oleada de carcajadas recorre el aula, aunque esté de espaldas, sé perfectamente quién la ha provocado, aunque por ahora no he podido pillarla. Y también es lista... ¡la muy gamberra! Sus redacciones parecen primas lejanas de la literatura y es muy brillante en matemáticas. ¡Pobre de mí! Todo lo que dice o hace tiene chispa, y ese sentido del humor podría ser un vínculo de afinidad entre nosotras si no me odiara desde el primer día. Pero como me odia, me temo que pasará mucho tiempo antes de que Jen y yo podamos reírnos *juntas* de algo.

Myra Pringle, la prima de Jen, es la belleza del instituto, y aparentemente idiota. Tiene algunas meteduras de pata divertidas... Hoy, por ejemplo, en clase de historia, dijo que los indios creían que Champlain y sus hombres eran dioses o «seres inhumanos».

Socialmente, los Pringle son lo que Rebecca Dew llama la élite de Summerside. Ya me han invitado a cenar dos veces en casa de un Pringle, porque es de buena educación invitar a cenar a una profesora nueva y los Pringle no son de los que pasan por alto este tipo de atenciones. Anoche estuve en casa de James Pringle, el padre de Jen. Tiene pinta de profesor de universidad, aunque en realidad es ignorante y estúpido. Habló mucho de «disciplina»; acompañaba la palabra dando golpecitos en el mantel con la uña de un dedo que no estaba precisamente impecable, y de vez en cuando cometía unos errores gramaticales horribles. En el Instituto Summerside siempre ha hecho falta mano dura: profesores con experiencia, preferiblemente varones. Se temía que yo fuera demasiado joven: «un defecto que no tardará en curarse con el tiempo», señaló con pesar. No dije nada, porque si hubiera abierto la boca habría hablado más de la cuenta. Así que fui tan suave y tan melosa como los Pringle, y me limité a mirarlo con aire inocente a la vez que por dentro decía: «¡Eres un viejo cascarrabias y lleno de prejuicios!».

Jen debe de haber sacado la inteligencia de su madre... que, curiosamente, me cayó bien. Jen, en presencia de sus padres, era un modelo de decoro. Pero aunque hablaba con educación, su tono era insolente. Cada vez que decía «señorita Shirley», conseguía que mi nombre sonara como un insulto. Y cada vez que me miraba el pelo, me hacía sentir como una vulgar zanahoria. Ningún Pringle, estoy segura, admitiría jamás que mi pelo pueda ser caoba.

La familia de Morton Pringle me gustó mucho más, aunque Morton Pringle en realidad nunca presta atención a lo que le dices. Te dice algo y, cuando le contestas, ya está pensando en su siguiente comentario.

La señora de Stephen Pringle... la viuda Pringle (en Summerside abundan las viudas)... me escribió ayer una carta... una carta amable y cargada de veneno. Millie tiene demasiados deberes... Millie es una niña delicada a la que no se puede sobrecargar. El señor Bell *nunca* le ponía deberes. Es una niña sensible y necesita *comprensión*. ¡El señor Bell la comprendía muy bien! La señora de Stephen Pringle está segura de que yo también sabré comprenderla si me lo propongo.

No me cabe la menor duda de que la señora de Stephen Pringle cree que soy la culpable de que a Adam Pringle hoy le sangrara la nariz en clase y tuviera que irse a casa. Y anoche me desperté y no pude volver a dormirme, porque me acordé de que se me había olvidado poner un punto sobre la i en una pregunta que escribí en la pizarra. Estoy segura de que Jen Pringle se fijó y el clan no tardará en cuchichear.

Rebecca Dew dice que todos los Pringle me invitarán a cenar: todos menos las ancianas de El Arcedal, y luego se olvidarán de mí para siempre. Como los Pringle son la élite, es posible que me condenen al ostracismo en Summerside, socialmente hablando. En fin, ya veremos. La batalla ha empezado, aunque por ahora no está ganada ni perdida. De todos modos, estoy muy disgustada. Contra los prejuicios no hay razón que valga. Sigo siendo como era de pequeña: no soporto que la gente no me acepte. No es agradable pensar que las familias de la mitad de mis alumnos me odian. Y sin ningún motivo. Es la *injusticia* lo que me duele. ¡Ahí van más cursivas! Es que unas pocas cursivas sirven de consuelo.

Al margen de los Pringle, mis alumnos me caen muy bien. Hay algunos inteligentes, ambiciosos, trabajadores y con verdadero interés por educarse. Lewis Allen se paga el alojamiento haciendo tareas domésticas en su pensión y no le da ni pizca de vergüenza. Y Sophy Sinclair hace todos los días diez kilómetros de ida y otros diez de vuelta en la yegua gris de su padre, sin silla de montar. ¡Hay que tener valor! Si puedo ayudar a una niña como Sophy, ¿qué más me dan los Pringle?

La pega es que... si no consigo ganarme a los Pringle no tendré muchas oportunidades de ayudar a nadie.

Pero me encanta Los Álamos Ventosos. No es una pensión: ¡es un hogar! Y a todas les caigo bien... también a Ceniciento, aunque a veces, cuando algo le fastidia, me lo da a entender sentándose de espaldas a mí y mirándome de vez en cuando por encima del hombro, con un ojo dorado, para ver cómo me lo tomo. No le hago muchas carantoñas cuando Rebecca Dew está delante, porque es verdad que le sienta fatal. De día es un gato hogareño, tranquilo y meditabundo, pero de noche es un animal verdaderamente raro. Rebecca dice que es porque nunca le dejan estar fuera después de que oscurezca. Le da mucha rabia tener que salir al patio a llamarlo. Dice que los vecinos se reirán de ella. Lo llama con tanta fuerza y autoridad que seguro que en el silencio de la noche se oye en todo el pueblo: «Minino... Minino... ¡MININO!». A las viudas les daría un ataque si Ceniciento no está en casa cuando se van a la cama.

—Nadie sabe lo que he pasado por culpa del gato ese... *nadie* —me ha asegurado Rebecca.

Voy a llevarme bien con las viudas. Cada día me gustan más. La tía Kate no es partidaria de las novelas, pero me ha comunicado que no tiene intención de censurar mis lecturas. A la tía Chatty le encantan las novelas. Las guarda en un «escondite» —las trae de la biblioteca municipal sin que nadie la vea—, junto a una baraja para hacer solitarios y cualquier otra cosa que no quiere que la tía Kate descubra. El escondite es un asiento que únicamente la tía Chatty sabe que es algo más que un asiento. Ha compartido el secreto conmigo, porque sospecho vivamente que quiere que la ayude y sea su cómplice. En realidad no tendría que haber necesidad de escondites en esta casa, porque nunca he visto un sitio con más armarios misteriosos. Claro que Rebecca Dew no les permite ser misteriosos. No para de limpiarlos a fondo.

—La casa no se limpia sola —se lamenta cuando una de las viudas protesta. Estoy segura de que si encontrara una novela o una baraja de naipes acabaría con ellas. Las dos cosas son horribles para su alma ortodoxa. Rebecca piensa que los naipes son los libros del diablo, y las novelas son todavía peores. Lo único que lee, aparte de su Biblia, son las columnas de sociedad del *Guardian* de Montreal. Le encanta fisgonear las casas, los muebles y la vida de los millonarios.

—Imagínese a remojo en una bañera dorada, señorita Shirley —dice con añoranza.

Pero en el fondo es un encanto. Ha encontrado, no sé dónde, un sillón de orejas muy cómodo, de brocado desvaído, que es perfecto para mi tortícolis, y me ha dicho: «Esta butaca es para usted. Se la reservaremos». Y no le deja a Ceniciento dormir en ella, para que no me llene de pelos la falda de ir a clase y dé motivos de habladurías a los Pringle.

Las tres están muy interesadas en mi anillo de perlas... y en lo que significa. La tía Kate me enseñó su anillo de compromiso (ya no puede ponérselo porque se le ha quedado pequeño) de turquesas. Y la pobre tía Chatty me confesó, con los ojos llenos de lágrimas, que nunca tuvo un anillo de compromiso... A su marido le parecía «un gasto innecesario». En ese momento estaba en mi cuarto, con una mascarilla de suero de manteca en la cara. Se la pone todas las noches para cuidarse el cutis, y me ha hecho jurar que guardaré el secreto, porque no quiere que la tía Kate lo sepa.

—Lo tomaría por una vanidad ridícula en una mujer de mi edad —explicó—. Y estoy segura de que Rebecca Dew cree que una cristiana no debería intentar ser guapa. Antes bajaba a la cocina para ponérmela cuando Kate

se iba a dormir, pero me daba miedo que Rebecca apareciera en cualquier momento. Tiene el oído de un gato, incluso dormida. Si pudiera venir aquí todas las noches a ponérmela... Ay, gracias, hija mía.

Me he enterado de algunas cosas sobre nuestras vecinas de Las Coníferas. La señora Campbell (¡que era una Pringle!) tiene ochenta años. No la he visto, pero por lo que he sabido es una señora muy adusta. Tiene una criada, Martha Monkman, casi tan vieja y adusta como ella, a la que normalmente llaman «la criada de la señora Campbell». Y su bisnieta, Elizabeth Grayson, vive con ella. Elizabeth, a la que todavía no conozco a pesar de que ya llevo aquí dos semanas, tiene ocho años y va a la escuela pública «por la puerta de atrás», por un atajo que cruza los patios, y por eso nunca me encuentro con ella al ir o venir. Su madre, que está muerta, era nieta de la señora Campbell, que también la crio de pequeña porque sus padres habían muerto. Se casó con un tal Pierce Grayson, un «yanqui», como diría la señora Rachel Lynde. Murió al nacer Elizabeth, y como Pierce Grayson tenía que irse de América enseguida, para hacerse cargo de una filial de su empresa en París, mandaron a la niña con la señora Campbell. Dicen que el padre «no soportaba ver a la niña», porque le había costado la vida a su madre, y que nunca le ha hecho caso. Puede que sean puras habladurías, porque la señora Campbell y la criada nunca dicen ni una palabra de él.

Según Rebecca, son demasiado estrictas con Elizabeth, y la niña no está a gusto con ellas.

—No es como los demás niños. Es muy mayor para tener ocho años. ¡A veces dice unas cosas! «Rebecca —me dijo un día—, imagínate que vas a meterte en la cama y notas que te muerden el tobillo.» Está claro que le da miedo acostarse en la oscuridad. Y le obligan a hacerlo. La señora Campbell dice que en su casa no puede haber cobardes. La vigilan como dos gatos a un ratón, y le dan órdenes continuamente. Si hace el más mínimo ruido, casi se desmayan. No paran de decirle, «calla, calla». Me parece a mí que la van a matar con tanto «calla, calla». ¿Qué se puede hacer con eso?

Eso me pregunto yo, ¿qué?

Me gustaría conocer a esa niña. Me da un poco de lástima. La tía Kate dice que la cuidan bien desde el punto de vista físico. De hecho dijo:

«La alimentan y la visten bien». Pero una niña no puede vivir solo de pan. Nunca me olvidaré de cómo era mi vida antes de llegar a Tejas Verdes.

Iré a casa el viernes que viene, a pasar dos días maravillosos en Avonlea. El único inconveniente es que todo el mundo me preguntará si me gusta dar clases en Summerside.

Pero, piensa en Tejas Verdes, Gilbert... En el Lago de Aguas Centelleantes, con su neblina azul... En los arces del otro lado del arroyo, que empiezan a ponerse rojos... En los helechos dorados del Bosque Encantado... Y en las sombras del atardecer en el Paseo de los Enamorados, un sitio al que le tengo tanto cariño. Ojalá estuviera ahí ahora con... con... ¿adivina con quién?

¿Sabes, Gilbert? A veces tengo la profunda sospecha de que ¡te quiero!

———— • ————

Los Álamos Ventosos
Callejón de los Espíritus
Summerside

10 de octubre

«Estimado y respetado señor...»

Así empezaba una carta de amor de la abuela de la tía Chatty. ¿No es una maravilla? ¡Qué emocionante superioridad debía de sentir el abuelo! ¿No lo preferirías a «Gilbert, cariño» y esas cosas? Aunque, en el fondo, creo que me alegro de que no seas el abuelo... o un abuelo cualquiera. Es estupendo pensar que somos jóvenes y tenemos toda la vida por delante... juntos... ¿verdad?

(Se omiten varias páginas. Es evidente que la pluma de Ana no estaba ni afilada, ni roma ni oxidada.)

Estoy sentada en el banco de la ventana de la torre, viendo cómo tiemblan los árboles sobre un cielo ámbar, con el puerto al fondo. Anoche di un paseo precioso conmigo. Necesitaba ir a cualquier parte, porque el ambiente en casa se puso algo tristón. La tía Chatty lloraba en la sala de estar, porque habían herido sus sentimientos, y la tía Kate lloraba en su dormitorio, porque era el aniversario de la muerte del capitán Amasa, y Rebecca Dew lloraba en la cocina, no he llegado a saber por qué razón. Nunca había visto llorar a Rebecca. Cuando intenté, con delicadeza, averiguar qué le pasaba, me contestó, con un gruñido, que si es que una no podía darse el gusto de llorar cuando le apetecía. Así que me fui con la música a otra parte, y la dejé dándose el gusto.

Eché a andar por el camino del puerto. Había en el aire un agradable olor a escarcha de octubre, mezclado con la deliciosa fragancia de los campos recién arados. Estuve paseando hasta que el crepúsculo dio paso a la luz de la luna de otoño. Estaba sola, pero no me sentía sola. Tuve varias conversaciones imaginarias con compañeros imaginarios y se me ocurrieron tantos epigramas que me llevé una grata sorpresa. No pude evitar alegrarme, a pesar de mis preocupaciones por los Pringle.

El ambiente me mueve a soltar un par de gritos por culpa de los Pringle. Me fastidia reconocerlo, pero las cosas no van demasiado bien en el instituto. No cabe duda de que han urdido una conspiración contra mí.

Para empezar, ningún Pringle o medio Pringle hace nunca los deberes. Y acudir a los padres no sirve de nada. Son amables, educados, evasivos. Conozco bien a todos los alumnos que no son Pringle como yo, pero el virus de la desobediencia de los Pringle está minando la moral de la clase. Una mañana encontré mi escritorio boca abajo y con los cajones patas arriba. Nadie sabía quién había sido, claro. Y nadie sabía o quería decir quién dejó otro día la caja de la que, al abrirla, salió una serpiente artificial. Pero todos los Pringle se murieron de risa al ver la cara que puse. Me imagino que parecería asustadísima.

Jen Pringle llega tarde a clase la mitad de las veces, siempre con una excusa completamente irrefutable, que me ofrece con educación y un leve gesto de insolencia en los labios. Pasa notas en clase delante de mis narices. Hoy, al ponerme el abrigo me he encontrado una cebolla pelada en el bolsillo. Me gustaría encerrar a esa chica a pan y agua hasta que aprenda a comportarse.

Lo peor, hasta la fecha, ha sido una caricatura mía que había en la pizarra una mañana, hecha con tiza blanca y el pelo *rojo*. Todos negaron que hubieran sido ellos, Jen también, pero yo sé que ella es la única de la clase que dibuja así. Estaba muy bien hecha. Mi nariz, que como sabes siempre ha sido mi único motivo de orgullo y alegría, tenía una joroba, y mi boca era la de una solterona amargada que llevara treinta años dando clase en un colegio lleno de Pringles. Pero era yo. Esa noche me desperté a las tres de la madrugada y me retorcí al recordarlo. ¿No es raro que las cosas que nos angustian de noche no sean cosas malas sino solo humillantes?

Se ha dicho de todo. Me han acusado de «suspender» a Hattie Pringle únicamente porque es una Pringle. Dicen que me río de los alumnos cuando cometen un error. (Bueno, me reí cuando Fred Pringle definió a un centurión como «un hombre que ha vivido cien años». No me pude aguantar.)

James Pringle va por ahí diciendo que «No hay disciplina en el colegio... La más mínima disciplina». Y ha circulado la noticia de que soy una «expósita».

Empiezo a toparme con el antagonismo de los Pringle en otros frentes. En lo social, además de lo académico, parece que en Summerside todos viven sometidos a los Pringle. No me extraña que los llamen la Familia Real. El viernes pasado no me invitaron a la excursión de Alice Pringle. Y cuando la señora de Frank Pringle organizó una merienda benéfica para un proyecto de la iglesia (Rebecca Dew me ha contado que las señoras van a «construir» un nuevo chapitel), fui la única chica de la iglesia presbiteriana a la que no ofrecieron sentarse a la mesa. He sabido que la mujer del párroco, que está recién llegada a Summerside, propuso que me invitaran a cantar en el coro y le contestaron que todos los Pringle se irían si entraba yo. Eso era sencillamente imposible, porque el coro se quedaría en el esqueleto y no podría continuar.

Por supuesto, no soy la única profesora que tiene dificultades con los alumnos. Cuando otros profesores me los mandan para «disciplinarlos» (¡cuánto odio esa palabra!), la mitad de los que vienen son Pringle. Pero nadie se ha quejado nunca de ellos.

Hace dos días, le pedí a Jen que se quedara después de clase para hacer un trabajo que no me había entregado adrede. A los diez minutos, el carruaje de El Arcedal aparcaba delante del instituto y la señorita Ellen estaba en

la puerta: una señora mayor, de dulce sonrisa y vestida maravillosamente, con unos elegantes guantes de encaje negros y una bonita nariz de halcón, como recién salida de una sombrerera de 1840. Lo sentía muchísimo pero ¿podía llevarse a Jen? Iba a visitar a unos amigos en Lowvale y había prometido llevarla. Jen se marchó, victoriosa, y yo volví a tomar conciencia de las fuerzas aliadas contra mí.

En mis momentos pesimistas, pienso que los Pringle son una mezcla de los Sloane y los Pye. Aunque sé que no. Creo que podrían caerme bien si no fueran mis enemigos. Son, en su mayoría, gente franca, alegre y leal. Hasta podría caerme bien la señorita Ellen. A la señorita Sarah no la he visto nunca. Hace diez años que no sale de El Arcedal.

—Está demasiado delicada —dice Rebecca Dew con desdén—. O eso cree ella. Pero el orgullo sí que lo conserva bien. Todos los Pringle son orgullosos, pero a esas dos viejas no hay quien las gane. ¡Si las oyera usted hablar de sus antepasados! Bueno, su padre, el capitán Abraham Pringle, era un anciano bien parecido. Su hermano Myrom no lo era tanto, aunque a los Pringle no se les oye hablar mucho de él. Pero mucho me temo que va a pasarlo usted mal con ellos. Cuando la toman con alguien o con algo, nunca se ha visto que cambien de opinión. Pero usted no pierda el ánimo, señorita Shirley... No pierda el ánimo.

—Ojalá consiguiera la receta de la señorita Ellen del bizcocho cuatro cuartos —suspiró la tía Chatty—. Me la ha prometido montones de veces y nunca me la da. Es una antigua receta inglesa de la familia. Son muy celosos para sus recetas.

En mis sueños más delirantes, me veo rogándole a la señorita Ellen que le pase la receta a la tía Chatty, de rodillas, y también consigo que Jen mejore sus modales. Lo que me saca de quicio es que sería muy fácil conseguirlo, si no fuera porque todo el clan respalda a Jen en sus diabluras.

(Dos páginas omitidas.)

Tu humilde servidora,
Ana Shirley

P. S.: Así firmaba las cartas de amor la abuela de la tía Chatty.

Hoy hemos sabido que anoche hubo un robo en la otra punta del pueblo. Entraron en una casa y se llevaron dinero y una docena de cucharas de plata. Así que Rebecca Dew ha ido a ver al señor Hamilton para ver si nos presta un perro. Lo atará en el porche de atrás, y me ha aconsejado que guarde con llave mi anillo de pedida.

Por cierto, me he enterado de por qué lloraba Rebecca Dew. Por lo visto había habido un altercado doméstico. Ceniciento había vuelto a «portarse mal», y ella le dijo a la tía Kate que tenía que hacer algo con el gato ese. Que le ponía los nervios de punta. Era la tercera vez en un año, y estaba segura de que lo hacía a propósito. Y la tía Kate contestó que si Rebecca dejara salir al gato cuando maúlla no habría ningún peligro de que se portara mal.

—Esto es el colmo —dijo Rebecca Dew.

De ahí las lágrimas.

La situación con los Pringle empeora poco a poco de semana en semana. Ayer escribieron en uno de mis libros una frase muy impertinente, y Homer Pringle recorrió todo el pasillo haciendo volteretas laterales al salir de clase. Además, hace poco recibí una carta anónima llena de insinuaciones desagradables. El caso es que no culpo a Jen ni por lo del libro ni por la carta. Por mala que sea, nunca se rebajaría a hacer ciertas cosas. Rebecca Dew se puso hecha una furia, y miedo me da pensar lo que les haría a los Pringle si pudiera. Ni Nerón sería capaz de superarlo. La verdad es que la comprendo, porque yo misma a veces tengo ganas de dar a todos y cada uno de los Pringle un filtro envenenado, como hacían los Borgia.

Creo que no te he hablado mucho de los demás profesores. Hay dos, como sabes: la subdirectora, Katherine Brooke, de la clase de los pequeños, y George MacKay, de la de los mayores. De George tengo poco que decir. Es un chico de veinte años, tímido y de buen carácter, con un leve y delicioso acento de las Highlands que evoca cabañas achaparradas e islas brumosas. Su abuelo era de la isla de Skye, y se lleva muy bien con sus alumnos. Por lo que lo conozco, me cae bien. Pero me temo que me va a costar tomarle aprecio a Katherine Brooke.

Katherine es una chica de unos veintiocho años, creo, aunque aparenta treinta y cinco. Me han dicho que albergaba la esperanza de ser la directora y supongo que me guarda rencor por haber conseguido el puesto, porque soy mucho más joven que ella. Es buena profesora... un poco machacona... pero no le cae bien a nadie. ¡Y le trae sin cuidado! No parece que tenga amigos ni familiares, y se aloja en una tétrica casa de la calle Temple, que es un callejón sucio. Viste con poca gracia, nunca va a actos sociales y tiene fama de «tacaña». Es muy sarcástica, y sus alumnos temen sus comentarios mordaces. Me han contado que con solo levantar las cejas negras y hablarles despacio los hace papilla. Ojalá pudiera hacer lo mismo con los Pringle. Aunque en realidad no me gustaría gobernar con miedo, como hace ella. Quiero que mis alumnos me quieran.

A pesar de que, por lo visto, no tiene ninguna dificultad para ponerlos a raya, me manda continuamente a algunos... sobre todo a los Pringle. Sé que lo hace a propósito, y estoy segurísima de que se alegra de mis penurias y le gustaría verme derrotada.

Rebecca Dew dice que nadie puede ser amiga suya. Las viudas la han invitado varias veces a cenar un domingo —son encantadoras y siempre invitan a la gente que está sola, y les ofrecen una ensalada de pollo riquísima—, pero ella nunca ha venido. Al final han renunciado, porque, como dice la tía Kate, «todo tiene sus límites».

Corren rumores de que es muy inteligente y sabe recitar —«declamar» lo llama Rebecca Dew—, pero no quiere. La tía Chatty le pidió una vez que recitara, en una cena de la iglesia.

—Nos pareció que su forma de negarse fue muy poco amable— dijo la tía Kate.

—Se limitó a gruñir —añadió Rebecca Dew.

Katherine tiene una voz ronca, casi masculina, y cuando no está de buenas parece que gruñe.

EL JARDÍN SECRETO

978-84-18933-73-8

OTRA VUELTA de TUERCA
Henry James

978-84-18933-93-6

ORGULLO y prejuicio
Jane Austen

978-84-15618-78-2

EL CONDE DE MONTECRISTO
ALEXANDRE DUMAS

978-84-18395-57-4

ALICIA
LEWIS CARROLL

978-84-18008-17-7

CUENTOS ILUSTRES
SAKI

CRIMEN y CASTIGO
FIÓDOR DOSTOYEVSKI

¡Descubre TODOS nuestros clásicos ilustrados!

...ialalma.com

...lmaeditorial

ALMA CLÁSICOS ILUSTRADOS

978-84-18933-95-0

978-84-18933-84-4

978-84-18933-75-2

978-84-18933-56-1

978-84-18933-52-3

978-84-18933-55-4

978-84-18933-53-0

978-84-18933-54-7

978-84-18008-12-2

978-84-18395-62-8

978-84-18395-83-3

9788418933479_3d

978-84-18933-89-9

978-84-18395-56-7

978-84-18395-80-2

978-84-18395-55-0

978-8418395-81-9

978-84-18933-27-1

978-84-18395-68

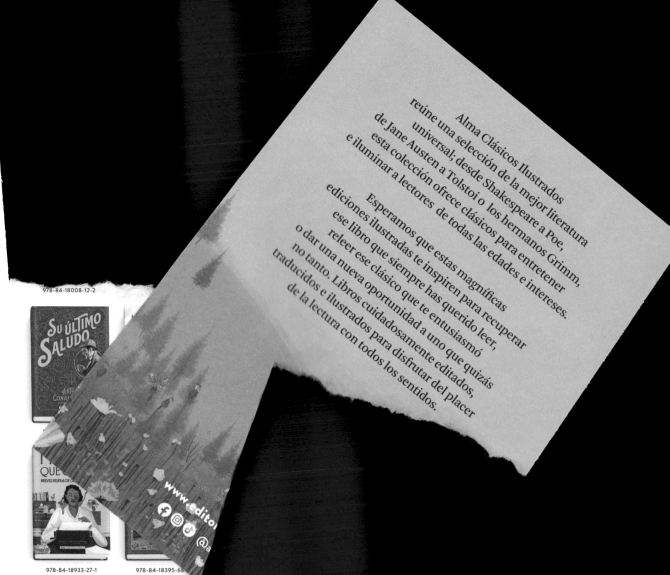

Alma Clásicos Ilustrados reúne una selección de la mejor literatura universal, desde Shakespeare a Poe, de Jane Austen a Tolstoi o los hermanos Grimm, esta colección ofrece clásicos para entretener e iluminar a lectores de todas las edades e intereses.

Esperamos que estas magníficas ediciones ilustradas te inspiren para recuperar ese libro que siempre has querido leer, releer ese clásico que te entusiasmó o dar una nueva oportunidad a uno que quizás no tanto. Libros cuidadosamente editados, traducidos e ilustrados para disfrutar del placer de la lectura con todos los sentidos.

www.editor

@a

No es guapa, aunque podría sacarse más partido. Tiene la piel morena y un pelo negro magnífico, siempre peinado hacia atrás y recogido en la nuca en un moño algo torpe. Los ojos no casan con el pelo, porque son de color ámbar claro y las cejas son negras. No debería avergonzarse de enseñar las orejas, y tiene las manos más bonitas que he visto en la vida. También tiene la boca bien dibujada. Pero viste fatal. Parece que tiene un don para elegir los colores y el corte que menos le favorecen: verdes oscuros y grises sosos, cuando es demasiado cetrina para vestir de verde y de gris, y rayas que la hacen aún más alta y delgada de lo que es. Y siempre lleva la ropa como si hubiera dormido vestida.

Tiene unos modales repelentes... Como diría Rebecca Dew, se da tantas ínfulas porque se siente inferior. Cada vez que me encuentro con ella en las escaleras tengo la sensación de que piensa cosas horribles de mí. Cada vez que hablo con ella me hace sentir que he hecho algo mal. De todos modos, me da mucha pena, aunque sé que mi compasión la sacaría de quicio. Y tampoco puedo hacer nada para ayudarla, porque no quiere ayuda. Me trata fatal. Un día, cuando estábamos los tres profesores en la sala de reuniones, hice algo que, por lo visto, era una violación de alguna norma no escrita, y Katherine me señaló, en un tono muy cortante: «A lo mejor se cree usted por encima de las normas, señorita Shirley». Otra vez, cuando propuse algunos cambios que me parecían buenos para el instituto, contestó, con una sonrisa despectiva: «No me interesan los cuentos de hadas». Una vez que hice un comentario agradable sobre su trabajo y sus métodos, preguntó: «¿A qué viene tanto dorar la píldora?».

Pero lo que más me molestó fue que... Bueno, un día se me ocurrió coger un libro suyo en la sala de profesores, eché un vistazo a la guarda y dije:

—Me alegra ver que escribe su nombre con K. Katherine es mucho más bonito que Catherine, porque la K es una letra mucho más bohemia que la C, que es tan petulante.

No dijo nada, pero la siguiente nota que me envió la firmaba: ¡Catherine Brooke!

Volví a casa echando chispas.

En realidad dejaría de intentar hacerme amiga suya si no tuviera la extraña e inexplicable sensación de que, detrás de tanta brusquedad y altivez, en el fondo tiene sed de compañía.

Entre el antagonismo de Katherine y la actitud de los Pringle, no sé qué haría si no fuera por la querida Rebecca Dew y por tus cartas... Y por la pequeña Elizabeth.

Porque he conocido a la pequeña Elizabeth. Y es un encanto.

Hace tres noches, fui a llevar el vaso de leche a la puerta del muro y la propia Elizabeth vino a recogerlo, en vez de la Mujer. La cabeza apenas asomaba por encima de la parte sólida de la puerta, y la yedra le enmarcaba la cabeza. Es una niña menuda, rubia, pálida y nostálgica. Me miró en el crepúsculo de otoño con unos ojos grandes, de color avellana tirando a dorado. Tiene el pelo entre el oro y la plata. Se lo peina con la raya en medio, alisado con un cepillo redondo en la parte de la cabeza y ondulado sobre los hombros. Llevaba un vestido de cuadros azul claro y su expresión era la de una princesa élfica. Tenía lo que Rebecca Dew llama un «aire delicado», y me pareció una niña algo desnutrida: no física sino espiritualmente. Más un rayo de luna que un rayo de sol.

—¿Eres Elizabeth? —pregunté.

—No, esta noche no —contestó, muy seria—. Esta noche me toca ser Betty, porque esta noche el mundo entero me encanta. Anoche era Elizabeth, y mañana por la noche probablemente seré Beth. Todo depende de cómo me sienta.

Reconocí enseguida a un alma gemela. Y me emocioné.

—Qué bonito es tener un nombre que puedas cambiar con tanta facilidad y aun así sentirlo tuyo.

Elizabeth asintió.

—Puedo hacer muchos nombres con mi nombre: Elsie, Betty, Bess, Elisa, Lisbeth y Beth... Aunque no Lizzie. Nunca puedo sentirme como Lizzie.

—¿Quién podría?

—¿Le parece una tontería, señorita Shirley? A mi abuela y a la Mujer sí.

—No es ninguna tontería. Me parece muy inteligente y me encanta.

Me miró con los ojos muy abiertos, por encima del borde del vaso. Tuve la sensación de que me pesaba en una secreta balanza espiritual y vi que, afortunadamente, no me encontraba defectos. Porque me pidió un favor... y esta niña no pide favores a la gente que no le gusta.

—¿Le importaría acercarme al gato y dejar que lo acaricie? —preguntó, tímidamente.

Ceniciento se estaba restregando contra mis piernas. Lo tomé en brazos, y Elizabeth, encantada, estiró la manita y le acarició la cabeza.

—Los gatitos me gustan más que los bebés —dijo, mirándome con un extraño aire retador, como si esperase escandalizarme pero tuviera que decir la verdad.

—Me imagino que no has tratado a muchos bebés y por eso no sabes lo dulces que son —contesté, sonriendo—. ¿Tienes un gatito?

Elizabeth negó con la cabeza.

—A mi abuela no le gustan los gatos. Y la Mujer los odia. Esta noche ha salido, por eso he venido yo a por la leche. Me encanta venir a por la leche, porque Rebecca Dew es muy simpática.

—¿La echas de menos esta noche? —pregunté, y me eché a reír.

Volvió a negar con la cabeza.

—No. Usted también es muy simpática. Tenía ganas de conocerla, pero me temía que el Mañana no llegaría nunca.

Nos quedamos charlando mientras Elizabeth se tomaba la leche a sorbitos y me explicaba lo que era el Mañana. La Mujer le había dicho que el Mañana no llega nunca, pero Elizabeth sabe que no es verdad. Llegará algún día. Un día precioso se despertará y verá que es mañana. No hoy sino mañana. Y entonces pasarán cosas... maravillosas. A lo mejor hasta puede hacer exactamente lo que quiera por un día, sin que nadie la vigile... Aunque creo que Elizabeth tiene la sensación de que eso es demasiado bueno para ser verdad, incluso en el Mañana. O a lo mejor descubre lo que hay al final del camino del puerto, ese camino que se enrosca como una bonita serpiente roja y, según cree Elizabeth, llega hasta el fin del mundo. A lo mejor allí está la Isla de la Felicidad. Está segura de que en alguna parte existe una Isla de la Felicidad, y de que allí están anclados todos los barcos que nunca han vuelto, y que la encontrará cuando llegue el Mañana.

—Y cuando llegue el Mañana —dijo Elizabeth—, tendré un millón de perros y cuarenta y cinco gatos. Se lo dije a mi abuela cuando no me dejó tener un gatito, señorita Shirley, y se enfadó y me dijo: «No estoy acostumbrada a que me hablen así, señorita Impertinencia». Y me mandó a la cama sin cenar, aunque yo no quería ser impertinente. Y no pude dormir, señorita Shirley, porque la Mujer me contó que conocía a una niña que se murió mientras dormía, por ser impertinente.

Cuando Elizabeth terminó de beberse la leche, se oyó un golpeteo insistente en alguna ventana, detrás de las píceas. Creo que nos estuvieron vigilando todo el tiempo. Mi niña elfa echó a correr, y los destellos de su pelo dorado se perdieron en el oscuro pasillo de las píceas.

—Es una niña muy fantasiosa —dijo Rebecca Dew cuando le conté mi aventura... Porque en parte tenía algo de aventura, Gilbert—. Un día me preguntó: «¿Le dan miedo los leones, Rebecca Dew?». Y yo le dije: «No lo sé porque nunca he visto ninguno». «Pues en el Mañana habrá leones por todas partes, pero serán buenos y amigos», dijo ella. «Te va a dar algo de mirar así», le advertí. Me miraba como si no me viera, con la mirada puesta en ese mañana suyo. «Estoy pensando cosas muy profundas, Rebecca Dew», contestó. Lo que le pasa a esa niña es que no se ríe lo suficiente.

Me acordé de que Elizabeth no se había reído ni una sola vez mientras hablábamos. Me parece que no ha aprendido a reírse. En ese caserón solitario, silencioso, nunca hay risas. Parece lúgubre y gris, incluso ahora que el mundo es una explosión de colores de otoño. La pequeña Elizabeth oye demasiados susurros perdidos.

Creo que una de mis misiones en Summerside va a ser enseñarle a reírse.

Tu más cariñosa y fiel amiga,
Ana Shirley

P. S.: ¡Esto también es de la abuela de la tía Chatty!

Capítulo III

Álamos Ventosos
Callejón de los Espíritus
Summerside

25 de octubre

Querido Gilbert:

¡He cenado en El Arcedal! ¿Qué te parece?

La señorita Ellen escribió la invitación personalmente. Rebecca Dew se puso muy nerviosa: ya empezaba a creer que no me harían ni caso. Pero estaba segura de que no me invitaban por cortesía.

—¡Sé que tienen un motivo siniestro! —exclamó.

La verdad es que a mí también se me había pasado por la cabeza.

—Asegúrese de ponerse lo mejor que tenga —me ordenó Rebecca Dew.

Así que me puse mi vestido de chalis, ese tan bonito de color crema, con violetas, y me peiné a la moda, con flequillo. Me favorece mucho.

Gilbert, las señoras de El Arcedal son encantadoras, a su manera. Incluso podría llegar a quererlas si me dejaran. El Arcedal es una casa elegante y orgullosa, rodeada de árboles y nada parecida a una vivienda corriente. En el huerto tienen el mascarón de proa de uno de los famosos barcos del capitán Abraham: el *Ve y pregúntaselo a ella,* que es la figura blanca tallada en madera de una mujer; y la escalera principal está rodeada de matas de abrótano que los primeros Pringle que emigraron trajeron de su país de origen. Uno de sus antepasados combatió en la batalla de Minden, y su espada está colgada en la pared de la sala de estar, junto al retrato del capitán Abraham. El capitán era el padre de las señoras, y salta a la vista que están orgullosísimas de él.

Sobre las repisas de las chimeneas, que son acanaladas, negras y antiguas, hay unos espejos espléndidos, además de una vitrina llena de flores de cera, cuadros que irradian la belleza de los barcos antiguos, una corona hecha con el pelo de todos los Pringle conocidos, conchas enormes, y, en la habitación de invitados, una colcha de retazos de abanicos diminutos.

Nos sentamos en la sala de estar, en sillas de caoba de Sheraton. El papel de las paredes era de rayas plateadas. Las mesas eran de mármol, y en una había una preciosa maqueta de un barco, con el casco rojo y las velas blancas como la nieve: el *Ve y pregúntaselo a ella*. La lámpara del techo era una araña gigantesca, llena de colgantes de cristal. Había un espejo redondo con un reloj en el centro... Lo había traído de «allende los mares» el capitán Abraham. Era una maravilla. Me gustaría tener un espejo parecido en la casa de nuestros sueños.

Hasta las sombras eran tradicionales y elocuentes. La señorita Ellen me enseñó millones —más o menos— de fotografías de los Pringle, muchas de ellas daguerrotipos que guardaba en estuches de cuero. De repente apareció un gato grande, de color carey, y se subió a mis rodillas, pero la señorita Ellen lo echó enseguida a la cocina. Me pidió disculpas. Aunque creo que antes se disculpó con el gato.

La señorita Ellen llevó la mayor parte de la conversación. La señorita Sarah, una mujer pequeñita, con un vestido de seda negra y enagua almidonada, el pelo blanco como la nieve y los ojos tan negros como el vestido, las venas muy marcadas en las manos delgadas, puestas en el regazo entre los delicados volantes de encaje, amable, encantadora, triste, parecía casi demasiado frágil para decir palabra. Y aun así me dio la impresión, Gilbert, de que todos los Pringle del clan, incluida la señorita Ellen, bailaban al son que ella tocaba.

Disfrutamos de una cena deliciosa. El agua estaba fría, el mantel era precioso, y la vajilla y la cristalería muy finas. Nos atendió una criada, tan altiva y aristocrática como las señoras. Pero la señorita Sarah se hacía un poco

la sorda cuando me dirigía a ella, y temía atragantarme a cada bocado. El valor me abandonó por completo. Me sentía atrapada como una pobre mosca en una tira pegajosa. Gilbert, nunca, nunca lograré conquistar o vencer a la Familia Real. Ya me veo dimitiendo en Año Nuevo. No tengo nada que hacer contra este clan.

Y al mismo tiempo, no dejaba de sentir cierta pena por las señoras al contemplar su casa. Esa casa había estado llena de vida... había nacido y muerto gente... había conocido el sueño, la desesperación, el miedo, la alegría, el amor, la esperanza y el odio. Y ahora solo quedaban para ellas los recuerdos, de los que viven, y el orgullo que les causan.

La tía Chatty está muy preocupada porque hoy, al poner unas sábanas limpias en mi cama, vio que en el centro había una arruga en forma de rombo. Está segura de que es un presagio de muerte en la familia. A la tía Kate no le ha hecho ninguna gracia semejante superstición. Yo creo que prefiero a la gente supersticiosa. Le da color a la vida. ¿No sería muy monótono el mundo si todos fuéramos sabios, sensatos y buenos? ¿De qué podríamos hablar?

Hace dos noches tuvimos una *gatástrofe*. Ceniciento pasó la noche fuera de casa, por más que Rebecca Dew lo llamó a voces en el patio. Y, cuando apareció por la mañana: ¡qué pinta traía! Llegó con un ojo completamente cerrado y un chichón del tamaño de un huevo en la mandíbula. Tenía el pelo tieso de barro y un mordisco en una almohadilla. Pero ¡qué mirada de triunfo en el ojo bueno! ¡No se arrepentía de nada! Las viudas se quedaron horrorizadas, mientras que Rebecca Dew dijo, tan contenta: «El gato ese no ha tenido una buena pelea en la vida. ¡Y estoy segura de que el otro gato ha salido peor parado!».

La niebla está subiendo del puerto esta noche y borrando la carretera roja que Elizabeth quiere explorar. En todos los jardines del pueblo están quemando rastrojos y hojas, y la mezcla de humo y niebla le da al Callejón de los Espíritus un aire mágico, misterioso y fascinante. Se hace tarde y la cama me dice: «Te estoy esperando». Me he acostumbrado a subir escaleras para entrar en la cama y a bajarlas para salir. Ay, Gilbert, esto no se lo he contado a nadie, pero me hace tanta gracia que ya no puedo aguantarme más.

La primera mañana que me desperté en Los Álamos Ventosos, me olvidé de la escalerilla y salí de la cama alegremente, de un salto. Aterricé como un saco de ladrillos: eso diría Rebecca Dew. Por suerte no me rompí nada, pero estuve una semana llena de moratones.

Elizabeth y yo ya somos muy buenas amigas. Viene todas las noches a por su vaso de leche, porque la Mujer está mala, con lo que Rebecca Dew llama *ronquitis*. Siempre me está esperando en la puerta del muro, con los ojos cargados de crepúsculo. Hablamos separadas por la puerta, que no se ha abierto desde hace años. Elizabeth se bebe el vaso de leche lo más despacio posible, para prolongar la conversación. Siempre, cuando termina la última gota, se oyen los golpes en la ventana.

He sabido que una de las cosas que ocurrirá en el Mañana es que Elizabeth recibirá una carta de su padre. Nunca ha recibido ninguna. No entiendo en qué estará pensando ese hombre.

—Es que no me soporta, señorita Shirley —me dijo Elizabeth—. Pero aun así podría escribirme.

—¿Quién te ha dicho que no te soporta? —pregunté, indignada.

—La Mujer. —Siempre que Elizabeth dice «la Mujer», me imagino una M imponente y enorme, llena de ángulos y esquinas—. Y debe de ser verdad, porque si no él vendría de vez en cuando.

Esa noche era Beth... Solo habla de su padre cuando es Beth. Cuando es Betty, le hace burla a escondidas a su abuela y a la Mujer; cuando es Elsie, se arrepiente y cree que debería confesarse, pero le da miedo. Muy rara vez es Elizabeth, y entonces pone cara de quien escucha la música de las hadas y entiende lo que dicen las rosas y los tréboles. Es una niña muy peculiar, Gilbert; tan sensible como las hojas de los álamos ventosos. Y me encanta. Me da mucha rabia que esas dos viejas horribles la obliguen a acostarse en la oscuridad.

—La Mujer dijo que ya tenía edad suficiente para dormir sin luz. Pero yo me siento muy pequeña, señorita Shirley, porque la noche es muy grande y me asusta. Y en mi cuarto hay un cuervo disecado que me da miedo. La Mujer me ha dicho que ese pájaro me sacaría los ojos a picotazos si lloraba. Yo no me lo creo, claro, pero de todos modos me asusta. Las cosas susurran de noche. Pero en el Mañana nunca le tendré miedo a nada... ¡Ni siquiera a que me rapten!

—No hay ningún peligro de que te rapten, Elizabeth.

—La Mujer dijo que sí, si iba sola a alguna parte o si hablaba con desconocidos. Pero usted no es una desconocida, ¿verdad que no, señorita Shirley?

—No, cariño. Tú yo nos conocemos desde siempre en el Mañana —contesté.

Capítulo IV

Los Álamos Ventosos
Callejón de los Espíritus
Summerside

10 de noviembre

Cariño:

Antes, la persona a la que más odiaba en el mundo era a quien me estropeaba el plumín. Pero a Rebecca Dew no puedo odiarla, a pesar de que tiene la costumbre de quitarme la pluma para copiar recetas cuando estoy en clase. Ha vuelto a hacerlo, y por eso no podré escribirte una carta larga ni cariñosa. (Queridísimo.)

El grillo ya ha cantado por última vez. Las tardes son tan fresquitas que he encendido la estufa pequeña y rechoncha de mi habitación. La subió Rebecca Dew: por eso le perdono lo de la pluma. Esa mujer puede con todo; y siempre me encuentro el fuego encendido cuando vuelvo de clase. Es una estufa muy pequeñita. Podría sujetarla entre las manos. Parece un impertinente perrito negro, con sus cuatro patas de hierro arqueadas. Pero cuando la cargas de buena madera, se pone de color rojo y da un calor estupendo. No te imaginas lo a gusto que se está. Ahora mismo estoy sentada delante de ella, con los pies en la alfombrilla diminuta, escribiendo con el papel sobre las rodillas.

Toda la gente de Summerside —más o menos— está ahora mismo en el baile de Hardy Pringle. A mí no me han invitado. Y Rebecca Dew está tan enfadada que no me gustaría nada ser Ceniciento en este momento. Pero

cuando me acuerdo de que la hija de Hardy, Myra, que es una chica guapa y sin cerebro, puso en un examen que los ángeles de la base de un triángulo isósceles son iguales, perdono al clan de los Pringle al completo. Y la semana pasada citó el «árbol genealógico» en una lista de árboles, muy en serio. Aunque, para ser justa, los Pringle no son los únicos que dicen barbaridades. Blake Fenton, hace poco, definió un caimán como «un insecto grande». ¡Estas son las cosas que hacen reír a una maestra!

Parece que esta noche va a nevar. Me gustan las tardes que anuncian nieve. El viento sopla «en torreones y árboles», y eso hace que mi acogedora habitación resulte aún más acogedora. Los álamos temblones perderán esta noche su última hoja dorada.

Creo que ya me han invitado a cenar en todas partes: me refiero a las casas de todos mis alumnos, tanto en el pueblo como en el campo. ¡Y, ay, cariño, estoy harta de las conservas de calabaza! Nunca, jamás, habrá conserva de calabaza en la casa de nuestros sueños.

Prácticamente en todas las casas en las que he cenado el último mes me han servido C. de C. La primera vez me encantó: era una cosa tan dorada que me pareció estar comiendo luz del sol en conserva, y cometí la imprudencia de decirlo. Corrió la voz de que me gustaba mucho la C. de C. y la gente la preparaba especialmente para mí. Anoche, cuando iba a casa del señor Hamilton, Rebecca Dew me aseguró que no tendría que comer C. de C., porque a los Hamilton no les gustaba. Pero cuando nos sentamos a la mesa, resultó que en el aparador estaba el inevitable cuenco de cristal tallado, rebosante de C. de C.

—No tenía conserva de calabaza —me explicó la señora Hamilton mientras me servía un buen plato—, pero me enteré de que le gustaba muchísimo, y el domingo pasado fui a ver a mi prima de Lowvale y le dije: «Esta semana viene a cenar la señorita Shirley y le gusta muchísimo la conserva de calabaza. Quería pedirte un tarro». Y me lo dio, y aquí lo tiene, y puede usted llevarse a casa lo que sobre.

Tendrías que haber visto la cara de Rebecca Dew cuando volví de casa de los Hamilton con más de medio tarro de C. de C. Aquí a nadie le gusta, así que a medianoche lo enterramos a escondidas en el jardín.

—No irá a contarlo usted en un relato, ¿verdad? —me preguntó Rebecca Dew con preocupación. Desde que sabe que escribo para las revistas de vez en cuando, vive con el miedo, o con la esperanza, no sé cuál de las dos cosas, de que cuente en un relato todo lo que pasa en Los Álamos Ventosos. Quiere que «escriba algo de los Pringle que les levante ampollas». Pero, por desgracia, son los Pringle los que levantan ampollas, y entre ellos y el trabajo apenas me queda tiempo para escribir relatos.

Ahora solo hay en el jardín hojas marchitas y tallos helados. Rebecca Dew ha protegido los rosales con paja y sacos de patatas, y al atardecer parecen exactamente un grupo de ancianos encorvados apoyados en sus bastones.

Hoy he recibido una postal de Davy, con diez besos, y una carta de Priscilla escrita en un papel que le ha enviado «un amigo de Japón»: un papel sedoso y fino, con unas marcas muy claras que parecen fantasmas, con forma de flores de cerezo. Empiezo a sospechar de ese amigo. Pero esa carta tuya, tan larga, ha sido el regalo del día. La he leído cuatro veces, para saborearla a fondo... ¡como un perro rebañando el plato! La verdad es que es un símil muy poco romántico, pero es lo primero que me ha venido a la cabeza. De todos modos, las cartas, incluso las más bonitas, no me bastan. Quiero verte. Me alegro de que solo falten cinco semanas para las vacaciones de Navidad.

Capítulo V

Sentada a la ventana de su torre, una tarde de finales de noviembre, mientras contemplaba el crepúsculo con la pluma en los labios y sueños en los ojos, Ana pensó de pronto que le apetecía dar un paseo por el cementerio. Aún no había estado allí, porque prefería la arboleda de arces y abedules o el camino del puerto para pasear al atardecer. Pero siempre había unos días de noviembre, después de que los árboles se quedaran sin hojas, en los que consideraba casi una indecencia adentrarse en los bosques, pues habían perdido su gloria terrenal y aún no habían cobrado su gloria celestial, su blancura y su pureza de espíritu. Y así, fue al cementerio en vez de al bosque. Se encontraba en ese momento tan desanimada y sin esperanza que incluso un cementerio, pensó, le resultaría alegre. Además, estaba lleno de Pringle, según le dijo Rebecca Dew. Yacían allí varias generaciones de esta familia, a quienes dieron preferencia frente al cementerio nuevo hasta que ya no cupo ni uno más. Y Ana tuvo la sensación de que se animaría mucho viendo a tantos Pringle donde ya no podían molestar a nadie.

Estaba a punto de perder la paciencia con los Pringle. La situación se parecía cada vez más a una pesadilla. La sutil campaña de insubordinación y falta de respeto organizada por Jen Pringle por fin había llegado a su apogeo. Un día, hacía una semana, Ana pidió a los mayores que escribieran una redacción sobre «Los acontecimientos más importantes de la semana». Jen Pringle había escrito un texto brillante —la muy granuja era lista— y había incluido en él un insulto velado a su profesora: tan fuerte que era imposible pasarlo por alto. Ana la mandó a casa y le dijo que si quería volver tenía que pedir disculpas. Eso era echar leña al fuego. Los Pringle lo tomaron como una declaración de guerra abierta. Y la pobre Ana no tenía la menor duda de quién enarbolaría el pendón de la victoria. La junta escolar respaldaría a los Pringle, y Ana tendría que elegir entre permitir que Jen volviera a clase o presentar su dimisión.

Estaba muy enfadada. Había puesto todo de su parte, y estaba segura de que habría ganado si al menos hubiera tenido una oportunidad de pelear.

«No es culpa mía —pensaba con desesperación—. ¿Quién *podría* ganar frente a semejante batallón y semejante táctica?»

Pero ¿cómo volver a Tejas Verdes derrotada? ¡Soportar la indignación de la señora Lynde y la alegría de los Pye! Hasta la compasión de los amigos sería una tortura. Y si se propagaba la noticia de su fracaso en Summerside, nunca encontraría otro colegio.

Al menos en la obra de teatro no la habían ganado. Ana se rio con cierta maldad y sus ojos se llenaron de un travieso placer al recordarlo.

Había organizado un Club de Teatro y dirigido a los alumnos en una obrita que montaron apresuradamente con el fin de recaudar fondos para uno de los proyectos que más ilusión le hacían: comprar buenos grabados para las aulas. Ana le pidió ayuda a Katherine Brooke, pensando que siempre la dejaban al margen de todo. Y lo lamentó mil veces, porque Katherine se puso más brusca y sarcástica de lo habitual. No paraba de levantar las cejas y rara vez dejaba pasar un ensayo sin hacer algún comentario corrosivo. Peor aún: fue Katherine quien se empeñó en darle a Jen Pringle el papel de la reina María de Escocia.

—Es la única que puede interpretarlo —dijo con impaciencia—. Nadie más tiene la personalidad necesaria.

Ana no estaba segura. Pensaba que Sophy Sinclair, que era alta, tenía los ojos avellana y un precioso pelo castaño, sería una reina mucho mejor que

Jen. Pero Sophy ni siquiera se había apuntado al club y nunca había participado en una obra de teatro.

—No podemos fiarnos de los novatos. No pienso colaborar en nada que no sea un éxito —dijo Katherine, en un tono de lo más desagradable. Y Ana cedió. No podía negar que Jen hacía muy bien el papel. Tenía un don natural para la interpretación y al parecer se lo tomaba muy en serio. Ensayaban cuatro tardes a la semana y aparentemente todo iba como la seda. La chica parecía muy interesada en su papel y se portó de maravilla en todo lo relacionado con la obra. Ana, en lugar de entrometerse, la dejó en manos de Katherine. A pesar de todo, en un par de ocasiones sorprendió a Jen mirándola con un gesto de triunfo que la desconcertó. No acertaba a entender qué significaba.

Una tarde, poco después de que empezara el ensayo, Ana encontró a Sophy Sinclair llorando en un rincón del ropero de las chicas. Al principio, la chica de los ojos color avellana parpadeó enérgicamente y lo negó... luego rompió a llorar.

—Me hacía mucha ilusión participar en la obra... Ser la reina María —explicó entre sollozos—. Nunca he tenido la oportunidad... Mi padre no me dejaba unirme al grupo porque hay que pagar una cuota, y cada centavo le cuesta mucho. Además, no tenía experiencia. Siempre me ha encantado la reina María: solo con oír su nombre noto un cosquilleo hasta en la punta de los dedos. No creo que ella tuviera algo que ver en el asesinato de Darnley, nunca podré creerlo. ¡Habría sido maravilloso imaginarme temporalmente que era ella!

Más adelante, Ana llegaría a la conclusión de que fue su ángel de la guarda quien le inspiró la respuesta.

—Voy a transcribirte el papel, Sophy, y te ayudaré a interpretarlo. Te servirá de ensayo. Y, como tenemos previsto representar la obra en más sitios, si es que nos sale bien, nos conviene tener una suplente, por si Jen en algún momento no pudiera actuar. Pero no diremos ni una palabra a nadie.

Al día siguiente, Sophy se sabía el papel de memoria. Iba todos los días con Ana a Los Álamos Ventosos después de clase a ensayar en la torre. Se divirtieron mucho, porque Sophy estaba llena de vivacidad secreta.

La función se representaría el último viernes de noviembre, en el salón de actos municipal. El acontecimiento se anunció a lo grande y se vendió hasta el último de los asientos reservados. Ana y Katherine estuvieron dos tardes decorando el salón de actos; contrataron a la orquesta y a una soprano famosa que vendría de Charlottetown para cantar en el entreacto. El ensayo general fue un éxito. Jen estuvo excelente y el resto del reparto no le fue a la zaga. El viernes por la mañana, Jen no asistió a clase, y por la tarde su madre envió una nota para decir que estaba enferma, con una fuerte infección de garganta: se temían que fuera tonsilitis. Lo sentían muchísimo, pero era imposible que actuara esa noche en la función.

Katherine y Ana se miraron, unidas por una vez en su consternación.

—Tendremos que aplazarlo —dijo Katherine despacio—. Y eso será un fracaso. En cuanto llegue diciembre habrá un montón de actividades. En fin, siempre he pensado que era absurdo montar una obra en esta época del año.

—No vamos a posponerlo —replicó Ana, con un encono en la mirada comparable al de Jen. No pensaba decírselo a Katherine Brooke, pero estaba segura, como nunca lo había estado de nada en la vida, de que Jen Pringle tenía tanta tonsilitis como ella. Era una treta —tanto si alguno de los demás Pringle formaba parte del plan como si no— para fastidiar la función, porque ella, Ana Shirley, la había organizado.

—¡Muy bien, como usted quiera! —protestó Katherine, encogiéndose de hombros de mala gana—. Pero ¿qué piensa hacer? ¿Poner a alguien a que lea el papel? Será un desastre: la reina es la clave de la obra.

—Sophy Sinclair puede hacer el papel igual de bien que Jen. El traje le servirá y, por suerte, lo hizo usted y lo tiene usted, no Jen.

La obra se representó esa noche en una sala abarrotada. Sophy, llena de ilusión, interpretó a María: fue María de un modo que Jen Pringle no habría podido serlo nunca. Se parecía a María, con su túnica de terciopelo, sus volantes y sus joyas. Los alumnos del Instituto Summerside, que nunca habían visto a Sophy con nada que no fueran sus sencillos y sosos vestidos de sarga oscura, su abrigo como un saco y sus sombreros viejos, la contemplaban llenos de asombro. Insistieron en que se sumara al Club de Teatro

—la propia Ana pagó la cuota de admisión—, y desde ese día Sophy pasó a ser una de las alumnas «importantes» en el instituto. Nadie, sin embargo, y mucho menos la propia Sophy, sabía o se imaginaba que esa noche acababa de dar el primer paso de un camino que llevaba a las estrellas. Veinte años más tarde, Sophy Sinclair era una de las primeras actrices de América, aunque es probable que jamás hubiera ovación más dulce para sus oídos que el clamoroso aplauso con que aquella noche cayó el telón en el salón de actos municipal de Summerside.

Esa noche, la señora Pringle volvió a casa con una historia para su hija Jen que si no puso a la damisela verde de envidia fue porque ya lo estaba. Por una vez, como dijo Rebecca Dew con mucho sentimiento, Jen había recibido su merecido. Y el resultado del incidente fue el insulto en esa redacción sobre los acontecimientos importantes.

Ana echó a andar hacia el antiguo cementerio por un camino con profundas rodadas de carros que discurría entre altos muros de piedra musgosa, engalanados con helechos cubiertos de escarcha. Los esbeltos álamos de copa afilada a los que los vientos de noviembre aún no habían despojado de todas sus hojas jalonaban a intervalos el trayecto con sus perfiles oscuros recortados contra el fondo amatista de los montes a lo lejos; pero el antiguo cementerio, con la mitad de sus lápidas ladeadas, como ebrias, estaba rodeado en sus cuatro costados por una hilera de altos y oscuros abetos. Ana no esperaba encontrarse con nadie, y se sorprendió un poco, nada más cruzar las verjas, al ver a la señorita Valentine Courtaloe, de nariz larga y delicada, labios finos y delicados, hombros delicados y caídos, y, en conjunto, un invencible aire femenino. Conocía a la señorita Valentine, claro, como todo el mundo en Summerside. Era la modista de la ciudad por excelencia, y si había algo que no supiera de la gente, viva o muerta, es que no merecía la pena contarse. Ana había ido con la intención de pasear sola, leer los pintorescos epitafios antiguos y descifrar los nombres de amantes olvidados bajo los líquenes que crecían en las sepulturas. Sin embargo, no pudo escapar cuando la señorita Valentine la tomó del brazo decidida a ser su anfitriona en el cementerio, donde había enterrados, naturalmente, tantos Courtaloe como Pringle. La señorita Valentine no tenía ni una gota de sangre Pringle y su sobrina era una de las alumnas favoritas de Ana. Gracias a eso, ser amable con la señorita Valentine no requería demasiado esfuerzo mental, más allá de cuidarse de no insinuar nunca que «se ganaba la vida cosiendo». Por lo visto, era muy susceptible en ese aspecto.

—Me alegro de haber venido esta tarde —dijo—. Puedo contarle cualquier cosa de todos los que están enterrados aquí. Siempre digo que hay que conocer los entresijos de los difuntos para disfrutar verdaderamente de un cementerio. Me gusta pasear por este cementerio más que por el nuevo. Aquí solo están enterradas las familias más antiguas; las del montón están en el nuevo. Los Courtaloe están en esa esquina. ¡La de entierros que ha habido en nuestra familia!

—Supongo que como en todas las familias antiguas —dijo Ana, porque era evidente que la señorita Valentine esperaba que dijese algo.

—No me diga que en cualquier otra familia ha habido tantos como en la nuestra —replicó con envidia la señorita Valentine—. Nosotros somos *muy* dados a la tuberculosis. La mayor parte de mi familia murió de tos. Esta es la sepultura de mi tía Bessie. No había una mujer más santa que ella. Aunque su hermana Cecilia era más interesante. La última vez que la vi, me dijo: «Siéntate, hija, siéntate. Voy a morir esta noche, a las once y diez, pero eso no es motivo para que no nos permitamos un buen cotilleo por última vez». Lo raro, señorita Shirley, es que efectivamente murió esa noche a las once y diez. ¿Puede decirme usted cómo lo sabía?

Ana no podía.

—Mi tatarabuelo Courtaloe está enterrado *aquí*. Llegó en 1760 y se ganó la vida haciendo ruecas. Me han contado que hizo mil cuatrocientas a lo largo de su vida. Cuando murió, el sacerdote dio un sermón sobre ese pasaje del Apocalipsis: «Descansarán de sus trabajos porque sus obras con ellos siguen»; y Myrom Pringle dijo que, en ese caso, el camino de mi tatarabuelo hasta el cielo estaría abarrotado de ruecas de hilar. ¿A usted le parece un comentario de buen gusto, señorita Shirley?

De haber sido cualquier otro y no un Pringle quien dijo esto, es probable que Ana no hubiera respondido con tanta decisión: «Francamente no»,

mientras observaba una lápida decorada con una calavera y unas tibias, como si también cuestionara su buen gusto.

—Mi prima Dora está enterrada *aquí*. Tuvo tres maridos y los tres murieron muy pronto. Al parecer la pobre Dora no tenía suerte para elegir a un hombre sano. El último fue Benjamin Banning. *No* está enterrado aquí. Está en Lowvale, con su primera esposa... y no quería morirse. Dora le dijo que se marchaba a un mundo mejor. «Puede, puede —contestó el pobre Ben—, pero es que me he acostumbrado a las imperfecciones de este». Tomaba sesenta y un medicamentos diferentes, y aun así duró bastante. Toda la familia del tío David Courtaloe está *aquí*. Hay un arbusto de rosa centifolia a los pies de cada sepultura, y ¡madre mía cómo florecen! Vengo siempre en verano para llevarme un ramo a casa. Sería una pena dejar que se marchiten, ¿no cree?

—Bueno... supongo que sí.

—Mi pobre hermana Harriet está *aquí* —suspiró la señorita Valentine—. Tenía un pelo magnífico, de un color parecido al suyo... aunque no tan rojo. Le llegaba hasta las rodillas. Estaba prometida cuando murió. Me han dicho que usted está prometida. Yo nunca he tenido muchas ganas de casarme, pero creo que habría sido bonito estar prometida. No me han faltado oportunidades, claro... Puede que fuera demasiado exigente... Pero una Courtaloe no puede casarse con *cualquiera*, ¿no?

Por lo visto no podía.

—Frank Digby, que está ahí en esa esquina, debajo de los zumaques... me quería. Me arrepiento un poco de haberlo rechazado pero... ¡un Digby, por favor! Se casó con Georgina Troop. Siempre llegaba tarde a la iglesia, para lucirse. ¡Cómo le gustaba la ropa! La enterraron con un vestido azul muy bonito... Se lo hice yo, para una boda, y al final lo lució en su funeral. Tenía tres hijitos preciosos. Se sentaban en la iglesia delante de mí y siempre les daba caramelos. ¿Le parece a usted mal dar caramelos a los niños en la iglesia, señorita Shirley? No eran pastillas de menta... eso no está mal... las pastillas de menta tienen algo *religioso*, ¿no le parece? Pero a los niños no les gustan.

Una vez agotadas las sepulturas de los Courtaloe, los recuerdos de la señorita Valentine cobraron un tono más jugoso. Ya no tenía tanta importancia no ser un Courtaloe.

—Aquí está la señora de Russell Pringle. Me pregunto muchas veces si estará o no en el cielo.

—¿Y eso por qué? —preguntó Ana, horrorizada.

—Bueno, siempre odió a su hermana, Mary Ann, que murió unos meses antes que ella. «Si Mary Ann está en el cielo yo no quiero ir allí», eso decía. Y era una mujer que siempre cumplía su palabra, hija mía... Muy típico de los Pringle. Nació Pringle y se casó con su primo Russell. Esta es la señora de Dan Pringle, Janetta Bird. Murió un día antes de cumplir los setenta. Dicen que le habría parecido mal morir con un día más de tres veintenas y una decena, porque ese es el límite que marca la Biblia. La gente dice cosas muy raras, ¿verdad? He oído que morir fue lo único que se atrevió a hacer sin pedir permiso a su marido. ¿Sabe usted, hija, lo que hizo él un día que ella se compró un sombrero que no le gustaba?

—No soy capaz de imaginarlo.

—Se lo *comió* —declaró solemnemente la señorita Valentine—. Aunque era un sombrerito pequeño... con encaje y con flores... sin plumas. De todos modos, debió de ser muy indigesto. Por lo visto tuvo unos dolores de estómago horrorosos durante mucho tiempo. Yo no lo vi *comérselo,* claro, pero siempre me han asegurado que es cierto. ¿Usted cree que sí?

—De un Pringle me creería cualquier cosa —asintió Ana en su amargura.

La señorita Valentine le apretó el brazo con simpatía.

—La compadezco... de verdad. Es una vergüenza cómo la están tratando. Pero en Summerside no solo hay Pringle, señorita Shirley.

—A veces pienso que sí —contestó Ana con una sonrisa triste.

—Pues no es así. Y a mucha gente le gustaría ver cómo los gana usted. No se dé por vencida, hagan lo que hagan. Es que tienen el diablo en el cuerpo. Siempre se apoyan mutuamente, y la señorita Sarah quería el puesto del instituto para su primo.

»*Aquí* está la familia de Nathan Pringle. Nathan estaba convencido de que su mujer quería envenenarlo, aunque al parecer le traía sin cuidado. Decía que eso daba emoción a la vida. Una vez sospechó que ella le había puesto arsénico en las gachas. Salió de casa y se las dio a un cerdo. El cerdo murió tres semanas después. Pero Nathan pensó que a lo mejor solo era una coincidencia y, además, no estaba seguro de que fuese el mismo cerdo. Al final ella murió antes que él, y entonces dijo que, dejando a un lado eso, siempre había sido muy buena con él. Creo que sería un acto de caridad pensar que en *eso* se equivocaba.

—«A la sagrada memoria de la *señorita Kinsey*» —leyó Ana con asombro—. ¡Qué inscripción tan curiosa! ¿No tenía nombre de pila?

—Si lo tenía, nadie lo sabía —contestó la señorita Valentine—. Vino de Nueva Escocia y estuvo cuarenta años trabajando para la familia de George Pringle. Se presentó como la señorita Kinsey y todo el mundo la llamó siempre así. Murió de repente, y resultó que nadie sabía su nombre de pila y nadie consiguió localizar a ningún pariente. Así que pusieron eso en la lápida... La familia de George Pringle le dio un buen entierro y pagó el monumento. Era una mujer muy trabajadora y leal, aunque si la hubiera conocido diría usted que nació siendo ya la señorita Kinsey. Aquí está la familia de James Morley. Estuve en sus bodas de oro. ¡Qué derroche de regalos, discursos y flores... con todos los hijos en casa... y el matrimonio venga a sonreír y a hacer reverencias, a pesar de que se odiaban con todas sus fuerzas!

—¿Se odiaban?

—A muerte, hija. Todo el mundo lo sabía. Se odiaron durante años... casi desde que se casaron, en realidad. El día de la boda se pelearon al salir de la iglesia, cuando iban para casa. A veces me sorprende que hayan podido terminar aquí juntos, tan tranquilos.

Ana se estremeció de nuevo. Qué horror: sentarse a la mesa frente a frente, acostarse juntos por la noche, ir a la iglesia a bautizar a sus hijos... ¡odiándose en todo momento! Y seguro que al principio se querían. ¿Sería posible que Gilbert y ella...? ¡Qué tontería! Los Pringle la estaban desquiciando.

—Aquí está enterrado el guapo John MacTabb. Siempre se sospechó que fue el motivo por el que Annetta Kennedy se quitó la vida ahogándose. Todos los MacTabb eran guapos, pero no te podías creer ni una palabra que saliera de sus labios. Aquí había una lápida de su tío Samuel, a quien se dio por muerto en el mar hace cincuenta años. Cuando apareció con vida, la familia retiró la lápida. Como el que se la había vendido no quiso comprarla, la señora Samuel se la llevó para usarla de mesa de amasar. ¡Una losa de mármol para amasar! Decía que la lápida le venía muy bien. Las galletas que los niños llevaban a la escuela tenían grabadas letras y números... del epitafio. Las ofrecían con mucha generosidad, pero yo nunca me atreví a probarlas. Soy quisquillosa para esas cosas. *Aquí* está el señor Harley Pringle. Una vez tuvo que llevar a Peter MacTabb en una carretilla por la calle principal, con un sombrerito, por una apuesta electoral que habían hecho. Todo Summerside salió a verlos, menos los Pringle, claro. Ellos casi se mueren de vergüenza. *Aquí* está Milly Pringle. Yo le tenía mucho cariño a Milly, aunque fuera una Pringle. Era muy guapa y de pies ligeros como un hada. A veces pienso, hija, que en noches como esta seguro que sale de la tumba y baila como antes. Aunque supongo que una buena cristiana no debería pensar esas cosas. Esta es la sepultura de Herb Pringle. Era uno de los guasones de la familia. Siempre te hacía reír. Una vez se rio en la iglesia, cuando cayó un ratón de las flores del sombrero de Meta Pringle, al inclinarse ella para rezar. Yo no tenía muchas ganas de reírme. No sabía dónde habría ido el ratón. Me apreté bien las faldas alrededor de los tobillos, y así estuve hasta que salí de la iglesia, pero de todos modos me estropeó la homilía. Herb estaba sentado detrás de mí y menuda risotada soltó. Los que no vieron al ratón creían que Herb Pringle se había vuelto loco. A mí me pareció que esa risa suya no *podía* morir. Si siguiera vivo, la defendería a usted, con Sarah o sin Sarah. Y *este,* claro, es el panteón del capitán Abraham Pringle.

Presidía el cementerio. Cuatro plataformas de piedra escalonadas formaban el pedestal cuadrado sobre el que se elevaba una enorme columna de mármol rematada por una ridícula urna entre cortinas y un querubín tocando una corneta.

—¡Qué feo! —dijo Ana con franqueza.

—¿Usted cree? —La señorita Valentine parecía algo sorprendida—. Cuando lo instalaron todo el mundo dijo que era muy bonito. Se supone que es Gabriel tocando la trompeta. Yo creo que le da un toque de elegancia a la tumba. Costó novecientos dólares. El capitán Abraham era un hombre muy amable. Es una lástima que haya muerto. Si viviera no la estarían persiguiendo a usted de esta manera. Comprendo que Sarah y Ellen estén orgullosas de él, aunque yo diría que se exceden un poco.

En la puerta del cementerio, Ana se volvió a mirar atrás. Un extraño y apacible silencio se extendía sobre la tierra sin viento. Los largos dedos de la luna ya atravesaban los abetos oscuros, rozando una lápida aquí o allá, formando curiosas sombras entre ellas. Pero el cementerio no era un sitio triste. Lo cierto es que después de escuchar las historias de la señorita Valentine la gente que descansaba allí parecía viva.

—He oído que escribe usted —señaló la señorita Valentine con inquietud cuando iban por el camino—. ¿No contará en sus relatos las cosas que le he dicho?

—Tenga por seguro que no —prometió Ana.

—¿Le parece que está muy mal... o que es peligroso... hablar mal de los muertos? —preguntó la señorita Valentine, entre susurros y con cierta preocupación.

—No creo que sea exactamente malo o peligroso. Solo... es muy injusto... Como atacar a quienes no pueden defenderse. Pero no ha dicho usted nada grave de nadie, señorita Courtaloe.

—Le he dicho que Nathan Pringle creía que su mujer quería envenenarlo...

—Pero le ha concedido usted el beneficio de la duda...

Y la señorita Valentine siguió su camino, reconfortada.

Capítulo VI

Esta tarde encaminé mis pasos hasta el cementerio —le contaba Ana a Gilbert en una carta cuando volvió a casa—. Creo que encaminar los pasos es una expresión preciosa y voy a emplearla siempre que pueda. Parecerá raro que diga que he disfrutado del paseo por el cementerio, pero es verdad. Las historias de la señorita Courtaloe eran de lo más curiosas. La comedia y la tragedia siempre se entremezclan en la vida, Gilbert. Lo único que me disgusta es la historia de aquel matrimonio que convivió cincuenta años, odiándose todo el tiempo. Me cuesta creer que sea cierto. Alguien dijo que «el odio es solo amor que ha perdido su camino». Estoy segura de que debajo de ese odio se querían de verdad... como yo te he querido todos estos años creyendo que te odiaba... y creo que la muerte se lo enseñará. Y he descubierto que *hay* algunos Pringle decentes: los que están muertos.

Anoche, cuando bajé a beber un vaso de agua, sorprendí a la tía Kate poniéndose su mascarilla de suero de manteca en la despensa. Me pidió que no se lo contara a Chatty, porque lo encontraría absurdo. Le prometí que no diría nada.

Elizabeth sigue viniendo a por la leche, a pesar de que la Mujer ya se ha recuperado de la bronquitis. Me extraña que se lo permitan, sobre todo porque la señora Campbell es una Pringle. El pasado sábado por la noche, Elizabeth, que esa noche creo que era Betty, entró en casa cantando después de estar conmigo, y oí perfectamente que la Mujer le decía en la puerta: «Está muy cerca el domingo para cantar *esa* canción». ¡Seguro que si pudiera le prohibiría cantar cualquier día de la semana!

Esa noche Elizabeth llevaba un vestido nuevo, de color vino tinto... la visten bien... y me dijo con nostalgia: «Al ponérmelo me he visto un poco guapa, señorita Shirley, y he pensado que ojalá mi padre pudiera verme. Me verá en el Mañana, por supuesto... pero a veces parece que el Mañana tarda mucho en llegar. Me gustaría que pudiéramos acelerar el tiempo un poco, señorita Shirley».

Ahora, cariño, tengo que poner unos ejercicios de geometría. Los ejercicios de geometría han pasado a ocupar el lugar de lo que Rebecca llama mis «esfuerzos literarios». El fantasma que ahora me persigue de día es el miedo a que aparezca en clase un ejercicio que no sepa resolver. ¿Qué dirían los Pringle? ¡Ay! ¿Qué dirían los Pringle?

Cambiando de tema, puesto que me quieres y también quieres a la tribu felina, reza por un pobre gato triste y maltratado. El otro día, un ratón pasó correteando entre los pies de Rebecca Dew cuando estaba en la despensa, y desde entonces está que trina. «El gato ese no hace nada más que comer y dormir, y deja que los ratones lo invadan todo. Esto es el colmo.» Así que lo persigue por todas partes, lo echa de su cojín favorito y —lo sé, porque la he pillado— lo ayuda con el pie sin demasiada delicadeza cuando le abre la puerta para que salga.

Capítulo VII

Un viernes por la tarde, al final de un suave y soleado día de diciembre, Ana fue a cenar pavo a Lowvale. Wilfred Bryce vivía en Lowvale, con un tío suyo, y le había preguntado tímidamente si querría ir con él después de clase, asistir a la cena del pavo en la iglesia y pasar el sábado en su casa. Ana aceptó, con la esperanza de influir en su tío para que dejase a Wilfred seguir estudiando. Wilfred temía que no volvería a clase después de Año Nuevo. Era un chico listo y con ambiciones, y Ana sentía un interés especial por él.

No se podría decir que disfrutó demasiado de la visita, salvo por la alegría que le dio a Wilfred. Su tío y su tía eran una pareja rara y zafia. La mañana del sábado fue oscura y ventosa, con chubascos de nieve, y Ana al principio no sabía cómo pasar el día. Tenía sueño y estaba cansada, porque había trasnochado en la cena del pavo; a Wilfred lo esperaban para ayudar en la trilla y no había un solo libro a la vista. Entonces pensó en el arcón de marinero, viejo y desvencijado, que había visto debajo de las escaleras del vestíbulo y se acordó de lo que le había pedido la señora Stanton. La señora Stanton estaba escribiendo una historia sobre el condado del Príncipe y le pidió a Ana si conocía o podía encontrar documentos o antiguos diarios que pudieran serle útiles.

—Naturalmente, los Pringle tienen montones de papeles que me vendrían muy bien —le dijo a Ana—. Pero *a ellos* no se los puedo pedir. Ya sabe que los Pringle y los Stanton nunca se han llevado bien.

—Yo tampoco puedo, por desgracia —se lamentó Ana.

—No contaba con eso. Solo le pido que esté atenta cuando visite otras casas y, si encuentra o se entera de que tienen diarios antiguos, mapas o algo por el estilo, intente usted que me los presten. No se hace idea de las cosas tan interesantes que he descubierto en diarios antiguos... auténticos fragmentos de vida que resucitan a los pioneros. Quiero incluir ese tipo de cosas en mi libro, además de estadísticas y árboles genealógicos.

Ana le preguntó a la señora Bryce si tenían documentos antiguos. La señora Bryce negó con la cabeza.

—No que yo sepa. Aunque... —se animó entonces— ahí está el baúl del tío Andy. A lo mejor hay algo. Navegaba con el capitán Abraham Pringle. Voy a preguntarle a Duncan si puede usted husmear.

Duncan dijo que podía «husmear» lo que quisiera y si encontraba algunos documentos podía llevárselos, porque de todos modos pensaba quemar lo que había en el baúl y usarlo para guardar las herramientas. Y Ana se puso a husmear, pero solo encontró un diario de bitácora amarillento que, al parecer, Andy Bryce había escrito a lo largo de sus años de marino. Ana pasó la tormentosa mañana interesada y entretenida con la lectura del diario. Andy era un hombre versado en las tradiciones del mar y había hecho cantidad de viajes con el capitán Abraham Pringle, por quien sentía, era evidente, una inmensa admiración. El diario estaba lleno de loas al valor y los recursos del capitán, escritas con faltas de ortografía y gramática, entre las que destacaba la peligrosa aventura de rodear el Cuerno de África. Su admiración, sin embargo, no se extendía a Myrom, hermano de Abraham, que también era capitán de otro barco.

«Esta noche hemos ido a casa de Myrom Pringle. Se enfadó con su mujer, se levantó y le tiró un vaso de agua a la cara.»

«Myrom está en casa. Su barco se incendió y tuvieron que ponerse a salvo en los botes. Casi se mueren de hambre. Al final se comieron a Jonas Selkirk, que se había pegado un tiro. Vivieron de sus restos hasta que los rescató el Mary G. Esto me lo ha contado Myrom. Por lo visto le hacía mucha gracia.»

Ana se estremeció con esta última entrada, mucho más horrorosa todavía por la frialdad con que Andy relataba unos hechos tan macabros. Después se dejó llevar por sus fantasías. No había nada en el diario que pudiera servirle a la señora Stanton, pero ¿no les interesaría a la señorita Sarah y la señorita Ellen, ya que tanto se hablaba en él de su adorado padre? ¿Y si se lo llevaba? Duncan Bryce había dicho que podía hacer lo que quisiera con el diario.

No, no se lo llevaría. ¿Por qué iba a darles el gusto o alimentar su absurdo orgullo, ya enorme de por sí sin necesidad de más alimento? Se habían propuesto echarla del instituto y lo estaban consiguiendo. Ellas y su clan la habían derrotado.

Wilfred la llevó esa noche a Los Álamos Ventosos. Iban los dos muy contentos. Ana había hablado con Duncan Bryce y lo había convencido para que dejase a Wilfred terminar el curso.

—Luego intentaré estudiar un año en Queen's y después seré maestro y seguiré estudiando —dijo Wilfred—. Nunca podré pagarle lo que ha hecho por mí, señorita Shirley. Mi tío no habría escuchado a nadie, pero usted le cae bien. Me lo dijo cuando estábamos en el establo. «Las pelirrojas siempre consiguen de mí lo que quieren.» No creo que fuera por su pelo, señorita Shirley, aunque es precioso. Era por... *usted*.

Esa noche, a las dos de la madrugada, Ana se despertó y decidió enviar el diario de Andy Bryce a las señoras de El Arcedal. En el fondo le caían bien. Y tenían muy pocas alegrías en la vida... únicamente el orgullo por su padre. A las tres volvió a despertarse y decidió no enviarlo. ¡La señorita Sarah se hacía la sorda! A las cuatro estaba de nuevo dudando. Por fin tomó la decisión de enviarlo. No quería ser mezquina. La horrorizaba ser mezquina... como los Pye.

Resueltas sus dudas, por fin se quedó dormida pensando en lo bonito que era despertarse a media noche, oír las primeras tormentas de nieve del invierno alrededor de la torre, acurrucada entre las mantas, y deslizarse de nuevo al mundo de los sueños.

El lunes por la mañana envolvió el diario con cuidado y se lo envió a la señorita Sarah acompañado de una nota.

Estimada señorita Pringle:

Quizá pueda interesarles este antiguo diario. Me lo dio el señor Bryce para la señora Stanton, que está escribiendo una historia del condado, pero no creo que sea de utilidad para ella y he pensado que les gustaría tenerlo.

Atentamente,
Ana Shirley

«Es una nota muy envarada —pensó Ana—, pero no me sale escribir a estas señoras con naturalidad. Y no me extrañaría nada que me lo devolvieran altivamente.»

En el bonito azul de media tarde de principios del invierno, Rebecca Dew se llevó el susto de su vida. El carruaje de El Arcedal se acercaba por el Callejón de los Espíritus, sobre la nieve esponjosa, y se detenía delante de la casa. Primero se apeó la señorita Ellen y luego... para pasmo de todos... la señorita Sarah, que llevaba diez años sin pisar la calle.

—-Vienen a la puerta principal —anunció Rebecca Dew, aterrorizada.

—¿A qué otra puerta iría un Pringle? —dijo la tía Kate.

—Claro... claro... pero esa puerta se atasca —señaló Rebecca, como si fuera una tragedia—. Se atasca. Ya lo sabe usted. Y no se ha vuelto a abrir desde la primavera pasada, cuando hicimos limpieza general. Esto es el colmo.

La puerta principal se atascó, pero Rebecca Dew consiguió abrirla, con una violencia desesperada, y acompañó a las señoras a la sala de estar.

«Gracias a Dios que hoy hemos encendido la chimenea —pensó—. Solo espero que el gato ese no haya soltado pelos en el sofá. Como Sarah Pringle se llene el vestido de pelos de gato en nuestra casa...»

Rebecca Dew no se atrevía a imaginar las consecuencias. Avisó a Ana, que estaba en su cuarto de la torre: «La señorita Sarah preguntaba por la señorita Shirley». Y después se fue a la cocina, medio loca de curiosidad por el motivo que podía traer a las Pringle a ver a la señorita Shirley.

«¿Qué otros males nos traerá el viento...?», pensó siniestramente Rebecca Dew.

Ana bajó muy intrigada. ¿Venían a devolverle el diario con gélido desdén?

Fue la encogida, arrugada e inflexible señorita Sarah quien se levantó y habló sin preámbulos al ver entrar a Ana.

—Venimos a capitular —anunció con amargura—. No podemos hacer otra cosa... Usted, por supuesto, lo sabía cuando encontró esa escandalosa entrada sobre el pobre tío Myrom. No era verdad... no *podía* ser verdad. El tío Myrom solo estaba gastándole una broma a Andy Bryce, que era un crédulo. Pero todos los que no sean de nuestra familia se lo creerán encantados. Usted sabía que nos convertiríamos en el hazmerreír... o en algo peor. Ah, qué lista es. *Eso* lo reconocemos. Jen le pedirá disculpas y en adelante se portará como es debido... Yo, Sarah Pringle, se lo garantizo. A cambio nos prometerá no decir nada a la señora Stanton ni a nadie... Haremos lo que sea... *lo que sea.*

La señorita Sarah retorcía su bonito pañuelo de encaje con las manos cubiertas de venas azuladas. Estaba temblando literalmente.

Ana la miraba con sorpresa... y horror. ¡Pobres mujeres! ¡Creían que las estaba amenazando!

—Esto es un terrible malentendido —exclamó, tomando entre las suyas las patéticas manos de la señorita Sarah—. Nunca se me ocurrió que pudieran pensar que pretendía... Lo hice solo con la idea de que les gustaría conocer esos detalles tan interesantes sobre su espléndido padre. Nunca se me pasó por la cabeza enseñárselo a nadie ni contar ese otro asunto. No le di la menor importancia. Y nunca lo haré.

Hubo un momento de silencio. Luego, la señorita Sarah liberó sus manos con delicadeza, se llevó el pañuelo a los ojos y tomó asiento, con un leve rubor en el rostro arrugado y aún bonito.

—Lo... lo hemos interpretado mal, hija. Y... hemos sido abominables con usted. ¿Nos perdonará?

Media hora más tarde —una media hora en la que Rebecca Dew casi se muere— las señoritas se marcharon. Fue media hora de cordial

conversación sobre los pasajes no incendiarios del diario de Andy. En la puerta, la señorita Sarah, que no había tenido la más mínima dificultad de audición durante la visita, se volvió un momento y sacó del bolsito un papel, escrito con una letra angulosa y muy elegante.

—Casi se me olvida... Le prometimos a la señora MacLean nuestra receta del bizcocho cuatro cuartos hace tiempo. ¿Podría usted dársela? Y dígale que el tiempo de sudoración es muy importante... De hecho es imprescindible. Ellen, llevas el gorrito un poco caído sobre una oreja. Mejor que te lo coloques antes de salir. Estábamos... algo alteradas cuando nos vestimos.

Ana les contó a las viudas y a Rebecca Dew que les había enviado a las señoras de El Arcedal el diario de Andy Bryce y habían venido a darle las gracias. Tuvieron que contentarse con esta explicación, aunque Rebecca siempre sospechó que había algo más... mucho más. El agradecimiento por un diario con la tinta medio borrada y manchas de tabaco jamás habría llevado a Sarah Pringle hasta la puerta de Los Álamos Ventosos. ¡La señorita Shirley era un misterio: un gran misterio!

—Desde hoy abriré la puerta principal todos los días —prometió Rebecca—. Para conservarla en buen estado. Casi me caigo al suelo cuando por fin cedió. Bueno, ya tenemos la receta del bizcocho cuatro cuartos. ¡Treinta y seis huevos! Si se libran ustedes del gato ese y me dejan criar gallinas, a lo mejor podemos permitirnos uno al año.

Y dicho esto, Rebecca Dew se marchó a la cocina y ajustó cuentas con el destino dándole leche al gato ese a sabiendas de que él quería hígado.

La guerra entre Ana Shirley y los Pringle había terminado. Nadie, aparte de los Pringle, supo nunca por qué, pero la gente de Summerside dio por hecho que la señorita Shirley, misteriosamente y sin ayuda de nadie, había aplastado al clan, que en lo sucesivo comió de su mano. Jen volvió a clase al día siguiente y se disculpó humildemente con Ana delante de toda la clase. Desde entonces fue una alumna modélica y los demás Pringle siguieron su ejemplo. Por lo que respecta a los Pringle adultos, su antagonismo se diluyó como la niebla bajo el sol. No hubo más quejas relacionadas con la disciplina o los deberes ni más desaires de esos tan sutiles y característicos del clan.

Casi competían los unos con los otros para ser amables con Ana. No había baile o fiesta sobre patines que estuviera completa sin ella. Porque, aunque la propia señorita Sarah se hubiera encargado de arrojar el fatídico diario a las llamas, la memoria era la memoria, y la señorita Shirley podía contar la historia si quería. ¡No podían consentir que una entrometida como la señora Stanton supiera que el capitán Myrom Pringle había sido un caníbal!

Capítulo VIII

(Fragmento de una carta a Gilbert)

Estoy en mi torre y oigo a Rebecca Dew canturreando un villancico en la cocina. Eso me recuerda que ¡la mujer del párroco me ha invitado a cantar en el coro! Naturalmente, se lo han pedido los Pringle. Cantaré los domingos que no vaya a Tejas Verdes. Los Pringle me han tendido la mano con ahínco: ahora cuentan conmigo para todo. ¡Qué clan!

He ido a tres fiestas de los Pringle. No lo digo con malicia, pero creo que todas las chicas de la familia me imitan el peinado. Bueno, «la imitación es el mayor de los halagos». Y, Gilbert, la verdad es que me caen muy bien... como sabía que ocurriría desde el principio, si me daban una oportunidad. Empiezo a sospechar que tarde o temprano acabaré tomándole simpatía a Jen. Puede ser encantadora cuando quiere y es muy evidente que quiere.

Anoche entré en la guarida del león y le afeité las barbas... Es decir, que tuve el valor de subir la escalera de Las Coníferas, plantarme en el porche cuadrado con sus cuatro urnas de hierro blancas en las esquinas y llamar al timbre. Cuando la señorita Monkman abrió la puerta, le pregunté si podía llevarme a Elizabeth a dar un paseo. Esperaba que dijera que no, pero fue a deliberar con la señora Campbell y volvió adustamente diciendo que sí, que Elizabeth podía ir, pero que, por favor, no volviéramos tarde. A lo mejor la señorita Sarah también le ha dado órdenes a la señora Campbell.

Elizabeth bajó bailando por la escalera oscura: parecía un hada, con un abrigo rojo y un gorrito verde, y estaba casi muda de alegría.

—Qué emocionada y qué nerviosa estoy, señorita Shirley —me susurró en cuanto nos marchamos—. Soy Betty, siempre soy Betty cuando me siento así.

Llegamos hasta donde quisimos por el Camino que Lleva al Fin del Mundo, y dimos media vuelta. Esta noche, el puerto, oscuro bajo el atardecer rojo, parecía lleno de insinuaciones de «fantásticos mundos olvidados» y de islas misteriosas en mares desconocidos. Me fascinó, y lo mismo le pasó a la chiquitina que iba de mi mano.

—Si corriéramos mucho, señorita Shirley, ¿llegaríamos hasta el atardecer? —me preguntó. Me acordé de Paul y de sus fantasías sobre el «país del atardecer».

—Para eso tenemos que esperar a que llegue el Mañana —dije—. Mira, Elizabeth, esa nube dorada que parece una isla, justo en la boca del puerto. Vamos a hacer que es tu Isla de la Felicidad.

—Por ahí hay una isla, en alguna parte —contestó Elizabeth con voz soñadora—. Se llama la Nube Voladora. ¿Verdad que es un nombre precioso... un nombre salido del Mañana? La veo por las ventanas de la buhardilla. Es de un señor de Boston que tiene allí su casa de verano. Pero yo me imagino que es mía.

En la puerta me incliné para darle a Elizabeth un beso en la mejilla antes de que entrase. Nunca olvidaré sus ojos, Gilbert. Esa niña está muy falta de amor.

Esta noche, cuando vino a por su leche, noté que había llorado.

—Me... me han obligado a lavarme la cara después de su beso, señorita Shirley —me explicó entre sollozos—. Yo no quería volver a lavármela nunca. Prometí que no me la lavaría, porque no quería borrar su beso. Esta mañana fui a clase sin lavarme la cara, pero esta noche, la Mujer me sujetó y me *frotó* el beso.

Traté de ponerme seria.

—No puedes vivir sin lavarte la cara de vez en cuando, cielo. Pero no te preocupes por el beso. Te daré uno todas las noches, cuando vengas a por la leche, y así no tendrás que preocuparte si te lo lavas al día siguiente.

—Usted es la única persona en el mundo que me quiere —dijo Elizabeth—. Cuando me habla, todo huele a violetas.

¿Has oído un cumplido más bonito? Pero no podía pasar por alto la primera frase.

—Tu abuela te quiere, Elizabeth.

—No me quiere... me odia.

—Eres un poquito tonta, cielo. Tu abuela y la señorita Monkman son mayores, y la gente mayor se altera y se preocupa fácilmente. Y a veces se enfadan contigo. Es que cuando ellas eran jóvenes a los niños se les educaba con mucha más severidad que ahora. Están chapadas a la antigua.

Pero tuve la sensación de que no conseguía convencer a Elizabeth. Es verdad que *no* la quieren, y ella lo sabe. Miró de reojo hacia la casa para ver si la puerta estaba cerrada. Y me dijo:

—La abuela y la Mujer no son más que dos viejas tiranas, y cuando llegue el Mañana me escaparé para siempre.

Creo que esperaba que me muriese de horror... Sospecho que lo dijo para llamar la atención. Pero me reí y le di un beso. Ojalá que Martha Monkman estuviera mirando por la ventana de la cocina.

Veo todo Summerside por la ventana izquierda de la torre. Ahora mismo es un montón de afables tejados blancos: afables por fin, ahora que los Pringle son amigos míos. Una luz brilla aquí y allá en algunas buhardillas. Aquí y allá se distingue un espectro de humo gris. El cielo está cuajado de estrellas. La «ciudad sumida en sus sueños». ¿No es una frase preciosa? ¿Te acuerdas de ese poema de Tennyson: «Galahad cruzó ciudades sumidas en sus sueños»?

Qué feliz soy, Gilbert. No tendré que volver a Tejas Verdes en Navidad derrotada y desacreditada. ¡La vida es buena... buena!

Y el bizcocho cuatro cuartos de la señorita Sarah también. Rebecca Dew hizo uno, dejándolo «sudar», según las indicaciones, lo que significa simplemente envolverlo en varias capas de papel de estraza y varios paños y dejarlo reposar tres días. Es imposible rehusar un trozo.

¿Rehusar lleva «h» intercalada? A pesar de que soy licenciada nunca estoy segura. (¡Imagínate que los Pringle lo hubieran descubierto antes de que yo encontrase el diario de Andy!)

Capítulo IX

Trix Taylor estaba acurrucada en la torre una noche de febrero, mientras las ráfagas de nieve susurraban al chocar contra la ventana y la estufa, absurda por lo diminuta, ronroneaba como un gato negro al rojo vivo. Trix le estaba contando a Ana sus penas. Ana empezaba a recibir las confidencias de todo el mundo. Sabiendo que estaba prometida, ninguna de las chicas de Summerside la temían como posible rival y, además, tenía algo que inspiraba confianza para depositar en ella los secretos.

Trix había venido para invitar a Ana a cenar al día siguiente. Era una chica alegre y gordita, de ojos castaños, chispeantes, y mejillas sonrosadas, con aire de no cargar con demasiado peso a sus veinte años. Pero al parecer también tenía sus preocupaciones.

—El doctor Lennox Carter vendrá a cenar mañana por la noche. Por eso queremos que estés especialmente. Es el nuevo director del Departamento de Lenguas Modernas de Redmond y un hombre listísimo, y queremos que haya alguien con cerebro para hablar con él. Ya sabes que yo no puedo presumir mucho de cerebro, y Pringle tampoco. Y Esme... bueno, tú sabes, Ana, que Esme es un encanto, y muy inteligente, pero es tan tímida y vergonzosa que nunca se atrevería a usar el cerebro delante del doctor Carter. Está enamoradísima de él. Me da mucha pena. Yo quiero mucho a Johnny... aunque ¡tampoco me derretiría de ese modo por él!

—¿Están prometidos Esme y el doctor Carter?

—Todavía no... —La respuesta de Trix era trascendental—. Pero Esme espera que esta vez se lo pida, Ana. ¿Vendría a la isla, justo a mitad del trimestre, a visitar a su primo si no tuviera esa intención? Cuento con que así sea, por el bien de Esme, porque se morirá si él no se lo pide. Pero en confianza te digo que no me hace demasiada ilusión que sea mi cuñado. Es muy quisquilloso, según Esme, y a ella le da mucho miedo que no le caigamos bien. En ese caso cree que nunca le pedirá que se case con él. Vamos, que no te imaginas cómo espera que todo vaya bien en la cena de mañana. Yo no veo ningún motivo para que vaya mal. Mamá es la mejor cocinera del mundo, tenemos una buena criada y he sobornado a Pringle con la mitad de mi paga semanal para que se porte bien. A él tampoco le gusta el doctor Carter, por supuesto: dice que es un engreído. Pero le tiene mucho cariño a Esme. ¡Solo espero que a papá no le dé un ataque de mal genio!

—¿Tienes algún motivo para temerlo? —preguntó Ana. En Summerside, todo el mundo sabía de los ataques de mal genio de Cyrus Taylor.

—Nunca se sabe cuándo puede ocurrir —dijo Trix con pena—. Esta noche estaba alteradísimo porque no encontraba su nuevo camisón de franela. Esme lo había guardado en otro cajón. Mañana por la noche puede que se le haya pasado o puede que no. Si no, nos abochornará a todos, y el doctor Carter llegará a la conclusión de que no puede entrar en una familia como la nuestra. Yo creo, Ana, que Lennox Carter quiere mucho a Esme, que la considera «una mujer muy conveniente» para él, pero no está dispuesto a precipitarse o a hacer nada que perjudique a un ser tan maravilloso como él. He sabido que le dijo a su primo que hay que pensarse muy bien en qué familia va a meterse uno. Se encuentra en ese punto en que cualquier pequeñez podría hacerle decidirse por una cosa o por otra. Y si en esas estamos, un arrebato de mal genio de papá no es una pequeñez.

—¿A él no le gusta el doctor Carter?

—Sí le gusta. Le parece estupendo para Esme. Pero cuando le da un ataque de los suyos no hay *nada* que hacer hasta que se le pase. Los Pringle son así,

Ana. Ya sabes que mi abuela Taylor era Pringle. No te imaginas lo que hemos pasado en nuestra familia. Nunca grita, como el tío George. La familia del tío George no da importancia a sus gritos. Se oyen los gritos a tres manzanas... Y luego se convierte en un corderito y vuelve con un vestido nuevo para todas, para hacer las paces. Papá se limita a rumiar, a fulminarte con la mirada y a no dirigir ni una palabra a nadie en la mesa. Esme dice que en el fondo es mejor que el primo Richard Taylor, que no para de hacer comentarios sarcásticos en la mesa y de insultar a su mujer; pero a mí me parece que no hay *nada* peor que esos horribles silencios de papá. Nos ponen muy nerviosas y nos da pánico abrir la boca. No sería para tanto si lo hiciera únicamente cuando estamos solos, pero también puede pasar cuando tenemos invitados. Esme y yo ya estamos hartas de tratar de explicar los insultantes silencios de papá. Está muerta de miedo de que siga enfadado mañana por la noche, por lo del pijama... ¿Qué pensaría Lennox? Y quiere que te pongas tu vestido azul. El vestido nuevo de Esme es azul, porque a Lennox le gusta el azul. Pero a papá le parece horroroso. A lo mejor si te pones el tuyo él se reconcilia con el de Esme.

—¿No sería mejor que se pusiera otra cosa?

—No tiene nada que ponerse para una cena con invitados, aparte del de popelina verde que le regaló papá por Navidad. Es un vestido precioso... A él le gusta que tengamos vestidos bonitos, pero no te puedes imaginar nada más feo que Esme de verde. Pringle dice que parece como si estuviera en las últimas con tuberculosis. Y el primo de Lennox Carter le dijo a Esme que Lennox nunca se casaría con una persona delicada. Cuánto me alegro de que Johnny no sea tan «quisquilloso».

—¿Ya le has dicho a tu padre que estás prometida con Johnny? —preguntó Ana, que estaba al corriente de los amoríos de Trix.

—No —gimoteó la pobre Trix—. No tengo valor, Ana. Sé que montará un escándalo. Papá nunca ha visto a Johnny con buenos ojos, porque es pobre. Se olvida de que él era más pobre que Johnny cuando empezó con el negocio de la ferretería. Tendré que decírselo pronto, claro... pero quiero esperar hasta que lo de Esme esté resuelto. Sé que papá estará semanas sin hablarnos cuando se lo diga, y mamá se disgustará mucho... No *soporta* el mal genio de papá. Todos nos acobardamos con él. Mamá y Esme son tímidas por naturaleza con todo el mundo, pero Pringle y yo tenemos mucho valor. Papá es el único capaz de acobardarnos. A veces pienso que si tuviéramos a alguien que nos apoyara... pero no lo tenemos, y nos quedamos paralizados. No te puedes imaginar, Ana, cómo es una cena con invitados en casa cuando papá está de mal genio. Aunque si mañana se comporta se lo perdonaré todo. Cuando quiere puede ser encantador... En realidad es como la niña de Longfellow: «Cuando es bueno es muy muy bueno, y cuando es malo es horroroso». Lo he visto ser el alma de la fiesta.

—Fue muy amable la noche que cené con vosotros el mes pasado.

—Es que tú le caes bien, ya te lo he dicho. Por eso, entre otras cosas, queremos tanto que vengas. Puedes ser una buena influencia para él. No queremos descuidar *nada* que le resulte agradable. Aunque cuando le da un ataque de los malos parece que lo odia todo y a todo el mundo. El caso es que hemos organizado una cena por todo lo alto, con un postre de natillas de naranja muy elegante. Mamá quería hacer tarta, porque dice que a todos los hombres del mundo, menos a papá, lo que más les gusta de postre es la tarta... incluso a los profesores de Lenguas Modernas. Pero a papá no le gusta, así que no podemos correr el riesgo de hacer tarta mañana, cuando tantas cosas dependen de esa cena. Las natillas de naranja son el postre favorito de papá. Y el pobre Johnny y yo... supongo que tendremos que fugarnos algún día y que papá no me lo perdonará nunca.

—Creo que si haces acopio de valor para decírselo y resistes después su mal humor verás que al final lo acepta de maravilla, y te habrás ahorrado meses de angustia.

—Tú no conoces a papá —dijo Trix con desánimo.

—A lo mejor lo conozco mejor que tú, que has perdido la perspectiva.

—¿Que he perdido... qué? Ana, cariño, recuerda que no soy licenciada. Solo tengo la secundaria. Me habría encantado ir a la universidad, pero mi padre no cree en la educación superior de las mujeres.

—Solo quería decir que tú estás demasiado cerca de él para entenderlo. Alguien de fuera puede verlo con más claridad: entenderlo mejor.

—Lo que sé es que no hay nada que induzca a papá a abrir la boca cuando decide callarse: *nada*. Lo tiene muy a gala.

—¿Y por qué los demás no os ponéis a hablar como si no pasara nada?

—No podemos. Ya te he dicho que nos paraliza. Ya lo verás mañana por la noche con tus propios ojos, si es que no se le ha pasado lo del pijama. No sé cómo lo hace, pero es así. Creo que no nos molestaría tanto que fuera un cascarrabias si al menos hablara. Es el silencio lo que nos pone los nervios de punta. Nunca perdonaré a papá si le da una rabieta mañana por la noche, cuando hay tanto en juego.

—Crucemos los dedos, cielo.

—Eso intento. Y sé que tu presencia nos ayudará. Mamá quería invitar también a Katherine Brooke, pero yo sabía que a papá no le haría gracia. La odia. Y no me extraña, la verdad. A mí tampoco me gusta nada. No entiendo cómo puedes ser tan amable con ella.

—Me da pena, Trix.

—¡Te da pena! Si no cae bien a nadie es solo culpa suya. Ya sé que en el mundo tiene que haber de todo, pero en Summerside podríamos pasarnos sin Katherine Brooke. ¡Es una amargada!

—Es una profesora excelente, Trix.

—¿Te crees que no la conozco? Fue profesora mía. Me llenó la cabeza de cosas, a martillazos... y también me despellejó con su sarcasmo. ¡Y cómo viste! Papá no soporta a una mujer mal vestida. Dice que no le gusta el desaliño y está convencido de que a Dios tampoco. A mamá le horrorizaría si se entera de que te lo he contado. En eso justifica a papá, porque es un hombre. ¡Si solo tuviéramos que justificarlo por eso! Y el pobre Johnny ahora casi ni se atreve a venir a casa, por lo grosero que es papá con él. De noche, cuando hace bueno, salgo a escondidas y damos vueltas alrededor de la plaza hasta que estamos medio congelados.

A Ana se le escapó algo parecido a un suspiro de alivio cuando Trix se marchó, y bajó a la cocina a pedirle a Rebecca Dew un tentempié.

—¿Vas a cenar a casa de los Taylor? Bueno, espero que Cyrus se porte como es debido. Si su familia no se asustara tanto con sus arranques de mal genio no se atrevería a ponerse hecho un basilisco tan a menudo, de eso estoy segura. Yo le digo, señorita Shirley, que disfruta sacando su mal genio. Y ahora tengo que calentarle la leche al gato ese. ¡Qué bicho tan mimado!

Capítulo X

l día siguiente, cuando Ana llegó a casa de Cyrus Taylor, notó la tensión en el ambiente nada más entrar por la puerta. Una doncella muy acicalada la acompañó a dejar el abrigo a la habitación de invitados, pero cuando subía las escaleras vio de reojo a la señora Taylor, que iba del comedor a la cocina secándose las lágrimas: seguía teniendo una cara muy dulce, aunque estaba pálida y parecía preocupada. Era evidente que a Cyrus «no se le había pasado» lo del pijama.

Trix lo confirmó enseguida cuando llegó a la sala de estar, angustiada, nerviosa y susurrando.

—Ay, Ana, está de un humor de perros. Esta mañana parecía muy amable, y nos animamos. Pero Hugh Pringle lo ha ganado esta tarde jugando a las damas, y papá no soporta perder una partida. Y, cómo no, tenía que pasar precisamente hoy. Cuando vio a Esme «admirándose en el espejo», según sus propias palabras, la sacó de su habitación y cerró la puerta con llave. La pobrecilla solo quería comprobar si estaba guapa, para gustar al doctor Lennox Carter. Ni siquiera ha podido ponerse su collar de perlas. Y mírame. No me he atrevido a rizarme el pelo... a papá no le gustan los rizos si no son naturales... y parezco un espantajo. No es que a mí me preocupe:

lo digo solo para que veas. Ha tirado a la basura las flores que puso mamá en la mesa del comedor... ¡con lo que se había esmerado ella!... y no le ha dejado ponerse los pendientes de granate. No lo había visto de tan mal humor desde la primavera, cuando volvió del oeste y se enfadó porque mi madre había puesto unas cortinas rojas en la sala de estar y él las prefería moradas. Ay, Ana, habla todo lo que puedas en la mesa, aunque él esté callado. ¡Si no hablas va a ser espantoso!

—Haré lo posible —prometió Ana, que ciertamente nunca se quedaba sin palabras. Claro que nunca se había visto en una situación como la que estaba a punto de presenciar.

Se reunieron alrededor de la mesa, muy bonita y bien puesta a pesar de que faltaban las flores. La tímida señora Taylor, con un vestido de seda gris, tenía la cara más gris que su vestido. Esme, la belleza de la familia, una belleza muy pálida, con el pelo rubio pálido, los labios rosa pálido y los ojos como un nomeolvides pálido, parecía mucho más pálida de lo habitual, como a punto de desmayarse. Pringle, un chico gordo, de catorce años, normalmente alegre, con los ojos redondos, gafas y el pelo casi blanco de tan rubio, tenía el aspecto de un perro atado, y Trix el de una colegiala aterrorizada.

El doctor Carter, innegablemente guapo y distinguido, con el pelo oscuro y liso, los ojos vivos y oscuros, y unas gafas de montura de plata (aunque a Ana, que lo conocía de sus tiempos de profesor adjunto en Redmond, siempre le había parecido un joven pomposo y aburrido), parecía incómodo. Era evidente que notaba que pasaba algo: conclusión lógica cuando tu anfitrión se dirige a la cabecera de la mesa y se sienta sin dirigir una sola palabra a nadie.

Cyrus no bendijo la mesa. La señora Taylor, roja como un tomate y con una voz que apenas se oía, murmuró: «Gracias, Señor, por los alimentos que vamos a recibir». La comida empezó mal. Esme estaba nerviosa y se le cayó el tenedor al suelo. Todos menos Cyrus se sobresaltaron, pues tenían los nervios a flor de piel. Miró a Esme con un fulminante gesto de ira silenciosa en los ojos azules y saltones. Miró a los demás y los dejó mudos. Miró luego a su pobre mujer cuando esta se sirvió una cucharada de salsa de rábanos picantes, recordándole con la misma mirada fulminante que tenía el estómago delicado. Después de esa mirada, ella ni se atrevió a probar la salsa, ¡y mira que le gustaba! No creía que pudiera sentarle mal. De todos modos, no fue capaz de probar bocado, y Esme tampoco. Simplemente fingían comer. La cena transcurría en un silencio escalofriante, salpicado por la entrecortada conversación sobre el tiempo que mantenían Trix y Ana. Trix le imploraba a Ana con los ojos que dijese algo, pero Ana, por una vez en la vida, no encontraba absolutamente nada que decir. Era consciente de que *tenía* que hablar, pero solo se le ocurrían idioteces, cosas imposibles de decir en voz alta. ¿Estaban todos hechizados? Era curioso el efecto que causaba un hombre cabezota y de mal genio. Ana nunca lo habría creído posible. Y saltaba a la vista que estaba contentísimo al saber que había logrado que todos se sintieran tan incómodos. ¿En qué narices estaría pensando? ¿Se sobresaltaría si alguien le clavara un alfiler? Ana tenía ganas de darle un bofetón, de pegarle en los nudillos, de mandarle al rincón, de tratarlo como al niño maleducado que era, a pesar del pelo, hirsuto y gris, y del fiero bigote.

Por encima de todo, quería obligarlo a hablar. Presentía que nada en el mundo sería mayor castigo para él que engatusarlo para que hablase, porque estaba empeñado en no abrir la boca.

¿Y si se levantaba y rompía, adrede, ese jarrón enorme, anticuado y horrendo, que estaba en la mesita de la esquina: un jarrón decorado con hojas y coronas de rosas que debía de ser dificilísimo de limpiar y tenía que estar siempre impoluto? Ana sabía que toda la familia odiaba ese jarrón, pero Cyrus Taylor no consentía en desterrarlo al desván porque había sido de su madre. Ana pensó que rompería el jarrón sin ningún temor si de verdad supiera que con eso podría provocar la ira verbal de Cyrus.

¿Por qué no hablaba Lennox Carter? Si dijera algo, Ana podría seguirle la corriente, y a lo mejor Trix y Pringle salían de aquel estado de parálisis y conseguían entablar algo parecido a una conversación. Pero Lennox se limitaba a comer. Tal vez pensara que era lo mejor; tal vez temiera decir algo que acrecentara aún más la palpable ira del padre de su novia.

—¿Me hace el favor de empezar con los encurtidos, señorita Shirley? —dijo la señora Taylor, con un hilo de voz.

Y una chispa de maldad se encendió en Ana. Empezó con los encurtidos, y con algo más. Sin pararse a pensar, se inclinó hacia delante, con un brillo cristalino en los ojos grises, y dijo amablemente:

—Quizá le sorprenda saber, doctor Carter, que el señor Cyrus se quedó sordo de repente la semana pasada.

Se reclinó en la silla, habiendo lanzado su bomba. No sabía decir con exactitud qué esperaba. Si el doctor Carter tenía la impresión de que su anfitrión estaba sordo, y no parapetado detrás de un muro de silencio colérico, a lo mejor se atrevía a soltar la lengua. Ana no había mentido. *No* había dicho que Cyrus Taylor *estaba* sordo. Por otro lado, si contaba con hacer hablar a Cyrus Taylor, no lo había conseguido. Se limitó a acribillarla con la mirada, todavía en silencio.

Pero el comentario produjo en Trix y Pringle un efecto que Ana jamás se habría imaginado. También Trix guardó silencio y montó en cólera. Justo antes de que Ana deslizara su pregunta retórica, había visto a Esme secándose a escondidas una lágrima que se le había escapado de los ojos azules y angustiados. Era todo un desastre. Lennox Carter ya nunca le pediría a Esme que se casara con él. Ya daba igual lo que cualquiera hiciese o dijese. De repente, se apoderó de Trix un deseo abrasador de ajustar cuentas con el bruto de su padre. Las palabras de Ana la inspiraron de un modo peculiar, y Pringle, que era un volcán de maldad contenida, parpadeó un instante con las pestañas blancas, como anonadado, y enseguida le siguió el juego a Trix. Nunca, en la vida, olvidarían Ana, Esme y la señora Cyrus el terrible cuarto de hora siguiente.

—¡Qué disgusto para el pobre papá! —asintió Trix, dirigiéndose al doctor Carter, a quien tenía enfrente—. Y eso que solo tiene sesenta y ocho años.

Dos muescas blancas se dibujaron en los bordes de los orificios nasales de Cyrus Taylor al oír que le ponían seis años de más. Aun así, siguió callado.

—Qué gusto disfrutar de una comida decente —observó Pringle, en voz alta y clara—. ¿Qué diría usted, doctor Carter, de un hombre que alimenta a su familia solo con fruta y huevos —nada más que fruta y huevos— por seguir la moda?

—¿Vuestro padre...? —empezó a decir el atónito doctor Carter.

—¿Qué pensaría de un marido que mordió a su mujer porque no le gustaban las cortinas que puso, que la mordió deliberadamente? —preguntó Trix.

—Hasta que la hizo sangrar —añadió Pringle con solemnidad.

—¿Queréis decir que vuestro padre...?

—¿Qué pensaría de un hombre que destroza con las tijeras un vestido de seda de su mujer porque no le gusta? —siguió Trix.

—¿Qué pensaría de un hombre que no permite a su mujer tener un perro? —dijo Pringle.

—¡Con la ilusión que le haría! —suspiró Trix.

—¿Qué pensaría de un hombre —continuó Pringle, que empezaba a disfrutar muchísimo— que le regala a su mujer por Navidad unas botas de goma... y nada más que eso?

—Unas botas de goma no hacen mucha ilusión —admitió el doctor Carter. Sus ojos se cruzaron con los de Ana, y sonrió. Ana cayó en la cuenta de que nunca lo había visto sonreír. Le cambiaba la cara increíblemente, para bien. ¿Qué decía Trix? ¿Quién se habría imaginado que podía ser un demonio?

—¿Se ha preguntado alguna vez, señor Carter, lo horrible que es vivir con un hombre que considera que es normal —*normal*— coger la carne, cuando no está en su punto, y lanzársela a la cara a la criada?

El doctor Carter miró a Cyrus Taylor con recelo, como si temiera que fuese a lanzarle a alguien los huesos del pollo. Luego, al parecer, recordó que su anfitrión estaba sordo y se tranquilizó.

—¿Qué pensaría de un hombre que cree que la tierra es plana? —preguntó Pringle.

Ana pensó que Cyrus diría algo entonces. Pareció que un temblor recorría su rostro rubicundo, pero de sus labios no salió una palabra. De todos modos, estaba segura de que el bigote del señor Taylor ya no parecía tan intimidante.

—¿Qué pensaría de un hombre que dejó que su tía —su única tía—acabara en un asilo? —preguntó Trix.

—¿Y que lleva a pastar a su vaca al cementerio? —añadió Pringle—. En Summerside todavía no se han recuperado del susto.

—¿Qué pensaría de un hombre que anota en su diario todos los días lo que ha cenado? —dijo Trix.

—El gran Samuel Pepys también lo anotaba —observó el doctor Carter, sonriendo de nuevo. Parecía a punto de echarse a reír. Quizá en el fondo no fuera tan pomposo, pensó Ana: solo joven y tímido y demasiado serio. Pero ella estaba decididamente horrorizada. No pretendía llevar las cosas tan lejos. Y estaba aprendiendo que es mucho más fácil empezar algo que ponerle fin. Trix y Pringle tenían una inteligencia diabólica. No habían dicho que su padre hiciera ninguna de aquellas cosas. Ana se imaginaba a Pringle explicando, con sus ojos redondos aún más redondos de fingida inocencia: «Yo solo he preguntado al doctor Carter para conocer su opinión».

—¿Qué pensaría —insistió Trix— de un hombre que abre las cartas de su mujer y las lee?

—¿Qué pensaría de un hombre que va a un entierro —el entierro de su padre— vestido con un mono de trabajo? —preguntó Pringle.

¿Qué inventarían a continuación? La señora Cyrus lloraba sin disimulo y Esme estaba muy serena, de pura desesperación. Ya todo daba igual. Se volvió al doctor Carter, a quien había perdido para siempre, y lo miró a los ojos. Por una vez en la vida algo la instó a hacer una observación inteligente.

—¿Qué pensarías —dijo en voz baja— de un hombre que se pasó un día entero buscando a los gatitos de una pobre gata a la que habían pegado un tiro, porque no podía soportar que se murieran de hambre?

Se hizo entonces un extraño silencio en el comedor. Trix y Pringle parecían de repente avergonzados. Y la señora Taylor, sintiéndose en el deber conyugal de reforzar la inesperada defensa que Esme acababa de hacer de su padre, abrió la boca.

—Y sabe hacer ganchillo de maravilla... El invierno pasado, cuando estuvo unos días en cama por culpa del lumbago, hizo un tapete precioso para la mesa de la sala de estar.

Todo el mundo tiene su límite de resistencia y Cyrus Taylor había alcanzado el suyo. Empujó la silla con tal furia que salió disparada por el suelo encerado y chocó contra la mesa donde estaba el jarrón. La mesa se cayó y el jarrón se rompió en sus tradicionales mil pedazos. Cyrus, con las cejas blancas erizadas de ira, se irguió y explotó por fin.

—¡Yo no hago ganchillo, mujer! ¿Quieres destruir para siempre la reputación de un hombre por un despreciable tapete? Me encontraba tan mal, por culpa del maldito lumbago, que no sabía qué hacer. ¿Y qué es eso de que estoy sordo, señorita Shirley? ¿Qué es eso de que estoy sordo?

—No ha dicho que lo estuvieras, papá —saltó Trix, que nunca se amedrentaba ante su padre cuando manifestaba su mal genio con palabras.

—No, claro, no ha dicho eso. ¡Nadie ha dicho nada! No habéis dicho que tengo sesenta y ocho años cuando solo tengo sesenta y dos, ¿verdad? ¡No habéis dicho que no dejo a vuestra madre tener un perro! ¡Por Dios, mujer, puedes tener cuarenta mil perros si quieres, y lo sabes! ¿Cuándo te he negado algo que quisieras? ¿Cuándo?

—Nunca, papá, nunca —sollozó la señora Taylor—. Y nunca he querido un perro. Ni siquiera he pensado en tener un perro, papá.

—¿Cuándo he abierto yo tus cartas? ¿Cuándo he escrito un diario? ¡Un diario! ¿Cuándo he ido a un funeral en mono de trabajo? ¿Cuándo he llevado yo a pastar a una vaca al cementerio? ¿Tengo una tía en el asilo de indigentes? ¿Cuándo le he tirado yo el asado a la cara a nadie? ¿Cuándo os he hecho vivir a base de fruta y huevos?

—Nunca, papá, nunca —dijo entre lágrimas la señora Taylor—. Siempre has sido un buen proveedor: el mejor.

—¿No me dijiste las últimas Navidades que querías unas botas con la suela de goma?

—Sí, claro que sí, papá. Y he pasado el invierno con los pies bien calentitos.

—¡Entonces! —Cyrus los miró a todos con aire triunfal. Sus ojos se encontraron con los de Ana. Y de pronto ocurrió algo inesperado. Cyrus se permitió una risita. Hasta se le dibujaron dos hoyuelos en las mejillas. Y esos hoyuelos obraron un milagro en su expresión. Volvió a la mesa con su silla y tomó asiento.

—Tengo la fea costumbre de ponerme de mal genio, doctor Carter. Todo el mundo tiene costumbres feas: la mía es esa. La única. Vamos, vamos, mamá, deja de llorar. Reconozco que me lo merecía todo, menos que me atacaras a cuento del ganchillo. Esme, hija mía, nunca olvidaré que eres la única que me ha defendido. Decidle a Maggie que venga a limpiar esto... Ya sé que todos os alegráis de que el maldito jarrón se haya roto... Y que traiga el postre.

Ana nunca habría podido creer que una velada que había empezado tan mal concluyera en un ambiente tan relajado. No había compañero mejor o más simpático que Cyrus; y tampoco hubo ajustes de cuentas posteriores, porque, cuando Trix pasó a ver a Ana unos días más tarde, le contó que por fin se había armado de valor para hablarle a su padre de Johnny.

—¿Se lo tomó muy mal, Trix?

—Pues... no se lo tomó nada mal —reconoció Trix avergonzada—. Solo soltó un bufido y dijo que ya iba siendo hora de que Johnny se decidiera, que llevaba dos años rondándome y ahuyentando a los demás. Supongo que pensó que no podía permitirse otro arrebato, porque había pasado muy poco tiempo desde el último. Y, ya sabes, Ana, que entre un arrebato y otro papá es encantador.

—Creo que es mucho mejor padre de lo que te mereces —dijo Ana, muy al estilo de Rebecca Dew—. ¡La de barbaridades que llegaste a decir en esa cena, Trix!

—Bueno, fuiste tú quien empezó —le recordó Trix—. Y Pringle también me ayudó un poco. Bien está lo que bien acaba... ¡Y, por suerte, ya no tendré que volver a limpiar ese jarrón!

Capítulo XI

(Pasaje de una carta a Gilbert dos semanas después.)

Se ha anunciado el compromiso de Esme Taylor con el doctor Lennox Carter. Por lo que he deducido a partir de diversos cotilleos, creo que ese viernes fatídico el profesor decidió que quería proteger a Esme y librarla de su padre y su familia... ¡Puede que también de sus amigas! Es evidente que verla en apuros despertó su sentido caballeresco. Trix sigue pensando que yo fui el medio para conseguirlo, y puede que algo ayudara, pero no creo que vuelva a intentar un experimento similar. Se parece demasiado a coger una antorcha por la llama.

La verdad es que no sé qué me pasó, Gilbert. Debió de ser la resaca de mi antigua aversión a todo lo que huela a *pringleísmo.* Ahora ya me parece algo antiguo. Casi lo he olvidado. Aunque algunos todavía no salen de su asombro. Me han contado que la señorita Valentine Courtaloe dice que no le extraña nada que me haya ganado a los Pringle, porque «soy de armas tomar»; y la mujer del párroco cree que ha sido la respuesta a sus oraciones. Bueno, ¿quién sabe por qué?

Ayer, después de clase, hice parte del camino con Jen Pringle, hablando «de barcos y de zapatos y de lacre»... de casi todo menos de geometría. De eso no hablamos. Jen se ha dado cuenta de que no sé mucho de geometría, pero lo compenso con lo poco que sé sobre el capitán Myrom. Le presté a Jen *El libro de los mártires* de John Foxe. No me gusta prestar un libro al que tengo cariño... nunca me parece el mismo cuando me lo devuelven... pero a ese libro le tengo cariño solo porque me lo regaló la querida señora Allan hace años, cuando gané un premio en catequesis. No me gusta leer historias de mártires, porque siempre me hacen sentir insignificante y me da vergüenza... me da vergüenza reconocer que me fastidia salir de la cama por la mañana cuando ha helado y que me da miedo ir al dentista.

En fin, me alegro de que Esme y Trix sean felices. Desde que mi romance echó su flor me interesan mucho más los romances ajenos. En el buen sentido, entiéndeme. No por curiosidad o por malicia sino por la pura alegría de que haya tanta felicidad.

Aún es febrero y «en el tejado del convento la nieve brilla a la luz de la luna». Solo que no es un convento: es el tejado del establo del señor Hamilton. Pero empiezo a pensar: «Ya solo quedan unas pocas semanas para la primavera... y unas pocas más para el verano... y las vacaciones... y Tejas Verdes... y el sol dorado en los prados de Avonlea... y la bahía que será de plata al amanecer y como un zafiro a mediodía y escarlata de noche... y *tú*».

Elizabeth y yo tenemos miles de planes para esta primavera. Somos muy buenas amigas. Le llevo la leche todas las tardes y muy de vez en cuando le dejan dar un paseo conmigo. Hemos descubierto que nacimos el mismo día, y le hizo tanta ilusión que se puso colorada «como la más divina rosa roja». Es monísima cuando se pone colorada. Normalmente está demasiado pálida y no parece que la leche recién ordeñada le dé algo de color. Solo cuando volvemos de alguno de nuestros paseos en el crepúsculo con los vientos vespertinos cobran sus mejillas un tono rosa precioso. Una vez me preguntó, muy seria: «¿Si me pongo suero de manteca en la cara todas las noches tendré una piel tan bonita y cremosa como la suya cuando sea mayor, señorita Shirley?». Por lo visto, el suero de manteca es el cosmético preferido en el Callejón de los Espíritus. He descubierto que Rebecca Dew también lo usa. Me ha hecho jurar que guardaré el secreto, porque a las viudas les parecería una frivolidad, a sus años. La cantidad de secretos que tengo que guardar en esta casa me está haciendo envejecer antes de tiempo. A lo mejor si me pongo suero de manteca en la nariz se borrarían esas siete pecas. Por cierto, ¿alguna vez se le ha ocurrido a usted, señor, pensar que tengo una piel «bonita y cremosa»? Nunca me lo has dicho. ¿Y te has dado plena cuenta de que soy «guapa, en comparación»? Porque he descubierto que lo soy.

—¿Qué se siente siendo guapa, señorita Shirley? —me preguntó Rebecca Dew, muy seria, el otro día, cuando me vio con mi vestido nuevo de gasa de color galleta.

—Yo me hago la misma pregunta muchas veces —contesté.

—Pero usted *es* guapa.

—Nunca se me había ocurrido que pudiera ser sarcástica, Rebecca —le reproché.

—No pretendía ser sarcástica, señorita Shirley. Usted es guapa... en comparación.

—¡Ah! ¡En comparación!

—Mírese en el espejo del aparador —me indicó Rebecca Dew—. En comparación conmigo, lo es.

O sea, que lo soy.

Pero no había terminado de hablar de Elizabeth. Una tarde de tormenta, cuando el viento aullaba en el Callejón de los Espíritus y no podíamos ir de paseo, subimos a mi habitación y dibujamos un mapa del mundo de las hadas. Elizabeth se sentó en mi cojín azul con forma de rosquilla, para elevarse un poco, y parecía un gnomito serio, inclinada sobre el mapa. (Por cierto, ¡que no me vengan con ortografía fonética! «Gnomo» me parece mucho más mágico y fantástico que «nomo».)

Nuestro mapa todavía no está acabado... Cada día se nos ocurre algo nuevo que incluir. Anoche localizamos la casa de la Bruja de la Nieve y dibujamos detrás un monte con tres cimas, cubierto de cerezos en flor. (Eso me recuerda que quiero tener cerezos cerca de la casa de nuestros sueños, Gilbert.) Naturalmente, en nuestro mapa hay un Mañana: se encuentra al este de Hoy y al oeste de Ayer... Y en el mundo de las hadas tenemos todo tipo de «tiempos»: tiempo de primavera, tiempo largo, tiempo corto, tiempo de la luna nueva, tiempo de buenas noches y tiempo próximo... no tenemos tiempo final, porque es demasiado triste para el mundo de las hadas; tiempo antiguo, tiempo joven... porque si hay un tiempo antiguo tiene que haber también un tiempo joven; tiempo de montaña... porque suena de maravilla; tiempo de noche y tiempo de día... pero no de acostarse o de ir al colegio; tiempo de Navidad; nunca tiempo de soledad, porque también es demasiado triste... pero sí tiempo perdido, porque es muy bonito encontrarlo; algo de tiempo, buen tiempo, tiempo veloz, tiempo lento, tiempo de besos, tiempo de ir a casa y tiempo inmemorial, que es una de las expresiones más bonitas del mundo. Y lo hemos llenado todo, astutamente, de unas flechitas rojas que indican los diferentes «tiempos». Sé que Rebecca Dew me considera infantil. Pero, ¡ay, Gilbert!, no nos volvamos nunca demasiado mayores y sabios... Mejor dicho: demasiado mayores y *tontos* para olvidarnos del mundo de las hadas.

Sé que Rebecca Dew no está segura de que yo sea una buena influencia en la vida de Elizabeth. Cree que le doy pie a ser «fantasiosa». Una tarde que yo no estaba, Rebecca Dew fue a llevarle la leche, y la niña ya estaba en la puerta, tan distraída mirando el cielo que ni oyó los pasos (de todo menos etéreos) de Rebecca.

—Estaba escuchando cosas, Rebecca —explicó Elizabeth.

—Escuchas demasiado —le reprochó Rebecca.

Elizabeth sonrió vagamente, sobriamente. (Rebecca no empleó estas palabras, pero sé perfectamente cómo sonrió Elizabeth.)

—Se sorprendería, Rebecca, si supiera las cosas que oigo a veces —dijo, en un tono que a Rebecca le puso la carne de gallina... Eso me ha dicho.

Pero Elizabeth siempre está tocada por la fantasía, ¡qué le vamos a hacer!

Tu muy Anísima Ana

P. S. 1: Nunca, nunca, nunca olvidaré la cara de Cyrus Taylor cuando su mujer lo acusó de hacer ganchillo. Pero siempre me caerá bien por buscar a esos gatitos. Y me cae bien Esme, por salir en defensa de su padre, aunque sus esperanzas estuvieran supuestamente rotas.

P. S. 2: He puesto un plumín nuevo. Y te quiero porque no eres pomposo, como el doctor Carter... y te quiero porque no tienes orejas de soplillo, como Johnny. Y... sobre todo... ¡te quiero sencillamente porque eres Gilbert!

Capítulo XII

Los Álamos Ventosos
Callejón de los Espíritus

30 de mayo

Queridísimo y requetequeridísimo:
¡Es primavera!

A lo mejor tú, que estás sumido en el torbellino de los exámenes en Kingsport, no te has dado cuenta. Pero yo lo noto desde la coronilla hasta las puntas de los dedos de los pies. Summerside también lo nota. Hasta las calles más feúchas se han transfigurado con los brazos de las ramas en flor que cubren las tapias viejas, y con la cinta de dientes de león en la hierba que bordea las aceras. Hasta la mujer de porcelana de mi estantería lo nota, y sé que si un día me despertara de repente, la sorprendería bailando un *pas seul,* con sus zapatos rosas de tacón dorado.

Todo me habla de «primavera»: los risueños arroyuelos, las brumas azuladas en Storm King, los arces de la arboleda a la que voy a leer tus cartas, los cerezos blancos del Callejón de los Espíritus, los esbeltos y traviesos zorzales que brincan por el patio desafiando a Ceniciento, la verde enredadera que oculta la mitad de la puerta a la que viene Elizabeth a por su leche, los abetos del antiguo cementerio, que ya empiezan a echar piñas nuevas... hasta el propio cementerio, donde la cantidad de flores plantadas a los pies de las lápidas están cuajadas de hojas y capullos, como si dijeran: «Incluso aquí la vida derrota a la muerte». La otra noche di un paseo precioso por el cementerio. (Estoy segura de que a Rebecca Dew mis paseos le parecen de lo más morbosos. «No entiendo sus ganas de pasear por un sitio tan tétrico», dice.) El otro día di una vuelta por ahí, entre las matas de salvia olorosa, y se me ocurrió pensar si de verdad a Nathan Pringle quería envenenarlo su mujer. Su sepultura tenía un aire tan inocente, con su hierba nueva y sus lirios de junio, que llegué a la conclusión de que a esa mujer la han calumniado totalmente.

¡Solo me queda un mes para volver a casa de vacaciones! No paro de pensar en el huerto de Tejas Verdes, con sus árboles nevados... en el puente que cruza el Lago de las Aguas Centelleantes... en el murmullo del mar en los oídos... en una tarde de verano en el Paseo de los Enamorados... ¡y en ti!

Esta noche tengo la pluma perfecta, Gilbert, y por eso...

(Dos páginas omitidas.)

Esta tarde he ido a visitar a los Gibson. Marilla me pidió hace tiempo que me acercara a verlos, porque los conoció cuando vivían en White Sands. El caso es que fui a verlos y desde entonces los he visto todas las semanas, porque Pauline parece que se alegra mucho con mis visitas y me da muchísima pena. Su madre la tiene sencillamente esclavizada... Es una mujer horrible.

La señora de Adoniram Gibson tiene ochenta años y se pasa el día en una silla de ruedas. Se mudaron a Summerside hace quince años. Pauline, que tiene cuarenta y cinco, es la pequeña: todos sus hermanos y hermanas se han casado, y ninguno está dispuesto a llevarse a la señora Gibson a su casa. Pauline lleva la casa y atiende a su madre. Es una mujer bajita, pálida, con los ojos de color castaño claro y un pelo castaño dorado todavía bonito y lustroso. No pasan ningún tipo de estrecheces y, si no fuera por su madre, Pauline podría tener una vida muy cómoda y agradable. Le encanta colaborar en la parroquia y sería de lo más feliz participando en asociaciones benéficas y grupos misioneros, organizando cenas en la iglesia y actos de bienvenida, por no hablar del orgullo que le inspira ser la dueña de la tradescantia más bonita de la ciudad. Pero rara vez puede salir de casa, ni siquiera los domingos para ir a la iglesia. No veo ninguna escapatoria para ella, porque es probable que la señora Gibson viva cien años. Y, aunque no pueda mover las piernas, es evidente que a su lengua no le pasa nada. Me llena de rabia y de impotencia oír cómo convierte a Pauline en el blanco de su sarcasmo. Y eso que Pauline me ha dicho que su madre «me tiene en gran estima» y es mucho más amable cuando estoy con ella. Si es cierto, tiemblo solo de pensar cómo será cuando no estoy.

Pauline no se atreve a hacer nada sin permiso de su madre. Ni siquiera puede comprarse la ropa que quiere... y mucho menos un par de medias. La señora Gibson tiene que dar su aprobación a todo; hay que usar todas las prendas hasta que se les haya dado la vuelta dos veces. Pauline lleva el mismo sombrero desde hace cuatro años.

La señora Gibson no soporta el más mínimo ruido en la casa; ni siquiera un soplo de aire fresco. Dicen que no ha sonreído jamás en la vida... Desde luego yo no la he visto y, cuando la miro, me pregunto qué le pasaría a su cara si sonriera. Pauline ni siquiera tiene una habitación para ella sola. Duerme en el cuarto de su madre y tiene que levantarse casi cada hora a masajearle la espalda, darle una pastilla o llevarle una bolsa de agua caliente... ¡*Caliente,* no tibia...! O a cambiarle las almohadas, o a ver qué es ese ruido misterioso que se oye en el patio. La señora Gibson duerme por las tardes y se pasa la mayor parte de la noche inventando tareas para Pauline.

Y ella nunca protesta. Es dulce, generosa y paciente, y me alegro de que tenga un perro al que querer. Ese perro es lo único sobre lo que siempre ha podido tomar sus propias decisiones... y si lo tiene es gracias a que hubo un robo en la ciudad y la señora Gibson pensó que sería una buena protección. Pauline no se atreve a que su madre vea cuánto quiere a su perro. La señora Gibson lo odia y se queja de que trae huesos, pero, por egoísmo, nunca se ha atrevido a decir que el perro tiene que irse.

El caso es que por fin tengo la oportunidad de regalarle algo a Pauline, y eso voy a hacer. Voy a regalarle un *día,* aunque eso significa que no podré ir a Tejas Verdes el próximo fin de semana.

Esta noche, al llegar a su casa, he visto que Pauline había llorado. La señora Gibson no tardó en sacarme de dudas.

—Pauline quiere irse y dejarme, señorita Shirley —me explicó—. ¿Le parece a usted que eso es de hijas buenas y agradecidas? Dice: «Solo me iré un día, mamá». Pero usted sabe cómo son mis días, señorita Shirley. Todo el mundo sabe cómo son mis días... Lo que *todavía* no sabe, señorita Shirley, y espero que nunca lo sepa, es lo largo que puede ser un día cuando se sufre.

Yo sabía que la señora Gibson no sufría nada, así que no intenté compadecerme.

—Buscaré a alguien para que se quede contigo, mamá —dijo Pauline—. Ya sabe usted —me dijo— que mi prima Louisa celebra sus bodas de plata en White Sands el sábado de la semana que viene, y me ha pedido que vaya. Fui su dama de honor cuando se casó con Maurice Hilton. Me gustaría mucho ir, si mamá me da su consentimiento.

—Si tengo que morir sola, que así sea —fue la respuesta de la señora Gibson—. Lo fío a tu conciencia, Pauline.

Supe que Pauline había perdido la batalla en cuanto se apeló a su conciencia. La señora Gibson lleva toda la vida saliéndose con la suya gracias al método de fiarlo todo a la conciencia de los demás. He sabido que, hace años, alguien quería casarse con Pauline, y la señora Gibson lo evitó, fiando la decisión a la conciencia de su hija.

Pauline se secó las lágrimas, esbozó una sonrisa triste y cogió el vestido que se estaba arreglando... Era un vestido horrendo, de cuadros negros y verdes.

—Y ahora no te enfurruñes, Pauline —le advirtió su madre—. No aguanto a la gente que se enfurruña. Y no te olvides de ponerle un cuello a ese vestido. ¿Puede usted creer, señorita Shirley, que quería dejar el vestido sin cuello? Si no fuera por mí, se pondría un vestido escotado.

Miré a la pobre Pauline, con su escote bonito y esbelto pero no huesudo, embutido en un asfixiante cuello de redecilla alto y rígido.

—Los vestidos sin cuello están de moda —observé.

—Los vestidos sin cuello son indecentes —replicó la señora Gibson.

(Nota: Yo llevaba un vestido sin cuello.)

—Además —añadió, como si todo fuera en el mismo lote—, nunca me ha gustado Maurice Hilton. Su madre era una Crockett. Ese hombre nunca ha tenido el más mínimo sentido del decoro... ¡Siempre besaba a su mujer en sitios de lo más inoportunos!

(¿Tú estás seguro de besarme en sitios oportunos, Gilbert? Creo que la nuca, por ejemplo, a la señorita Gibson le parecería un sitio de lo más inoportuno.)

—Pero, mamá, sabes que eso fue el día que ella se libró por los pelos de que el caballo de Harvey Wither la pisoteara, cuando se desbocó en el prado de la iglesia. Era natural que Maurice se alarmara un poco.

—Pauline, por favor, no me lleves la contraria. Sigo pensando que la escalera de la iglesia no es lugar para besar a nadie. Aunque, claro, *mi* opinión no le interesa a *nadie*. Ya sé que todos quieren verme muerta. Bueno, pronto me harán un hueco en la tumba. Sé que soy una carga para ti. Más me valdría morirme. Nadie me quiere.

—No digas eso, mamá —le rogó Pauline.

—Lo voy a decir. Estás empeñada en ir a esas bodas de plata, aunque sabes que yo no quiero.

—Querida mamá. No voy a ir... Nunca se me ocurriría ir si tú no quieres. No te alteres tanto.

—Vaya, ¿ni siquiera puedo alterarme un poco, para aliviar mi aburrimiento? ¿No se irá usted ya, señorita Shirley?

Como tenía la sensación de que si me quedaba me volvería loca o abofetearía a la cascarrabias de la señora Gibson, dije que tenía que corregir unos exámenes.

—Bueno, me imagino que dos viejas como nosotras son muy pobre compañía para una chica joven —suspiró la señora Gibson—. Pauline no es muy alegre... ¿verdad, Pauline? No es muy alegre. No me extraña, señorita Shirley, que no se quede usted más tiempo.

Pauline salió al porche conmigo. La luna iluminaba el jardincito y centelleaba en el puerto. Una brisa deliciosa conversaba con un manzano blanco. Era primavera... primavera... ¡primavera! Ni siquiera la señora Gibson podía evitar que florecieran los ciruelos. Y los dulces ojos de Pauline, entre azules y grises, estaban llenos de lágrimas.

—Me gustaría mucho ir a las bodas de plata de Louie —dijo, con un largo suspiro de resignación.

—Irá —le aseguré.

—No, querida, no puedo. Mi pobre madre no lo consentirá nunca. Tengo que quitármelo de la cabeza. ¿Verdad que la luna está preciosa esta noche? —añadió, en voz alta y alegre.

—Nunca he tenido noticia de que mirar la luna sirviera de algo —contestó la señora Gibson desde la sala de estar—. Deja de parlotear, Pauline, y ven a traerme las pantuflas rojas con los bordes de piel. Estos zapatos me están matando, pero a nadie le preocupa que sufra.

Pensé que me traía sin cuidado cuánto sufriera. ¡Pobre Pauline! Pero Pauline tendrá un día libre con toda seguridad y podrá ir a sus bodas de plata. Yo, Ana Shirley, así lo anuncio.

En casa, se lo conté todo a las viudas y a Rebecca Dew, y lo pasamos en grande pensando en la cantidad de insultos maravillosos que podría haberle dicho a la señora Gibson. La tía Kate no cree que consiga convencer a la buena señora para que deje ir a Pauline, pero Rebecca Dew confía en mí.

—Si no puedes tú no podrá nadie —dijo.

Hace poco cené con la señora de Tom Pringle, la que no quiso alojarme en su casa. (Rebecca dice que soy la inquilina más rentable del mundo, porque ceno fuera muy a menudo.) Me alegro de que no me acogiera. Es amable y simpática, y sus tartas se alaban en todo el pueblo, pero su casa no es como Los Álamos Ventosos y no vive en el Callejón de los Espíritus y no es como la tía Kate ni la tía Chatty ni Rebecca Dew. Las quiero a las tres, y pienso alojarme aquí el año que viene y el siguiente. A mi silla siempre la llaman «la silla de la señorita Shirley», y la tía Chatty dice que cuando no estoy en casa Rebecca Dew pone mi cubierto en la mesa como si estuviera, «para que no parezca tan solitaria». La susceptibilidad de la tía Chatty a veces nos complica un poco la vida, pero dice que ahora me conoce y sabe que nunca le haría daño intencionadamente.

Elizabeth y yo vamos a dar un paseo dos veces a la semana. La señora Campbell nos consiente hasta ahí, pero no más, y *nunca* podemos salir los domingos. La situación de Elizabeth ha mejorado con la primavera. Hasta en esa casa vieja y tétrica entra un poco de sol y el jardín está incluso bonito, con el baile de las sombras de las copas de los árboles. Aun así, a Elizabeth le gusta escaparse siempre que puede. De vez en cuando vamos al centro, para que vea los escaparates iluminados. Pero normalmente llegamos hasta donde nos atrevemos por el Camino que Lleva al Fin del Mundo, rodeando cada curva con expectación y espíritu aventurero, como si fuéramos a encontrar el Mañana al otro lado, con los cerros verdes acurrucados a lo lejos bajo el atardecer. Una de las cosas que Elizabeth quiere hacer en el Mañana es «ir a Filadelfia y ver el ángel de la iglesia». No le he dicho... ni se lo pienso decir... que el San Juan de Filadelfia no está en la Filadelfia de Pensilvania. Perdemos las ilusiones demasiado pronto. Además, si pudiéramos llegar al Mañana, ¿quién sabe lo que encontraríamos? Ángeles por todas partes, quizá.

A veces vemos entrar a los barcos en el puerto, con viento favorable y su estela como un espejo en el aire transparente de la primavera, y Elizabeth se pregunta si su padre vendrá en uno de ellos. No pierde la esperanza de que venga algún día. No entiendo por qué no viene. Estoy segura de que vendría si supiera que tiene una hija encantadora que está deseando verlo. Supongo que no es consciente de que ha crecido... que sigue pensando en ella como en la recién nacida que le costó la vida a su mujer.

Ya falta poco para que termine mi primer curso en el Instituto Summerside. El primer trimestre fue una pesadilla, pero los dos últimos han sido muy agradables. Los Pringle son *gente encantadora.* No sé cómo se me ocurrió compararlos con los Pye. Sid Pringle me ha traído hoy un ramo de trilios. Jen va a ser la primera de su clase y, por lo visto, la señorita Ellen ha dicho que soy la única que ¡ha *entendido de verdad* a esa chica! Mi única china en el zapato es Katherine Brooke, que sigue antipática y distante. Creo que voy a renunciar a ser su amiga. Como dice Rebecca Dew, todo tiene sus límites.

Ah, casi me olvido de contártelo... Sally Nelson me ha pedido que sea una de sus damas de honor. Se casa el último día de junio en Bonnyview,

la casa de verano del doctor Nelson, cerca del apeadero. Va a casarse con Gordon Hill. Nora Nelson será entonces la única de las seis hijas del doctor Nelson que sigue soltera. Jim Wilcox sale con ella desde hace años... «van y vienen», según Rebecca... pero parece que la cosa no acaba de cuajar y ya a nadie le parece posible. Le tengo mucho cariño a Sally, pero nunca me he lanzado a tratar con Nora. Es mucho mayor que yo, y muy orgullosa y reservada. Me gustaría ser amiga suya. No es guapa ni inteligente ni encantadora, pero tiene *algo*. Me da la sensación de que valdría la pena.

Hablando de bodas, Esme Taylor se casó el mes pasado con el doctor Lennox Carter. Fue un miércoles por la tarde y no pude ir a verla a la iglesia, pero todo el mundo dice que estaba muy guapa y feliz, y que Lennox tenía el aire de quien sabe que ha hecho lo que tenía que hacer y se queda con la conciencia tranquila. Cyrus Taylor y yo somos grandes amigos. Se refiere a menudo a esa cena, que ahora considera una buena anécdota para contar a todo el mundo.

—Desde entonces no me atrevo a enfadarme —me dijo—, por miedo a que la próxima vez mi mujer me acuse de hacer colchas de retazos.

Y siempre me dice que no me olvide de dar recuerdos a «las viudas». Gilbert, la gente es deliciosa, la vida es deliciosa y yo soy

Para siempre *¡tuya!*

P. S.: La vaca roja que tenemos en el prado del señor Hamilton ha parido un ternero pinto. Llevamos tres meses comprándole la leche a Lew Hunt. Rebecca dice que ahora volveremos a tener nata... y que siempre había oído decir que el pozo de los Hunt era inagotable y ahora se lo cree. Rebecca no quería que naciera el ternero. La tía Kate tuvo que pedirle al señor Hamilton que le dijera que en realidad la vaca era demasiado vieja para tener un ternero, para que no protestara tanto.

Capítulo XIII

—Cuando sea mayor y lleve tanto tiempo como yo postrada en la cama será más compasiva —gimió la señora Gibson.

—Por favor, no crea que me falta compasión, señora Gibson —dijo Ana, que después de media hora de inútil esfuerzo tenía ganas de retorcerle el pescuezo a la buena señora. Únicamente la mirada de súplica de Pauline le impidió darse por vencida de pura desesperación y marcharse a casa—. Le prometo que no se sentirá sola y abandonada. Me quedaré todo el día aquí y me ocuparé de que no le falte nada.

—Sí, ya sé que no le sirvo a nadie —soltó la señora Gibson sin que viniera a cuento—. No hace falta que me lo restriegue, señorita Shirley. Estoy preparada para irme en cualquier momento... en cualquier momento. Entonces Pauline podrá divertirse todo lo que quiera. No pienso quedarme aquí para sentirme abandonada. Los jóvenes de hoy no tienen sentido común. Son atolondrados... muy atolondrados.

Ana no sabía si la joven atolondrada y sin sentido era Pauline o ella misma, pero disparó la última bala que le quedaba en la recámara.

—Ya sabe usted, señora Gibson, que la gente dirá barbaridades si Pauline no va a las bodas de plata de su prima.

—¡Decir! —contestó bruscamente la aludida—. ¿Qué pueden decir?

—Querida señora Gibson —«¡Perdón por el adjetivo!», pensó Ana—, sé que en su larga vida habrá aprendido usted lo que pueden llegar a decir las malas lenguas.

—No hace falta que me eche en cara los años que tengo —protestó la señora Gibson—. Y no necesito que me recuerden que el mundo está lleno de censura. Demasiado bien... demasiado bien lo sé. Y tampoco necesito que me digan que esta ciudad está llena de cotorras. Pero no sé si me apetece que chismorreen de mí... Que digan que soy una vieja tirana. Yo no le impido a Pauline que vaya. ¿No lo he fiado a su conciencia?

—Muy poca gente se creería eso —con prudente tristeza.

La señora Gibson estuvo un rato chupeteando con furia una pastilla de menta y luego dijo:

—He oído que hay paperas en White Sands.

—Mamá, querida, yo ya he pasado las paperas.

—Hay quien las pasa dos veces. Tú eres la más indicada para eso, Pauline. Pillas todo lo que circula por ahí. La de noches en vela que me has hecho pasar, ¡pensando que no verías amanecer! Qué pena que los sacrificios de una madre ya no se recuerden. Además, ¿cómo piensas ir a White Sands? Hace años que no subes a un tren. Y no hay tren de vuelta el sábado por la noche.

—Puede ir en el tren del sábado por la mañana —señaló Ana—. Y estoy segura de que el señor James Gregor la traerá luego a casa.

—Nunca me ha gustado Jim Gregor. Su madre era una Tarbush.

—Se va el viernes en la calesa, de lo contrario también llevaría a Pauline. Pero puede ir tranquilamente en el tren, señora Gibson. Es cuestión de subir en Summerside y bajarse en White Sands... sin transbordo.

—Aquí hay gato encerrado —dijo la señora Gibson con recelo—. ¿Por qué se empeña tanto en que mi hija vaya a esa fiesta? Dígamelo.

Ana sonrió a la mujer de los ojillos redondeados.

—Porque creo que Pauline es una buena hija, señora Gibson, y necesita un día libre de vez en cuando, como todo el mundo.

La mayoría de la gente encontraba irresistible la sonrisa de Ana. Debió de ser eso, o el temor a las habladurías, lo que venció a la señora Gibson.

—Me imagino que a nadie se le ha ocurrido nunca que a mí también me gustaría tener un día libre de esta silla de ruedas, si pudiera. Pero no puedo... tengo que llevar mi sufrimiento con resignación. Bueno, si tiene que ir, que vaya. Siempre se ha salido con la suya. Y si coge las paperas o se envenena con picaduras de mosquitos raros, a mí que no me echen la culpa. Me las arreglaré lo mejor que pueda. Sí, ya sé que usted estará conmigo, pero no conoce mis costumbres como Pauline. Supongo que podré resistirlo por un día. Si no puedo... en fin, llevo ya muchos años viviendo de prestado, así que, ¿qué más da? —No era ni mucho menos un consentimiento agradable, pero era un consentimiento. Ana, llena de alivio y gratitud, hizo algo que nunca se habría imaginado... Se inclinó y dio un beso a la señora Gibson en la mejilla cuarteada.

—Gracias —dijo.

—Déjese de arrumacos —fue la respuesta de la anciana—. Tome una pastilla de menta.

—¿Cómo podré darle las gracias, señorita Shirley? —dijo Pauline después de andar un trecho por la calle con Ana.

—Yendo a White Sands tranquila y disfrutando hasta el último minuto.

—Lo haré. No sabe usted lo que esto significa para mí, señorita Shirley. No solo quiero ver a Louisa. Van a vender la antigua casa de los Luckley, que está justo al lado, y tengo muchas ganas de verla antes de que pase a manos de desconocidos. Mary Luckley... ahora es la señora de Howard Flemming y vive en el oeste... era mi mejor amiga de la infancia. Éramos como hermanas. Yo pasaba mucho tiempo en su casa, y me encantaba. He soñado muchas veces con volver. Mamá dice que soy demasiado mayor para soñar. ¿Usted lo cree, señorita Shirley?

—Nadie es demasiado mayor para soñar. Y los sueños nunca envejecen.

—Cuánto me alegro de que diga eso. Ay, señorita Shirley, voy a ver el golfo. Llevo quince años sin verlo. El puerto es precioso, pero no es como el golfo. Me siento como si flotara. Y todo se lo debo a usted. Mamá me ha dejado ir porque usted le gusta. Usted me ha hecho feliz... usted siempre hace felices a los demás. En cuanto entra en un sitio, señorita Shirley, todo el mundo se siente más feliz.

—Es el cumplido más bonito que me han hecho nunca, Pauline.

—Hay una sola cosa que... No tengo más que mi antiguo vestido de tafetán negro. Es demasiado triste para una boda. Y me queda muy grande porque he adelgazado. Es que hace ya seis años que me lo compré.

—Pues intentaremos convencer a su madre para que le deje comprar un vestido nuevo —dijo Ana, sin perder la esperanza.

Sin embargo, eso resultó no estar a su alcance. La señora Gibson se negó rotundamente. El vestido de tafetán negro era más que adecuado para la fiesta de Louisa Hilton.

—La tela me costó dos dólares el metro, hace seis años, y a Jane Sharp le pagué otros tres por hacerlo. Jane era una buena modista. Su madre era una Smiley. ¡Mira que querer algo «claro», Pauline Gibson! ¡Qué ocurrencia! Si pudiera, iría de rojo de los pies a la cabeza, señorita Shirley. Solo está esperando a que me muera. Pronto te librarás de la carga que soy para ti, Pauline. Entonces podrás vestirte todo lo alegre y atolondradamente que quieras, pero mientras yo viva, serás decente. ¿Y qué hay de tu sombrero? Ya va siendo hora de que lleves gorrito.

La pobre Pauline sentía verdadero horror a llevar gorrito. Prefería seguir toda la vida con su sombrero viejo antes que ponerse un gorrito.

—Voy a olvidarme de la ropa y a pensar solo en estar contenta —le dijo a Ana cuando salieron al jardín a hacer un ramo de fumarias y lirios de junio para las viudas.

—Tengo un plan —anunció Ana, mirando de reojo para asegurarse de que la señora Gibson no la oía, porque las vigilaba desde la ventana de la sala de estar—. ¿Ha visto mi vestido de popelina gris plata? Se lo presto para la boda.

Tal fue su emoción que a Pauline se le cayó la cesta de flores, que formaron un charco de dulzor blanco y rosa a los pies de Ana.

—Ay, querida, no puedo... Mamá no me dejará.

—No se enterará de nada. Escuche. El sábado por la mañana se pone mi vestido debajo del de tafetán negro. Sé que le quedará bien. Es un poco largo, pero mañana le hago un dobladillo. Los dobladillos están de moda. Es un vestido sin cuello y con la manga al codo, así que nadie lo notará. En cuanto llegue usted a la Cala de la Gaviota, se quita el de tafetán. Después de la fiesta puede dejar el vestido de popelina en la Cala de la Gaviota y yo iré a buscarlo el próximo fin de semana que esté en casa.

—Pero ¿no será demasiado juvenil para mí?

—De ninguna manera. El gris se puede llevar a cualquier edad.

—¿Cree que está... bien... engañar a mamá? —dudó Pauline.

—En este caso, completamente —asintió Ana sin rubor—. Ya sabe, Pauline, que a una boda no se va de negro. Podría dar mala suerte a la novia.

—Ah, yo no quiero eso por nada en el mundo. Y es verdad que a mamá no le hará ningún daño. Espero que pase bien el sábado. Temo que no quiera comer nada cuando me vaya... Hizo eso cuando fui al funeral de la prima Matilda. La señorita Prouty me dijo que no quiso... La señorita Prouty se quedó con ella. Estaba indignadísima con la prima Matilda, por morirse... Me refiero a mamá.

—Comerá... Yo me encargo de eso.

—Sé que se da muy buena maña con ella —asintió Pauline—. Y no se olvidará de darle la medicina a su hora, ¿verdad? Ay, a lo mejor no debería ir...

—Lleváis ahí fuera tiempo de sobra para hacer cuarenta ramos —protestó la señora Gibson—. No sé yo para qué querrán las viudas esas flores. Ya tienen suficientes con las suyas. Si tuviera que esperar a que Rebecca Dew me mandara unas flores, me pasaría mucho tiempo sin ellas. Estoy muerta de sed. Pero eso a nadie le importa.

El viernes por la noche, Pauline llamó a Ana por teléfono en un tremendo estado de agitación. Le dolía la garganta. ¿Creía la señorita Shirley que podrían ser las paperas? Ana fue corriendo a tranquilizarla, con el vestido de popelina envuelto en un paquete. Lo escondió en el lilo, para que esa misma noche, Pauline, entre sudores fríos, lo subiera a escondidas al cuartito donde guardaba su ropa y se vistiera, aunque nunca le permitían dormir allí. Pauline no estaba del todo tranquila con el vestido. A lo mejor el dolor de garganta era un castigo por engañar a su madre. Pero no podía presentarse en las bodas de plata de Louisa con su horroroso vestido de tafetán negro... era imposible.

El sábado por la mañana, Ana llegó contenta a casa de las Gibson. En las mañanas de verano como aquella siempre se sentía mejor que nunca.

Parecía como si resplandeciera bajo el aire dorado, esbelta como la figura de una urna griega. La sala oscura también resplandeció: se llenó de vida al entrar ella.

—Anda como si fuera la dueña del mundo —observó con sarcasmo la señora Gibson.

—Es que lo soy —contestó alegremente Ana.

—¡Ah, qué joven es! —fue la desquiciante respuesta de la anciana.

—«No privo a mi corazón de ninguna alegría» —citó Ana—. Lo dice la Biblia, señora Gibson.

—«Como las chispas se levantan para volar por el aire, así nace el hombre para la aflicción.» Eso también lo dice la Biblia —replicó la mujer. Poder responder con tanto ingenio a Ana, que era licenciada, la puso relativamente de buen humor—. Yo nunca he sido dada a los halagos, señorita Shirley, pero ese sombrerito con la flor azul le sienta bien. Me parece que le hace el pelo menos rojo. ¿No admiras a una chica lozana y joven, Pauline? ¿No te gustaría ser una chica lozana y joven?

Pauline estaba demasiado ilusionada y contenta para querer ser otra en ese momento. Ana subió con ella para ayudarla a vestirse.

—Es maravilloso pensar en todas las cosas agradables que van a ocurrir hoy, señorita Shirley. A mi garganta no le pasa nada y mamá está de muy buen humor. Puede que usted no lo note, pero yo lo sé, porque habla, aunque sea para hacer comentarios sarcásticos. Si estuviera disgustada o enfadada no diría nada. He pelado las patatas y he dejado los filetes en la hielera, y el manjar blanco de mamá está abajo, en el sótano. Para cenar hay pollo en conserva y un bizcocho en la despensa. Estoy en vilo, no sea que mamá todavía cambie de opinión. Sería horroroso. Ay, señorita Shirley, ¿de verdad cree que es mejor que lleve el vestido gris?

—Póngaselo —ordenó Ana, con sus mejores aires de maestra.

Pauline obedeció y apareció transformada. El vestido gris le sentaba de maravilla: sin cuello, y con unos exquisitos volantes de encaje a la altura del codo. Cuando Ana terminó de peinarla, Pauline apenas se reconocía.

—Qué rabia me da esconderlo debajo de ese horrendo vestido negro.

Pero así tenía que ser.

El vestido de tafetán lo ocultaba todo. Pauline se puso el sombrero viejo... aunque también se lo quitaría cuando llegara a casa de Louisa... y unos zapatos nuevos, a pesar de que los tacones le parecieron a la señora Gibson «escandalosamente altos».

—Voy a causar sensación yendo *sola* en el tren. Espero que nadie piense que voy a un entierro. No quisiera que las bodas de plata de Louisa se relacionen por nada del mundo con la idea de la muerte. ¡Ay, perfume, señorita Shirley! ¡Flor de manzano! ¿Verdad que es delicioso? Solo unas gotitas... Siempre me ha parecido muy femenino. Mamá no me deja comprarlo. Ay, señorita Shirley, ¿verdad que no se olvidará de dar de comer al perro? Le he dejado unos huesos en la despensa, en un plato cubierto. Espero —añadió, bajando la voz— que no haga trastadas mientras esté usted en casa.

Pauline tuvo que consentir que su madre le pasara revista antes de salir. La emoción de la fiesta y la culpa por llevar a escondidas el vestido de popelina daban a sus mejillas un rubor muy poco habitual. La señora Gibson la miró con disgusto.

—¡Madre mía, madre mía! ¿Vas a Londres a visitar a la reina? Tienes demasiado color. La gente pensará que te has pintado. ¿Estás segura de que no te has pintado?

—Claro que no, mamá... *no* —en tono escandalizado.

—Cuidado con tus modales y, cuando te sientes, cruza bien los tobillos. No te pongas donde haya corriente y no hables demasiado.

—Sí, mamá —prometió Pauline, muy seria, mirando el reloj con preocupación.

—Le mando a Louisa una botella de mi zarzaparrilla, para que brinde con ella. Nunca me ha gustado Louisa, pero su madre era una Tackaberry. No te olvides de traer la botella y no permitas que te regale un gatito. Louisa siempre está regalando gatitos a todo el mundo.

—Sí, mamá.

—¿Estás segura de que no te has dejado la pastilla de jabón en el agua?

—Totalmente segura, mamá —con otra mirada de angustia al reloj.

—¿Te has atado los cordones de los zapatos?

—Sí, mamá.

—No hueles como una mujer decente... Te has empapado de perfume.

—No, mamá, me puesto solo un poco... unas gotitas.

—Si digo que te has empapado es que te has empapado. ¿No tienes un desgarrón debajo del brazo?

—Claro que no, mamá.

—Déjame verlo... —inexorablemente.

Pauline se echó a temblar. ¿Y si se le veía la falda del vestido gris al levantar los brazos?

—Bueno, vete. —Con un largo suspiro—. Si cuando vuelvas no estoy aquí, recuerda que quiero que me entierren con mi chal de encaje y mis zapatillas de raso negro. Y con el pelo ondulado.

—¿Te encuentras peor, mamá? —El vestido de popelina había vuelto muy sensible la conciencia de Pauline—. Si es así... no iré...

—¡Y habrás desperdiciado el dinero de los zapatos! Claro que irás. Y no se te ocurra deslizarte por la barandilla.

Esto reavivó en Pauline las ganas de escapar.

—¡Mamá! ¡Qué cosas dices!

—Ya te pasó en la boda de Nancy Parker.

—¡De eso hace treinta y cinco años! ¿Crees que ahora haría lo mismo?

—Ya tendrías que haber salido. ¿Por qué te quedas aquí cotorreando? ¿Es que quieres perder el tren?

Pauline se marchó con prisa y Ana por fin se tranquilizó. Temía que, en el último momento, la señora Gibson tuviera el diabólico impulso de entretener a su hija hasta que el tren se hubiera ido.

—Ahora un poco de tranquilidad —dijo la señora Gibson—. La casa está en un estado lamentable, señorita Shirley. Espero que sepa que no siempre es así. Pauline andaba muy alborotada estos últimos días. ¿Me haría el favor de mover ese jarrón un poquito a la izquierda? No, vuelva a moverlo donde estaba. La pantalla de esa lámpara está torcida. Sí, así está un *poco* más recta. Y esa persiana está un dedo más baja que la otra. A ver si puede arreglarlo.

Lamentablemente, Ana dio a la persiana un tirón demasiado enérgico; se le escapó de los dedos y se enrolló con un silbido.

—Ah, ya lo ve —dijo la señora Gibson.

Ana no la entendió, pero ajustó la persiana meticulosamente.

—Y ahora, señora Gibson, ¿quiere que le prepare una tacita de té?

—Necesito algo... estoy agotada con tanta preocupación y tanto jaleo. Tengo el estómago por los suelos —se lamentó trágicamente la señora Gibson—. ¿Sabe usted preparar un té decente? Prefiero beber barro antes que el té que hacen algunos.

—Marilla Cuthbert me enseñó a hacer el té. Ya lo verá. Pero primero voy a sacarla al porche, para que disfrute del sol.

—Llevo años sin salir al porche —protestó la señora Gibson.

—Hoy hace un día precioso; no le sentará mal. Quiero que vea el manzano en flor. Si no sale no podrá verlo. Y el viento viene del sur, así que le traerá olor a trébol del campo de Norman Johnson. Serviré el té, lo tomaremos juntas, y luego sacaré mi bordado y nos sentaremos a criticar a todo el que pase.

—Yo no tengo por costumbre criticar a nadie —contestó la señora Gibson con aire virtuoso—. Una buena cristiana no hace eso. ¿Le importaría decirme si ese pelo es suyo?

—Del primero al último —dijo Ana, echándose a reír.

—Lástima que sea rojo. Aunque parece que ahora se lleva el pelo rojo. Me gusta cómo se ríe usted. La risita nerviosa de la pobre Pauline me saca de quicio. Bueno, si tengo que salir al porche, saldré al porche. Pero si me muero de un resfriado, la responsabilidad será suya, señorita Shirley. Recuerde que tengo ochenta años... cumplidos, aunque he sabido que Davy Ackham ha ido diciendo por todo Summerside que solo tengo setenta y nueve. Su madre era una Watt. Los Watt siempre han sido envidiosos.

Ana sacó la silla con habilidad y demostró que tenía un don para colocar los almohadones. Volvió poco después con el té, y la señora Gibson condescendió a dar su aprobación.

—Sí, se puede beber, señorita Shirley. Pobre de mí: estuve un año alimentándome solo a base de líquidos. Creían que no saldría adelante. A veces pienso que habría sido mejor no salir. ¿Es ese el manzano que tanto me alababa?

—Sí... ¿A que es precioso... tan blanco contra ese cielo tan azul?

—No es tan poético —fue el único comentario de la señora Gibson. Pero se puso muy melosa con la segunda taza de té, y la mañana pasó sin darse cuenta hasta la hora de comer.

—Voy a preparar la comida, y luego la traeré aquí en una mesita.

—No, de eso nada, señorita. ¡Esas locuras no van conmigo! A la gente le parecería rarísimo que comiéramos aquí en público. No le niego que se está bien aquí fuera... aunque el olor a trébol siempre me revuelve un poco las tripas... y la mañana ha pasado volando, en comparación con lo habitual, pero nadie me hará comer al aire libre. No soy una gitana. Lávese bien las manos antes de cocinar. ¡Vaya! Parece que la señora Storey espera visita. Está aireando las sábanas de la habitación de invitados en el tendedero. Eso no es hospitalidad... solo son ganas de llamar la atención. Su madre era una Carey.

La comida de Ana incluso gustó a la señora Gibson.

—No creía que alguien que escribe en la prensa supiera cocinar. Está claro que Marilla Cuthbert la ha educado bien. Su madre era una Johnson. Me imagino que Pauline se pondrá mala de tanto comer en esa boda. No sabe parar... es igual que su padre. Lo he visto atiborrarse a fresas, aunque supiera que una hora después estaría doblado de dolor. ¿Le he enseñado alguna vez su foto, señorita Shirley? Vaya a la habitación de invitados y tráigala. Está debajo de la cama. No se ponga a fisgar en los cajones, pero mire a ver si hay pelusa debajo del escritorio. No me fío de Pauline... Ah, sí, ese es él. Su madre era una Walker. Hoy en día no hay hombres así. Vivimos tiempos degenerados, señorita Shirley.

—Homero ya decía lo mismo ochocientos años antes de Cristo —dijo Ana, con una sonrisa.

—Algunos de los que escribieron el Antiguo Testamento no paraban de profetizar desgracias —observó la señora Gibson—. Supongo que le escandalizará oírme decir eso, señorita Shirley, pero mi marido tenía opiniones muy abiertas. Me han dicho que está usted prometida... con un estudiante de medicina. Creo que los estudiantes de medicina se dedican principalmente a beber... no tienen otra manera de soportar la sala de disección. No se case nunca con un hombre que bebe, señorita Shirley. Y tampoco con un hombre que no traiga dinero a casa. De aire y alcohol casero no se vive, se lo digo yo. Lave bien el fregadero y enjuague bien los trapos de cocina, que no soporto los trapos grasientos. Tendrá que darle de comer al perro. Está gordísimo, pero Pauline lo sigue cebando. A veces pienso que debería deshacerme de él.

—No haga eso, señora Gibson. Ya sabe usted que siempre hay robos... y su casa está muy solitaria, aquí tan apartada. Necesitan ustedes protección.

—Sí, como usted diga. Cualquier cosa antes que discutir con la gente, sobre todo cuando tengo en la nuca un latido tan raro. Me imagino que significa que me va a dar algo.

—Necesita dormir la siesta. Se encontrará mejor después. Voy a arroparla y a bajar un poco la silla. ¿Le apetece dormir la siesta en el porche?

—¡Dormir en público! Eso es peor que comer. Qué ideas tan raras tiene. Apáñeme aquí en la sala de estar, eche las cortinas y cierre la puerta, para que no entren moscas. Me imagino que a usted también le apetece descansar... No ha parado de darle a la lengua.

La señora Gibson se echó una buena siesta, pero se despertó de mal humor. No quiso que Ana volviera a sacarla al porche.

—Supongo que quiere usted que me muera con el aire de la noche —refunfuñó, aunque solo eran las cinco de la tarde. Nada le parecía bien. El agua que le ofreció Ana primero estaba demasiado fría... luego no lo suficiente... porque ella, claro, tenía que conformarse con *cualquier* cosa. ¿Dónde estaría el perro? Haciendo de las suyas, seguro. Le dolía la espalda... le dolían las rodillas... le dolía la cabeza... le dolía la clavícula. Nadie se compadecía de ella... nadie sabía cuánto sufría. La silla estaba demasiado alta... la silla estaba demasiado baja... Quería un chal para cubrirse los hombros, una manta para las rodillas y un cojín para los pies. Y ¿le hacía el favor la señorita Shirley de ver de dónde venía esa corriente horrible? Le sentaría bien una taza de té, pero no quería molestar a nadie y pronto estaría descansando en su tumba. A lo mejor, cuando se hubiera ido, aprenderían a apreciarla.

«Tanto si es corto como si es largo, el día al final se desvanece en el canto del atardecer.» Por momentos, Ana pensaba que nunca llegaría ese momento, pero llegó. Se puso el sol, y la señora Gibson empezó a preguntar por qué Pauline no volvía. Llegó el crepúsculo... y Pauline seguía sin aparecer. Noche y luna, sin rastro de Pauline.

—Lo sabía —señaló la señora Gibson enigmáticamente.

—Ya sabe que no puede venir hasta que vuelva el señor Gregor, y suele ser el último en marcharse —la tranquilizó Ana—. ¿Me deja que la lleve a la cama, señora Gibson? Está cansada... Sé que cansa un poco estar con alguien desconocido en vez de alguien a quien se está acostumbrada.

Las arruguitas de los labios de la señora Gibson se acentuaron en un mohín de obstinación.

—No pienso irme a la cama hasta que esa chica vuelva a casa. Pero si tiene usted tanta prisa por irse, váyase. Puedo quedarme sola... o morir sola.

A las nueve y media, la señora Gibson llegó a la conclusión de que Jim Gregor no volvería hasta el lunes.

—Nadie puede contar con que Jim Gregor no cambie de opinión en veinticuatro horas. Y le parece mal viajar en domingo, aunque sea para volver a casa. Está en la junta escolar, ¿verdad? ¿Qué piensa de él y de sus opiniones sobre la educación?

Ana quería ser mala. Al fin y al cabo, había soportado lo suyo a la señora Gibson ese día.

—Creo que es un anacronismo psicológico —contestó, muy seria.

La señora Gibson ni siquiera pestañeó.

—Estoy de acuerdo —dijo. Pero acto seguido se hizo la dormida.

Capítulo XIV

Eran las diez cuando Pauline llegó por fin... una Pauline ruborizada y con los ojos chispeantes, que parecía diez años más joven a pesar del vestido de tafetán y del sombrero viejo, con un precioso ramo de flores que ofreció enseguida a la adusta señora de la silla de ruedas.

—La novia te envía su ramo, mamá. ¿Verdad que es precioso? Veinticinco rosas blancas.

—¡Qué cosa! Supongo que nadie ha caído en mandarme un trozo de tarta. La gente de hoy no aprecia a su familia. En otros tiempos...

—Sí que te lo han mandado. Tengo un buen trozo de tarta aquí en el bolso. Y todo el mundo ha preguntado por ti y te manda recuerdos, mamá.

—¿Lo ha pasado bien? —preguntó Ana.

Pauline se sentó en una silla dura, consciente de que a su madre le molestaría que se sentara en una butaca.

—Muy bien —asintió con cautela—. La comida ha sido estupenda, y el señor Freeman, el párroco de la Cala de la Gaviota, volvió a casar a Louisa y Maurice...

—Yo a eso lo llamo sacrilegio...

—Y luego, el fotógrafo nos hizo fotos a todos. Las flores eran una maravilla. La sala parecía un jardín.

—Como un funeral, supongo...

—Y, ay, mamá. Mary Luckley ha venido del oeste... la señora Flemming, ya sabes. Te acordarás de que éramos muy amigas. Nos llamábamos Polly y Molly.

—¡Qué nombres tan tontos!

—Y ha sido muy bonito volver a verla y hablar tranquilamente de los viejos tiempos. Su hermana Em también estaba, con un niñito riquísimo.

—Lo dices como si fuera comestible —gruñó la señora Gibson—. Los bebés son más que corrientes.

—Ah, no, los bebés nunca son corrientes —terció Ana, que venía con una jarra de agua para las rosas de la señora Gibson—. Cada uno es un milagro.

—Pues yo he tenido diez y nunca he visto nada milagroso en ninguno. Pauline, haz el favor de quedarte quieta en la silla. Me pones nerviosa. Ya veo que no preguntas cómo estoy. No sé por qué lo esperaba.

—Sé cómo estás sin necesidad de preguntar, mamá... Te veo radiante y contenta... —Pauline seguía tan animada por la diversión del día que se atrevió a jugar un poco incluso con su madre—. Estoy segura de que la señorita Shirley y tú lo habéis pasado estupendamente.

—Nos llevamos bastante bien. Yo le dejo que se salga con la suya. Reconozco que es la primera vez en años que he tenido una conversación interesante. No estoy tan cerca de la tumba como a algunos les gusta creer. Por suerte no estoy sorda ni senil. Bueno, supongo que la próxima vez te irás a la luna. Y también supongo que no han sabido apreciar mi vino de zarzaparrilla.

—Claro que sí. Les pareció delicioso.

—Pues bien que has tardado en decirlo. ¿Has traído la botella... o era demasiado esperar que te acordaras de eso?

—La... la botella se rompió —tartamudeó Pauline—. Alguien la tiró en la despensa. Pero Louisa me dio otra idéntica, mamá, así que no te preocupes.

—Tenía esa botella desde que me casé. La de Louisa no puede ser idéntica. Ya no se hacen botellas así. Me gustaría que me trajeras otro chal... Estoy estornudando. Creo que me he resfriado. Parece que ninguna de las dos os acordáis de que no me conviene el aire de la noche. Seguro que me vuelve la neuritis.

Una antigua vecina de la calle apareció en ese momento, y Pauline aprovechó la oportunidad para acompañar un rato a Ana.

—Buenas noches, señorita Shirley —se despidió la señora Gibson con mucha cortesía—. Le estoy muy agradecida. Este pueblo sería mejor si hubiera más gente como usted. —Esbozó una sonrisa desdentada y acercó a Ana hacia ella—. Me trae sin cuidado lo que diga la gente... Creo que es usted muy guapa —susurró.

Pauline y Ana echaron a andar por la calle, en la noche verde y fresca, y Pauline se soltó como nunca se habría atrevido en presencia de su madre.

—Ay, señorita Shirley, ha sido divino. ¿Cómo voy a pagárselo? He pasado un día maravilloso... Viviré varios años de este recuerdo. Fue muy divertido volver a ser dama de honor. Y el capitán Isaac Kent era padrino. Es... un antiguo novio mío... Bueno, no tanto como novio... Creo que nunca tuvo intenciones serias, pero salíamos en coche juntos... Y me hizo dos cumplidos. Dijo: «Me acuerdo de lo guapa que estaba usted en la boda de Louisa, con ese vestido color vino». ¿No es increíble que se acordara del vestido? Y también me dijo: «Tiene el pelo del mismo color melaza que siempre». ¿Verdad que no tiene nada de malo que me dijera eso, señorita Shirley?

—Nada en absoluto.

—Lou, Molly y yo disfrutamos de una agradable cena juntas cuando todos se fueron. ¡Qué hambre tenía! Creo que no tenía tanta hambre desde hace años. Ha sido estupendo comer lo que me apetecía, sin que nadie me advirtiera que ciertas cosas no le sentarían bien a mi estómago. Después de cenar fui con Mary a su antigua casa, y estuvimos paseando por el jardín y charlando de los viejos tiempos. Vimos los lilos que plantamos hace muchos años. De pequeñas, pasamos varios veranos maravillosos juntas. Luego, cuando iba a ponerse el sol, bajamos a la orilla del mar, que tanto nos gustaba, y nos sentamos en una roca, en silencio. Una campana sonaba en el puerto, y era muy agradable sentir de nuevo el viento del mar y ver el temblor de las estrellas en el agua. Me había olvidado de lo bonitas que pueden ser las noches en el golfo. Volvimos cuando oscureció, y el señor Gregor ya estaba listo para salir... Y fue así —concluyó Pauline con una carcajada— como «la mujer mayor volvió a casa esa noche».

—Siento... siento mucho que tenga una situación tan difícil en casa, Pauline...

—Ay, querida señorita Shirley, ahora eso me da igual —dijo Pauline rápidamente—. Al fin y al cabo, mamá me necesita. Y es bonito que alguien te necesite.

Sí, es bonito que alguien te necesite. Ana pensó en esto en su habitación de la torre, donde Ceniciento, que había burlado a Rebecca y a las viudas, estaba acurrucado en su cama. Pensó en Pauline, que volvía a su tediosa esclavitud, aunque acompañada por «el espíritu inmortal de un día feliz».

—Confío en que alguien siempre me necesite —le dijo al gato—. Y es maravilloso, Ceniciento, dar felicidad a alguien. Regalarle este día a Pauline me ha hecho sentir muy rica. Pero, Ceniciento, ¿crees que algún día llegaré a parecerme a la señora Gibson si llego a los ochenta años? ¿Lo crees?

El gato, con profundos ronroneos guturales, le aseguró que no.

Capítulo XV

Ana llegó a Bonnyview la noche del viernes antes de la boda. Los Nelson daban una cena para algunos amigos de la familia y los invitados llegarían en el barco que enlazaba con el tren. La «casa de verano» del doctor Nelson era un caserón, lleno de recovecos y escondido entre las píceas, en una larga punta de tierra flanqueada por la bahía y, un poco más allá, había una franja de dunas doradas que sabían todo lo que hay que saber sobre los vientos.

A Ana le gustó a primera vista. Una antigua casa de piedra siempre tiene un aire digno y reposado. No le teme a la lluvia ni al viento ni a los cambios de la moda. Y esa tarde de junio bullía de juventud y de ilusión, entre las carcajadas de las chicas, los saludos de antiguos amigos, el ir y venir de las calesas, los corretos de los niños, la llegada de los regalos y el delicioso torbellino propio de las bodas, mientras los dos gatos negros del doctor Nelson, encantados de llamarse Bernabé y Saulo, lo observaban todo, sentados en la barandilla de la terraza, como impertérritas esfinges azabache.

Sally se apartó de un tumulto y se llevó a Ana al piso de arriba.

—Te hemos reservado la buhardilla norte, aunque tendrás que compartirla con otras tres chicas como mínimo. Esto es un caos en toda regla. Papá ha montado una tienda de campaña para los chicos entre las píceas y habrá que poner catres en la terraza acristalada de atrás. Y a la mayor parte de los niños los mandaremos al desván del establo. Ay, Ana, qué ilusionada estoy. Casarse es divertidísimo. Mi traje de novia ha llegado hoy mismo de Montreal. Es un sueño: de seda color crema, con una pieza de encaje superpuesta y bordado con perlas. Los regalos más bonitos ya han llegado. Esta es tu cama. Las otras son de Mamie Gray, Dot Fraser y Sis Palmer. Mamá quería instalar aquí a Amy Stewart, pero no se lo he permitido. Amy no te soporta, porque tenía muchas ganas de ser mi dama de honor. Pero no podía tener una dama de honor tan gorda y bajita, ¿verdad? Parece como mareada con ese vestido de color verde Nilo. Ay, Ana... ya está aquí la Gata Ratonera. Llegó hace unos minutos, y estamos todos horrorizados. Teníamos que invitarla, claro, pero no la esperábamos hasta mañana.

—¿Quién narices es la Gata Ratonera?

—La tía de papá, casada con James Kennedy. En realidad es la tía Grace, pero Tommy le puso el apodo de Gata Ratonera, porque siempre anda husmeando cosas que no queremos que descubra. No hay quien pueda escapar de ella. Hasta madruga, por miedo a perderse algo, y de noche es la última en irse a la cama. Pero eso no es lo peor. Si hay algo malo que decir, ten por seguro que ella lo dice, y nunca aprende que hay preguntas que no se deben hacer. Papá las llama las «sutilezas» de la Gata Ratonera. Sé que nos va a estropear la cena. Aquí viene.

La puerta se abrió para dar paso a la Gata Ratonera: una mujer gorda, bajita, morena y con los ojos saltones, que atufaba a alcanfor y lucía un gesto de preocupación crónica. Por lo demás, en realidad se parecía mucho a un gato ratonero.

—Conque usted es la señorita Shirley, de la que tanto he oído hablar. No se parece en nada a otra señorita Shirley a quien conocí una vez. Aquella tenía unos ojos preciosos. Bueno, Sally, por fin vas a casarte. Ya solo queda la pobre Nora. Tu madre ha tenido suerte de librarse de cinco de vosotras. Hace ocho años le dije: «Jane, ¿tú crees que podrás casar a tantas hijas?». Yo creo que los hombres solo traen problemas, y el matrimonio es lo más incierto de las cosas inciertas, ¿pero qué otra cosa le queda a una mujer en este mundo? Es lo que llevo tiempo diciéndole a la pobre Nora: «Tenlo en cuenta, Nora. No tiene gracia acabar siendo una solterona. ¿En qué está pensando Jim Wilcox?». Eso le he dicho.

—Ay, tía Grace, no tendrías que haberle dicho nada. Jim y Nora riñeron en enero y desde entonces él no ha vuelto por aquí.

—Yo creo que hay que decir lo que una piensa. Es mejor decir las cosas. Me enteré de esa riña. Por eso le he preguntado por él. «Deberías saber —le dije— que ese chico saca de paseo a Eleanor Pringle.» Se puso roja, se enfadó y salió corriendo. ¿Qué hace aquí Vera Johnson, si no es de la familia?

—Vera siempre ha sido muy buena amiga mía, tía Grace. Va a interpretar la marcha nupcial.

—¿Ah, sí? Bueno, esperemos que no se equivoque y toque la marcha fúnebre, como hizo la mujer de Tom Scott en la boda de Dora Best. ¡Qué mal agüero! No sé dónde vais a meter a tanta gente esta noche. Me parece que a algunos nos tocará dormir en el tendedero.

—Encontraremos sitio para todos, tía Grace.

—Bueno, Sally, espero que no cambies de opinión en el último momento, como hizo Helen Summers. ¡Menudo lío! Tu padre está contentísimo. Yo no soy de las que van por ahí presagiando desgracias, pero espero que no acabe dándole un ataque. Lo he visto en otros casos.

—Papá está bien, tía Grace. Solo anda un poco alborotado.

—Ay, Sally, tú eres demasiado joven para entender todo lo que puede pasar. Tu madre me ha dicho que la ceremonia será mañana a mediodía. La moda está cambiando en cuestión de bodas, como en todo lo demás, y no para mejor. Yo me casé por la tarde, y mi padre tenía preparados veinticinco litros de licor para la celebración. ¡Ay, Señor, los tiempos ya no son como eran! ¿Qué le pasa a Mercy Daniels? Me he cruzado con ella en las escaleras y tiene el cutis muy sucio.

—«La clemencia no quiere fuerza» —citó Sally, retorciéndose de risa en su vestido de gala.

—No cites la Biblia con tanta frivolidad —le reprochó la Gata Ratonera—. Discúlpela, señorita Shirley. Es que no está acostumbrada a casarse. Bueno, espero que el novio no tenga pinta de hombre cazado, como tantos.

Me imagino que se sienten así, pero no deberían demostrarlo con tanta claridad. Y espero que no se le olvide el anillo. A Upton Hardy se le olvidó. Flora y él tuvieron que casarse con anillas de colgar las cortinas. Bueno, voy a echar otro vistazo a los regalos. Te han mandado un montón de cosas bonitas, Sally. Espero que no te cueste tanto como parece abrillantar los mangos de las cucharas.

La cena de esa noche, en la gran terraza acristalada, resultó muy alegre. Habían llenado la terraza de farolillos de papel que teñían de suaves tonalidades los bonitos vestidos, las melenas relucientes y las frentes tersas y blancas de las jóvenes. Bernabé y Saulo parecían dos estatuas de ébano, instalados en los amplios brazos de la silla del doctor, que les daba bocaditos alternativamente.

—Es casi tan malo como Parker Pringle —observó la Gata Ratonera—. Ese sienta a su perro a la mesa, en silla propia y con servilleta. Bueno, tarde o temprano llegará el juicio.

El grupo era numeroso, pues estaban allí todas las hermanas Nelson con sus maridos, además de las damas de honor con sus acompañantes; y la cena transcurrió felizmente, a pesar de las «sutilezas» de la Gata Ratonera... o quizá por ellas. Nadie se tomaba muy en serio a esta señora; era evidente lo ridícula que la encontraban los jovenzuelos. Cuando, al presentarle a Gordon Hill, le dijo: «Vaya, vaya, no te pareces nada a como me esperaba. Siempre creí que Sally escogería a un hombre alto y guapo», las carcajadas resonaron en toda la terraza. Gordon Hill, que era tirando a bajito y a lo sumo de «rasgos agradables», dicho por quienes más lo querían, supo que la cosa no acabaría ahí. Cuando la Gata Ratonera le dijo a Dot Fraser: «Bueno, bueno, ¡cada vez que te veo llevas un vestido nuevo! Espero que el bolsillo de tu padre aguante unos años todavía», Dot, como es natural, podría haberla matado con aceite hirviendo, pero a las demás chicas les hizo gracia. Y cuando la Gata Ratonera, a propósito de los preparativos del banquete nupcial, señaló: «Espero que nadie se lleve las cucharitas de postre. En la boda de Gertie Paul faltaron cinco. Y nunca aparecieron», tanto la señora Nelson, que había pedido prestadas tres docenas, como las cuñadas que se las habían prestado pusieron cara de preocupación. Pero el doctor Nelson se echó a reír.

—Registraremos los bolsillos a todo el mundo antes de salir, tía Grace.

—Sí, tú ríete, Samuel. No hay que tomarse a broma que en la familia pueda pasar una cosa así. *Alguien* se llevó esas cucharitas. Yo nunca voy a ninguna parte, pero cuando voy estoy muy atenta a ver si las veo. Las reconocería si las viera, aunque han pasado ya veintiocho años. La pobre Nora era una niñita entonces. ¿Te acuerdas, Jane, de que la llevaste con un vestidito blanco bordado? ¡Veintiocho años! Ay, Nora, qué mayor te has hecho! Aunque con esta luz no se te notan tanto los años.

Nora no se sumó a las carcajadas. Parecía a punto de estallar en cualquier momento. A pesar del vestido de color narciso y de las perlas que llevaba en el pelo oscuro, a Ana le recordaba a una polilla negra. En vivo contraste con Sally, que era rubia, blanca como la nieve y tranquila, Nora Nelson tenía una magnífica melena negra, los ojos oscuros, las cejas negras y densas, y las mejillas como el terciopelo rojo. La nariz empezaba a cobrar una forma ligeramente aguileña, y nunca la habían tenido por guapa, pero Ana sentía una extraña atracción por ella, a pesar de su gesto mohíno y resentido. Algo le decía que preferiría como amiga a Nora antes que a la popular Sally.

Después de cenar hubo música y baile, y las carcajadas se derramaban como una cascada por las amplias ventanas bajas de la casa de piedra. A las diez, Nora había desaparecido. Ana estaba algo cansada de ruido y jolgorio. Se escabulló al vestíbulo, salió por la puerta trasera que daba casi a la bahía y bajó con pies ligeros por unas escaleras de roca hasta la orilla del mar, detrás de un bosquecillo de píceas. ¡Qué maravilla sentir el aire fresco y salado en contraste con el bochorno de la tarde! ¡Qué exquisitos los dibujos de plata que hacía la luna en la bahía! ¡Qué fantástico ese barco que había soltado velas al salir la luna y ya se acercaba al espigón del puerto! Era una noche en la que cabía encontrarse con un baile de sirenas.

Nora estaba encorvada en la lúgubre sombra de una roca, a la orilla del mar, con un aire más tormentoso que nunca.

—¿Puedo sentarme un rato contigo? —preguntó Ana—. Estoy un poco cansada de bailar y es una lástima perderse una noche tan maravillosa. Te envidio: la bahía y el puerto son tu jardín.

—¿Qué sentirías un día como hoy si no tuvieras novio? —preguntó directamente Nora en tono huraño—. O la posibilidad de tenerlo —añadió, en un tono aún más huraño.

—Creo que si no lo tienes es porque no quieres —dijo Ana, sentándose a su lado. Y Nora se desahogó con ella. Ana tenía algo que siempre animaba a los demás a contarle sus problemas.

—Eso lo dices por cortesía, claro. No es necesario. Sabes tan bien como yo que no soy una chica de la que los hombres se enamoren fácilmente... Soy «la feúcha señorita Nelson». No es culpa mía si no tengo a nadie. Ya no aguantaba ni un minuto más en casa. Tenía que salir y permitirme no estar contenta. Estoy harta de sonreír, de ser agradable con todo el mundo y de fingir que no me afecta cuando me lanzan indirectas porque no estoy casada. No pienso seguir fingiendo. *Sí* me afecta: me afecta muchísimo. Soy la única soltera de las hermanas Nelson. Las otras cinco ya están casadas o lo estarán mañana. Ya has oído, en la mesa, cómo la Gata Ratonera me restregaba los años que tengo. Y la oí decirle a mamá, antes de cenar, que me veía un poco envejecida desde el verano pasado. Pues claro que he envejecido. Tengo veintiocho años. Dentro de otros doce tendré cuarenta. ¿Cómo voy a aguantar la vida a los cuarenta, Ana, si para entonces no he echado raíces propias?

—Yo no me preocuparía de lo que dice una vieja absurda.

—¿En serio? Tú no tienes una nariz como la mía. Dentro de diez años pareceré un águila, como papá. Y supongo que tampoco te preocuparía si tuvieras que esperar años a que un hombre te pidiera matrimonio... y al final no lo hiciera.

—Sí, eso sí me preocuparía.

—Pues eso es lo que me pasa exactamente. Supongo que estás al corriente de lo mío con Jim Wilcox. Es una historia muy vieja. Lleva años rondándome... pero nunca hablaba de casarse.

—¿Tú lo quieres?

—Claro que lo quiero. Siempre he fingido que no lo quería, pero, como te acabo de decir, estoy harta de fingir. Y desde el mes de enero no se me acerca. Discutimos... aunque habíamos discutido cien veces. Antes siempre

volvía... pero esta vez no ha vuelto... y ya no volverá. No quiere. Mira, esa casa del otro lado de la bahía, la que brilla a la luz de la luna, es la suya. Supongo que estará allí... y yo estoy aquí... Y entre nosotros se extiende todo el puerto. Así será siempre. ¡Es terrible... terrible! Y no puedo hacer nada.

—Si le pidieras que viniera, ¿no vendría?

—¡Pedirle que venga! ¿Tú crees que yo haría eso? Prefiero morirme. Si quiere venir, no hay nada que se lo impida. Si no quiere, yo no quiero que venga. Bueno, sí que quiero, ¡sí que quiero! Quiero a Jim... y quiero casarme. Quiero tener mi propia casa, ser una señora y cerrarle la boca a la Gata Ratonera. ¡Ojalá pudiera convertirme en Bernabé o en Saulo, aunque fuera un momento, para atacarla! Como vuelva a decir «pobre Nora» le lanzo un cubo de carbón. Aunque en realidad dice lo que todo el mundo piensa. Mi madre hace tiempo que perdió la esperanza de que me case algún día; por eso me deja en paz. Pero los demás me toman el pelo... Odio a Sally... sé que es horrible, pero... la odio. Tendrá un buen marido y una casa preciosa. No es justo que ella lo tenga todo y yo nada. No es mejor ni más lista ni mucho más guapa que yo: solo tiene más suerte. Supongo que te pareceré horrible... pero me da igual lo que pienses.

—Creo que estás muy muy cansada después de tantas semanas de tensión y preparativos, y que las cosas que normalmente eran difíciles de repente se han vuelto demasiado difíciles.

—Lo has entendido... Sí. Siempre supe que lo entenderías. Quería ser amiga tuya, Ana Shirley. Me gusta cómo te ríes. Siempre he querido reírme así. No soy tan huraña como parezco... es por las cejas. En realidad, creo que son las cejas lo que ahuyenta a los hombres. Nunca he tenido una amiga de verdad. Aunque siempre he tenido a Jim. Somos... amigos... desde que éramos niños. Yo encendía la luz de ese ventanuco del desván cuando lo necesitaba para algo especial y él venía volando. Íbamos juntos a todas partes. Ningún otro chico ha tenido la oportunidad de acercarse... claro que tampoco es que alguno quisiera. Y ahora todo se ha terminado. Estaba harto y aprovechó la excusa de la riña para librarse de mí. ¡Ay, espero no odiarte mañana por haberte contado esto!

—¿Por qué?

—Siempre odiamos a la gente que descubre nuestros secretos, supongo —dijo Nora en tono sombrío—. Pero es que las bodas dan no sé qué... y me trae sin cuidado... Todo me trae sin cuidado. ¡Ay, Ana, cuánto estoy sufriendo! Déjame que llore un buen rato en tu hombro. Mañana tendré que sonreír y parecer feliz el día entero. Sally cree que no quiero ser su dama de honor por superstición... «Tres veces dama de honor, nunca novia», ya lo sabes. ¡No es por eso! Es que no podía soportar estar delante cuando diera el sí quiero, sabiendo que yo no tengo la oportunidad de dárselo a Jim. Me habría puesto a gritar hasta desgañitarme. Quiero ser la novia... y tener un ajuar... y la ropa de casa grabada con mis iniciales... y regalos bonitos. Hasta la mantequera de la Gata Ratonera. Siempre regala una mantequera a las novias... una cosa horrenda, con una campana como la cúpula de San Pedro. La pondríamos en la mesa del desayuno para que Jim se riera de ella. Ana, creo que me estoy volviendo loca.

El baile había terminado cuando las chicas volvieron a la casa de la mano. La gente empezaba a retirarse. Tommy Nelson se llevó al granero a Bernabé y Saulo. La Gata Ratonera seguía en un sofá, pensando en todas las cosas malas que confiaba en que no ocurrieran al día siguiente.

—Espero que nadie se levante y dé un motivo para que no puedan casarse. Eso ocurrió en la boda de Tillie Hatfield.

—Gordon no tendrá tan buena suerte —contestó el padrino. La Gata Ratonera lo miró con un gesto impasible.

—Jovencito, el matrimonio no es precisamente una broma.

—Ya lo creo que no —fue la respuesta del impenitente—. Hola, Nora, ¿cuándo tendremos la ocasión de bailar en tu boda?

Nora no contestó con palabras. Se acercó a él y le cruzó la cara, primero una mejilla y luego la otra. Las bofetadas no eran fingidas. Luego subió las escaleras sin mirar atrás.

—Esa chica está desquiciada —se lamentó la Gata Ratonera.

Capítulo XVI

La mañana del sábado transcurrió en un torbellino de preparativos de última hora. Ana, con un delantal de la señora Nelson, la pasó en la cocina, ayudando a Nora con las ensaladas. Nora estaba a la defensiva: estaba claro que se arrepentía, tal como había predicho, de las confidencias de la noche anterior.

—Tardaremos un mes en recuperarnos del cansancio —protestó—, y papá en realidad no puede permitirse tanto despilfarro. Pero Sally estaba empeñada en tener «una boda bonita», como ella dice, y papá se lo ha consentido. Siempre la ha mimado.

—Envidia y rencor —dijo la Gata Ratonera, que en ese momento asomó la cabeza desde la despensa, donde estaba volviendo loca a la señora Nelson con sus malos augurios.

—Tiene razón —le dijo Nora a Ana con rabia—. Toda la razón. *Soy* rencorosa y envidiosa… No soporto ver a la gente feliz. De todos modos, no me arrepiento de haberle cruzado la cara a Jud Taylor anoche. Lo que siento es no haberle roto la nariz, ya de paso. Bueno, ya están listas las ensaladas. Han quedado bonitas. Me gusta hacer las cosas con esmero. En el fondo espero que todo salga bien, por Sally. Supongo que la quiero a pesar de todo, pero ahora mismo tengo la sensación de que odio a todo el mundo, y a Jim Wilcox más que a nadie.

—Bueno, espero que el novio no desaparezca justo antes de la ceremonia. —La lúgubre voz de la Gata Ratonera llegó de la despensa—. Austin Creed desapareció. Se olvidó de que iba a casarse aquel día. Los Creed siempre han sido olvidadizos, pero a mí me parece que eso ya es el colmo.

Las chicas se miraron y se echaron a reír. A Nora le cambiaba la cara por completo cuando se reía... Se le iluminaba... resplandecía... se le animaba. Y entonces, alguien vino a decirle que Bernabé había vomitado en la escalera: demasiados higaditos de pollo, seguramente. Nora fue corriendo a reparar los daños y la Gata Ratonera salió de la despensa manifestando la esperanza de que la tarta nupcial no desapareciera, como había ocurrido hacía diez años en la boda de Alma Clark.

A mediodía, todo estaba impecablemente preparado: la mesa puesta, las camas preciosas y cestos de flores por todas partes; y en la gran habitación de arriba, la que miraba al norte, Sally y sus tres damas de honor irradiaban un vibrante esplendor. Ana, con su sombrero y su vestido verde Nilo, se miró en el espejo y deseó que Gilbert pudiera verla.

—Estás maravillosa —le dijo Nora, con un deje de envidia.

—Tú también estás maravillosa, Nora. Ese chifón azul humo y ese sombrero tan bonito realzan el brillo de tu pelo y el azul de tus ojos.

—No hay nadie que se interese por mi aspecto —contestó Nora con amargura—. En fin, mira cómo sonrío, Ana. No quiero aguarle la fiesta a nadie. Además, tengo que interpretar la marcha nupcial... Vera tiene un dolor de cabeza tremendo. Casi me apetece más tocar la marcha fúnebre, como dijo la Gata Ratonera.

La Gata Ratonera, que llevaba toda la mañana merodeando, entorpeciendo a todo el mundo, con un kimono no demasiado limpio y un mustio «gorrito de tocador», apareció, radiante, con un vestido de gorgorán color berenjena, le advirtió a Sally que no tenía bien puesta una de las mangas y manifestó la esperanza de que a nadie le asomaran las enaguas por el bajo del vestido, como pasó en la boda de Annie Crewson. La señora Nelson entró y se echó a llorar, porque Sally estaba encantadora con su traje de novia.

—Vamos, vamos, no te pongas sentimental —la consoló la Gata Ratonera—. Todavía te queda una hija... y todo indica que no la perderás nunca. Las lágrimas en las bodas no dan buena suerte. Bueno, espero que nadie caiga muerto en el sitio, como le pasó al tío Cromwell en la boda de Roberta Pringle, justo en mitad de la ceremonia. La novia estuvo dos semanas en la cama del susto.

Con tan inspiradora demostración de buenos deseos, el grupo bajó al son de la marcha nupcial, interpretada por Nora con un aire algo tempestuoso, y Sally y Gordon se casaron sin que nadie cayera muerto en el sitio ni a nadie se le olvidaran los anillos. Fue una escena muy bonita, y hasta la Gata Ratonera dejó de preocuparse unos momentos por el universo.

—En realidad —le dijo a Sally después, llena de optimismo—, aunque no seas demasiado feliz casada es probable que fueras más infeliz soltera.

Nora era la única que seguía echando chispas, en el taburete del piano, pero se acercó a Sally y le dio un abrazo enorme, con velo nupcial y todo.

—Se acabó —dijo Nora con aire triste cuando terminó el banquete y tanto los recién casados como la mayoría de los invitados ya se habían marchado. Echó un vistazo al salón, vacío y desordenado como ocurre después de una celebración, con un ramillete mustio y pisoteado en el suelo... las sillas descolocadas... un trozo de encaje roto... dos pañuelos caídos... las migas que habían ido dejando los niños por todas partes... y una mancha oscura en el techo, donde se había filtrado el agua de una jarra que se le cayó a la Gata Ratonera en una habitación de invitados.

—Tengo que ordenar todo este lío — añadió Nora con ímpetu—. Hay un montón de gente joven esperando el barco que enlaza con el tren y algunos se quedan hasta el domingo. Van a terminar la fiesta con una hoguera en la playa y un baile entre las rocas a la luz de la luna. ¡Te imaginarás las ganas que tengo de bailar a la luz de la luna! Lo que quiero es irme a la cama y llorar.

—Qué abandonada parece una casa después de una boda —observó Ana—. Yo te ayudaré a limpiar y luego nos tomamos una taza de té.

—Ana Shirley, ¿tú crees que con una taza de té se arregla todo? Eres tú quien debería ser una solterona, no yo. No me hagas caso. No quiero ser así de odiosa, pero supongo que lo soy por naturaleza. Lo del baile en la playa me repatea más que la boda. Jim siempre venía a nuestros bailes en la playa. Ana, he decidido irme a estudiar enfermería. Sé que no me gustará nada... y pobres de mis futuros pacientes... Pero no pienso quedarme más tiempo en Summerside para que se burlen de mí por seguir soltera. Bueno, vamos a ponernos manos a la obra con este montón de platos sucios, como si nos gustara.

—A mí me gusta... Siempre me ha gustado lavar los platos. Es bonito limpiar las cosas sucias y dejarlas otra vez relucientes.

—Ay, tú deberías estar en un museo —refunfuñó Nora.

Cuando salió la luna todo estaba a punto para el baile en la playa. Los chicos habían encendido una fogata enorme con la madera que el mar depositaba en la playa, y las aguas del puerto espumeaban y centelleaban a la luz de la luna. Ana contaba con pasarlo de maravilla, pero al ver la cara de Nora, que bajaba las escaleras con una cesta de sándwiches, se quedó pensativa.

«Está sufriendo. ¡Ojalá pudiera hacer algo por ella!»

De repente se le ocurrió una idea. Siempre se había dejado llevar por sus impulsos. Entró corriendo en la cocina, buscó una lamparita de mano encendida, subió corriendo por las escaleras de atrás y fue al desván. Dejó la lámpara en la ventana que miraba al otro lado del puerto. Los árboles la ocultaban de los bailarines.

«Puede que Jim la vea y venga. Supongo que Nora se pondrá hecha una furia conmigo, pero eso me da igual, con tal de que él vuelva. Y ahora voy a envolver un trozo de tarta nupcial para Rebecca Dew.»

Jim Wilcox no vino. Al cabo de un rato, Ana dejó de buscarlo con la mirada y se olvidó de él con la diversión de la velada. Nora había desaparecido y la Gata Ratonera, milagrosamente, se había ido a la cama. Eran las once cuando terminó la fiesta y los jóvenes, cansados, subieron las escaleras entre bostezos. Ana tenía tanto sueño que se olvidó de la lámpara del desván. Pero a las dos de la madrugada, la Gata Ratonera entró en la habitación, iluminando la cara de las chicas con una vela.

—¡Caramba! ¿Qué pasa? —murmuró Dot Fraser, sentándose en la cama.

—¡Chitón! —ordenó la Gata Ratonera, con los ojos a punto de salirse de las órbitas—. Creo que ha entrado alguien en la casa... Lo sé. ¿Qué es ese ruido?

—Parece el maullido de un gato o el ladrido de un perro —contestó Dot, con una risita.

—No es nada de eso —replicó la Gata Ratonera muy seria—. Ya sé que hay un perro ladrando en el establo, pero no es eso lo que me ha despertado. Ha sido un golpe: un golpe fuerte.

—Líbranos, Señor, de fantasmas, espíritus malignos y cosas que dan golpes a medianoche —susurró Ana.

—Señorita Shirley, esto no tiene ninguna gracia. Hay ladrones en la casa. Voy a llamar a Samuel.

La Gata Ratonera desapareció y las chicas se miraron.

—¿Creéis que...? Todos los regalos de boda están abajo, en la biblioteca —dijo Ana.

—Pues yo voy a levantarme —advirtió Mamie—. Ana, ¿habías visto alguna vez algo como la cara de la Gata Ratonera entre las sombras de la llama, cuando bajó la vela... con todo el pelo suelto alrededor? ¡Para que luego digan de la Bruja de Endor!

Cuatro chicas en kimono salieron al pasillo. La Gata Ratonera estaba allí, seguida por el doctor Nelson en bata y zapatillas. La señora Nelson, que no encontraba su kimono, asomaba la cara de pánico desde la puerta de su dormitorio.

—Ay, Samuel... no te arriesgues... si son ladrones podrían disparar.

—¡Qué tontería! No creo que pase nada —contestó el doctor Nelson.

—Os digo que he oído un golpe —insistió la Gata Ratonera con la voz temblorosa.

Un par de chicas se sumaron al grupo. Bajaron con sigilo las escaleras, detrás del doctor Nelson, mientras la Gata Ratonera, con una vela en una mano y un atizador en la otra, cerraba la fila.

Se oían ruidos en la biblioteca, no cabía duda. El doctor Nelson abrió la puerta y entró.

Bernabé, que había conseguido quedarse en la biblioteca cuando se llevaron a Saulo al establo, estaba sentado en el sofá Chesterfield, parpadeando con ojos divertidos. En el centro de la sala, a la tenue luz de otra vela temblorosa, estaba Nora con un joven. El joven abrazaba a Nora y le acercaba a la cara un pañuelo grande y blanco.

—¡Le está dando cloroformo! —gritó la Gata Ratonera, y el atizador se le cayó de la mano con un estruendo colosal.

El joven volvió la cabeza, soltó el pañuelo y puso cara de bobo. Era un chico muy guapo, con los ojos cobrizos y rasgados y el pelo caoba y ondulado, por no hablar de un mentón que proclamaba al mundo que era todo un mentón.

Nora le quitó el pañuelo y se lo llevó a la cara.

—Jim Wilcox, ¿qué significa esto? —preguntó el doctor Nelson con una severidad desmedida.

—No sé qué significa —dijo Jim Wilcox, de mala gana—. Solo sé que Nora me ha hecho señales. No vi la luz hasta que volví a casa de un banquete masónico en Summerside. Y vine enseguida.

—Yo no te he hecho señales —estalló Nora—. Papá, por favor, no pongas esa cara. No estaba dormida... Estaba sentada en mi ventana —aún no me había desvestido— cuando un hombre subía de la costa. Al ver que se acercaba supe que era Jim y bajé corriendo. Me di con la puerta de la biblioteca y empecé a sangrar por la nariz. Jim estaba intentando parar la hemorragia.

—Al entrar por la ventana tiré ese banco y...

—Ya os dije yo que había oído un golpe fuerte —interrumpió la Gata Ratonera.

—... y ahora Nora dice que no me ha hecho señales, así que voy a librarlos de mi ingrata presencia y les pido disculpas a todos.

—Siento muchísimo haber turbado tu descanso y haberte hecho cruzar la bahía para marear la perdiz —dijo Nora, con la mayor frialdad posible, en consonancia con el intento de encontrar un solo punto del pañuelo de Jim que no estuviera lleno de sangre.

—Marear la perdiz, justo eso —observó el doctor.

—Para parar la hemorragia es mejor ponerse una llave en la nuca —aconsejó la Gata Ratonera.

—Fui yo quien dejó la luz en la ventana —confesó Ana, avergonzada—, y luego se me olvidó.

—¡Cómo te atreves! —gritó Nora—. No te lo perdonaré nunca...

—¿Es que os habéis vuelto todos locos? —protestó el doctor Nelson—. ¿A qué viene tanto escándalo? Jim, por favor, baja esa ventana: entra un aire que te hiela los huesos. Nora, echa la cabeza hacia atrás y dejarás de sangrar.

Nora lloraba de rabia y de vergüenza. La mezcla de las lágrimas y la sangre resultaba aterradora. Jim Wilcox tenía pinta de querer que se lo tragara la tierra.

—Bueno —dijo la Gata Ratonera con beligerancia—. Ahora no tienes más remedio que casarte con ella, Jim Wilcox. Nunca tendrá marido si corre la voz de que la encontraron aquí contigo a las dos de la madrugada.

—¡Casarme con ella! —exclamó Jim, furioso—. ¡Casarme con ella es lo único que he querido toda mi vida... nunca he querido otra cosa!

—¿Y por qué no lo has dicho mucho antes? —preguntó Nora, dando media vuelta para mirarlo de frente.

—¿Decirlo? Llevas años despreciándome, tratándome con frialdad y burlándote de mí. He perdido la cuenta de las veces que te has pasado de la raya para demostrarme cuánto me despreciabas. Creía que era inútil pedírtelo. Y en enero me dijiste...

—Me provocaste para que lo dijera.

—¡Te provoqué! ¡Eso me gusta! Te empeñaste en discutir conmigo para librarte de mí...

—No es verdad...

—Y aun así ¡soy tan tonto que he venido corriendo a media noche, porque creía que habías puesto nuestra antigua señal en la ventana y querías verme! ¿Pedirte que te cases conmigo? Te lo pido ahora, por última vez, y puedes darte el gusto de rechazarme delante de toda esta gente. Nora Edith Nelson, ¿quieres casarte conmigo?

—¡Claro que quiero... claro que quiero! —exclamó Nora, con un descaro que hasta Bernabé se ruborizó por ella.

Jim la miró con incredulidad... y se echó en sus brazos. A lo mejor ya no le sangraba la nariz... o sí. Le daba lo mismo.

—Creo que todos os habéis olvidado de que es domingo por la mañana —advirtió la Gata Ratonera, que acababa de caer en la cuenta—. Me vendría bien una taza de té, si alguien lo preparase. No estoy acostumbrada a este tipo de espectáculos. Solo espero que la pobre Nora lo haya pescado por fin. Al menos tiene testigos.

Fueron a la cocina, y la señora Nelson bajó a preparar té para todos... menos Jim y Nora, que siguieron encerrados en la biblioteca, con Bernabé de carabina. Ana no vio a Nora hasta la mañana siguiente... una Nora tan distinta, diez años más joven y radiante de felicidad.

—Esto te lo debo a ti, Ana. Si no hubieras puesto la lámpara... ¡aunque anoche, durante dos minutos y medio, me habría gustado arrancarte las orejas a mordiscos!

—¡Y yo que seguí durmiendo y me lo perdí todo! —se lamentó Tommy Nelson, lleno de pena.

Pero fue la Gata Ratonera quien pronunció la última palabra.

—En fin, solo espero que no sea un «cásate con prisa y arrepiéntete despacio».

Capítulo XVII

(Fragmento de una carta a Gilbert)

Hoy ha terminado el curso. ¡Ahora dos meses en Tejas Verdes, con el rocío, los helechos hasta los tobillos a lo largo del arroyo, la celosía de sombras perezosas en el Paseo de los Enamorados, las fresas silvestres en el prado del señor Bell y la preciosa oscuridad de los abetos en el Bosque Encantado! Hasta en el alma tengo alas.

Jen Pringle me ha traído un ramo de lirios del valle y me ha deseado felices vacaciones. Vendrá a pasar un fin de semana conmigo en algún momento. ¡Para que luego digan que no hay milagros!

Elizabeth está muy triste. Yo también quería que viniese de visita, pero a la señora Campbell «no le parece conveniente». Por suerte no le dije nada a la niña, así que se ha ahorrado la desilusión.

—Creo que, cuando usted no esté, siempre seré Lizzie —me dijo—. Al menos me sentiré así.

—Pero piensa en lo bien que lo pasaremos cuando vuelva —contesté—. No serás Lizzie de ninguna manera. No existe esa Lizzie dentro de ti. Y te escribiré todas las semanas, querida Elizabeth.

—¿De verdad, señorita Shirley? Nunca he recibido una carta. ¡Qué divertido! Y yo le escribiré si me dejan comprar un sello. Si no me dejan, me acordaré de usted de todos modos. Le he puesto su nombre a la ardilla listada del patio de atrás: Shirley. No le molesta, ¿verdad? Al principio pensé llamarla Ana Shirley... pero luego me pareció poco respetuoso... por otro lado, Ana no le pega a una ardilla. Además, podría ser una ardilla chico. ¿Verdad que las ardillas son monísimas? Aunque la Mujer dice que se comen las raíces del rosal.

—¡Cómo no!

Le pregunté a Katherine Brooke dónde iba a pasar el verano y me contestó escuetamente: «Aquí. ¿Dónde creía usted?».

Me quedé con la sensación de que tenía que invitarla a Tejas Verdes, pero no me salió. De todos modos, no creo que hubiera venido. Es una aguafiestas. Lo estropearía todo. Aunque cuando me la imagino todo el verano sola, en esa casa de huéspedes barata, me remuerde la conciencia.

Ceniciento trajo el otro día una culebra viva y la dejó en el suelo de la cocina. Si Rebecca Dew pudiera ponerse pálida se habría puesto. «¡Esto es el colmo!», dijo. Pero es que Rebecca anda un poco enfadada estos días, porque se pasa todo su tiempo libre quitando pulgones de los rosales y echándolos en una lata de queroseno. Dice que hay demasiados insectos en el mundo. «Algún día nos comerán vivas», ha sido su funesto vaticinio.

Nora Nelson se casará con Jim Wilcox en septiembre. Será una boda muy discreta, sin fiesta ni invitados ni damas de honor. Nora dice que era el único modo de librarse de la Gata Ratonera, y que no quiere que ella la vea casarse. Aun así, yo iré extraoficialmente. Nora dice que Jim nunca habría vuelto si yo no hubiera puesto esa luz en la ventana. Ya iba a vender su tienda y marcharse al oeste. El caso es que, cuando pienso en todas las bodas que supuestamente se han celebrado gracias a mí...

Sally dice que se pasarán la mayor parte del tiempo discutiendo, pero que serán más felices discutiendo juntos que estando de acuerdo con otra persona. Yo no creo que vayan a discutir... mucho. Creo que la mayor parte de los problemas en el mundo vienen de un malentendido. El nuestro duró mucho tiempo, y ahora...

Buenas noches, mi amor. Que tengas dulces sueños, si es que de algo valen los deseos de esta que es ENTERAMENTE TUYA.

P. S.: La despedida es copia literal de una carta de la abuela de la tía Chatty.

EL SEGUNDO AÑO

Capítulo I

Los Álamos Ventosos
Callejón de los Espíritus

14 de septiembre

Me cuesta hacerme a la idea de que nuestros dos preciosos meses han terminado. Han sido preciosos, ¿verdad que sí, cariño? Y ahora ya solo quedan dos años para...

(Varios párrafos omitidos.)

Aun así me ha hecho mucha ilusión volver a Los Álamos Ventosos: a mi torre, a mi silla especial y a mi cama alta... incluso a Ceniciento tomando el sol en la ventana de la cocina.

Las viudas se alegraron de verme y Rebecca Dew dijo con franqueza: «Qué bien que haya vuelto usted». Elizabeth sentía lo mismo. Nos encontramos en la puerta verde, entusiasmadas.

—Tenía miedo de que hubiera llegado usted al Mañana antes que yo.

—¿Verdad que hace una tarde preciosa?

—Donde está usted siempre hace una tarde preciosa, señorita Shirley. ¡Fíjate qué cumplido!

—¿Cómo has pasado el verano, cielo? —pregunté.

—Pensando —contestó en voz baja— en todas las cosas bonitas que ocurrirán en el Mañana.

Luego subimos a mi torre y leímos un cuento de elefantes. A Elizabeth le interesan mucho los elefantes en este momento.

—¿No le parece que hasta el nombre de elefante tiene algo cautivador? —preguntó, muy seria, con esa costumbre suya de sujetarse la barbilla entre las manitas—. Espero ver muchos elefantes en el Mañana.

Dibujamos un parque de elefantes en nuestro mapa del mundo de las hadas. No sirve de nada esa cara de altivez y superioridad, Gilbert, que sé que pondrás al leer esto. De nada en absoluto. Siempre habrá hadas en el mundo. No puedo prescindir de ellas. Y alguien tiene que aportarlas.

También es agradable volver al instituto. Katherine Brooke sigue igual de insociable, pero mis alumnos parece que se alegran de verme y Jen Pringle quiere que la ayude a hacer unos halos de latón para las cabezas de los ángeles que actuarán en una función de catequesis.

Creo que este curso será mucho más interesante que el pasado. Se ha añadido al currículo Historia de Canadá. Mañana tengo que dar una breve charla sobre la Guerra de 1812. Me resulta muy extraño leer las crónicas de esos años de guerra... de cosas que no pueden repetirse. No creo que a nadie le interesen las «batallas pasadas» más allá del plano académico. Es imposible pensar que Canadá vuelva a estar en guerra. Doy gracias porque esa fase de la historia haya terminado.

Vamos a hacer cambios en el Club de Teatro inmediatamente y a lanzar una campaña entre todas las familias relacionadas con el instituto para recaudar fondos. El próximo domingo por la tarde Lewis Allen y yo iremos de puerta en puerta para informar al vecindario en Dawlish Road. Lewis quiere matar dos pájaros de un tiro, porque aspira a un premio que ofrece *Country Homes* a la mejor fotografía de una granja bonita. El premio está dotado con veinticinco dólares, y eso significa un traje y un abrigo nuevos, que a Lewis le hacen mucha falta. Ha pasado el verano trabajando en una granja, y este año también sigue haciendo tareas domésticas y sirviendo la mesa en su pensión. Seguro que lo odia, pero nunca se queja. Me gusta Lewis: es valiente y ambicioso, y tiene una especie de mueca encantadora en vez de una sonrisa. Además, no le sobran las fuerzas. El año pasado me preocupaba que acabase agotado. Pero parece que el verano en la granja lo ha fortalecido un poco.

Este es su último año en el instituto. Luego espera pasar un curso en Queen's. Las viudas van a invitarlo a cenar los domingos este invierno todo lo posible. La tía Kate y yo tuvimos una conversación sobre los gastos y la convencí para que me dejara hacerme cargo de los extras. Naturalmente, no intentamos convencer a Rebecca Dew. Me limité a preguntar a la tía Kate, cuando sabía que Rebecca estaba escuchando, si podía invitar a Lewis Allen los domingos por la noche, como mínimo dos veces al mes. Me contestó con frialdad que no podían permitírselo, que bastante tenían con esa niña solitaria.

Rebecca Dew puso el grito en el cielo.

—Esto es el colmo. No somos tan pobres para no poder permitirnos ofrecer un plato de vez en cuando a un pobre muchacho serio y trabajador que pretende educarse. Se gastan ustedes más en hígado para el gato ese que ya está a punto de reventar. Quítenme un dólar de mi sueldo y díganle que venga.

Se ha impuesto la doctrina de Rebecca Dew. Lewis Allen vendrá a cenar sin necesidad de reducir ni el hígado de Ceniciento ni el sueldo de Rebecca Dew. ¡Qué buena es Rebecca Dew!

La tía Chatty vino anoche a mi cuarto, a escondidas, y me contó que quería una capa con abalorios pero la tía Kate creía que era demasiado mayor para esas cosas, y eso le había dolido.

—¿Usted cree que lo soy, señorita Shirley? No quiero perder la dignidad, pero siempre he querido tener una capa con abalorios. Siempre me han parecido muy desenfadadas, como se suele decir, y ahora vuelven a estar de moda.

—¡Demasiado mayor! Claro que no es demasiado mayor —le aseguré—. Nadie es nunca demasiado mayor para vestir como le guste. Si lo fuera usted, no querría esa capa.

—Me la compraré aunque a Kate no le guste —concluyó la tía Chatty en tono desafiante—. Creo que va a comprarla... y sé cómo conseguir que la tía Kate no proteste.

Estoy sola en mi torre. Hace una noche muy serena y el silencio es aterciopelado. Ni siquiera los álamos se mueven. Acabo de asomarme a la ventana para lanzar un beso a una persona que está a unos ciento cincuenta kilómetros de aquí, en Kingsport.

Capítulo II

Dawlish Road era un camino sinuoso y hacía una tarde perfecta para pasear, o eso pensaron Ana y Lewis mientras deambulaban tranquilamente por allí, parándose de vez en cuando a disfrutar de un destello zafiro del estrecho entre los árboles, a fotografiar un rincón del paisaje especialmente bonito o una casita pintoresca en una hondonada frondosa. No fue quizá tan agradable llamar a la puerta de las casas y pedir suscripciones para el Club de Teatro, pero Ana y Lewis se turnaban para hablar: él se ocupaba de las mujeres mientras Ana engatusaba a los hombres.

—Habla tú con los hombres, ya que te has puesto ese vestido y ese sombrero —le había aconsejado Rebecca Dew—. Tengo algo de experiencia en estas campañas, de cuando era joven, y está demostrado que cuanto mejor vestida vas y más guapa eres más dinero te dan... o al menos prometen dártelo... si se lo pides a los hombres, mientras que para vértelas con las mujeres es mejor que te pongas lo más feo y lo más viejo que tengas.

—¿Verdad que los caminos son interesantes, Lewis? —dijo Ana con aire soñador—. No los caminos rectos, sino los que tienen recovecos en los que puede acechar algo bonito o sorprendente. Siempre me han gustado los caminos con curvas.

—¿Adónde va este camino? —preguntó Lewis con interés práctico, pensando al mismo tiempo que la voz de la señorita Shirley siempre le hacía evocar la primavera.

—Podría ser una maestrilla horrible y decir que no va a ninguna parte... que termina justo aquí. Pero no pienso hacer eso. Porque ¿qué más da adónde vaya o adónde lleve? A lo mejor llega hasta el fin del mundo y da la vuelta. Acuérdate de lo que dice Emerson: «Ah, ¿qué me importa a mí el tiempo?». Ese es nuestro lema para hoy. Creo que el universo seguiría su rumbo si lo dejáramos un rato en paz. Mira las sombras de esas nubes... y la tranquilidad de los valles verdes... y esa casa con un manzano en cada esquina. Imagínatelos en primavera. Hoy hace un día de esos en que todo el mundo se siente vivo y todos los vientos del mundo son nuestros hermanos. Me alegra que haya tantas matas de helechos a lo largo del camino... De helechos con delicadas telas de araña. Me recuerda los tiempos en que me imaginaba... o creía... creo que lo creía de verdad... que las telas de araña eran los manteles de las hadas.

Encontraron a la orilla del camino un manantial en una hondonada dorada y se sentaron sobre un musgo que parecía tejido de helechos en miniatura a beber de un cuenco que Lewis improvisó con la corteza de un abedul.

—Nunca descubres el placer de beber hasta que tienes sed y encuentras agua —dijo—. El verano que trabajé en las obras del ferrocarril, me perdí en la pradera, un día de mucho calor, y estuve varias horas dando vueltas. Creía que iba a morirme de sed, hasta que llegué a la cabaña de un colono que tenía un manantial como este entre los sauces. ¡Cómo bebí! Desde entonces entiendo mejor la Biblia y su amor por el agua.

—Pues vamos a tener más agua —dijo Ana, algo preocupada—. Se avecina un chaparrón y... mira que me encantan los chaparrones, Lewis, pero me he puesto mi mejor sombrero y mi segundo mejor vestido. Y no hay ninguna casa antes de un kilómetro.

—Hay una herrería abandonada aquí cerca, pero tendremos que correr un poco.

Corrieron, y desde su refugio disfrutaron del chaparrón como habían disfrutado de todo lo demás en esa despreocupada tarde de vagabundeo. Un silencio velado cubría el mundo. Todas las brisas jóvenes que susurraban y rumoreaban con tanta solemnidad en Dawlish Road habían plegado sus alas y estaban mudas y quietas. No se movía una hoja ni temblaba una sombra. Las hojas de los arces del recodo del camino estaban del revés y parecía como si los árboles hubieran palidecido de miedo. Una enorme sombra fresca los engullía como una ola verde: la nube los había alcanzado. Pronto llegó la lluvia, con una fuerte ráfaga de viento. El chaparrón golpeaba las hojas, bailaba en la humeante carretera rojiza y resonaba alegremente en el tejado de la vieja herrería.

—Como dure mucho... —dijo Lewis.

Pero no duró. Paró de llover tan de repente como había empezado y el sol se reflejó en los árboles mojados. Cegadores destellos de cielo azul asomaban entre las nubes blancas. A lo lejos se veía un cerro desdibujado aún por la lluvia, pero a sus pies, la cuenca del valle parecía rebosante de brumas anaranjadas. Los bosques se engalanaron de purpurina y oropel como si fuera primavera y un pájaro se puso a cantar en el gran arce que cubría la herrería, como convencido de que sin duda había llegado la primavera, tan increíblemente dulce y nuevo parecía el mundo de pronto.

—Vamos a explorar este rincón —propuso Ana cuando reanudaron el camino, al ver un sendero lateral que discurría entre viejas cercas de madera invadidas por las varas de oro.

—No creo que viva nadie por aquí —dijo Lewis, dudoso—. Creo que es un sendero que baja al puerto.

—Da igual... vamos. Siempre he sentido debilidad por los caminos secundarios... los que se apartan de las vías transitadas, los verdes, solitarios y perdidos. Aspira el aroma de la hierba húmeda, Lewis. Además, presiento que por aquí hay una casa... una casa singular... perfecta para una foto.

A Ana no la engañaban sus huesos. No tardaron en ver la casa... y era un buen botín para un fotógrafo: antigua y pintoresca, de aleros bajos, con pequeñas ventanas cuadradas. Unos sauces imponentes tendían sobre ella sus brazos patriarcales y una especie de jungla de arbustos y plantas perennes la rodeaba. Era una casa destartalada y curtida por los elementos hasta cobrar un tono grisáceo, pero detrás tenía unos establos bien cuidados, de aire moderno y próspero en todos sus detalles.

—Siempre he oído decir, señorita Shirley, que cuando los establos de un hombre son mejores que su casa es señal de que sus ingresos son superiores a sus gastos —observó Lewis mientras subían despacio por un sendero de hierba con profundas rodadas.

—Yo diría que es una señal de que a ese hombre le preocupan más sus caballos que su familia —contestó Ana, riéndose—. No creo que aquí vayamos a conseguir una suscripción para el grupo, pero es la mejor casa para ganar un concurso de fotografía que hemos encontrado hasta ahora. Que sea tan gris no tendrá importancia en la foto.

—No parece un camino muy transitado —dijo Lewis, encogiéndose de hombros—. Es evidente que aquí no viven personas demasiado sociables. Me temo que ni siquiera sabrán lo que es un grupo de teatro. De todos modos, voy a asegurarme la foto antes de que salga alguien de su guarida.

No parecía que hubiera nadie en la casa, pero después de que Lewis hiciera la fotografía abrieron una portezuela blanca, cruzaron el patio y llamaron a la puerta de la cocina, pintada de un azul ya desvaído, pues todo indicaba que la principal, como la de Los Álamos Ventosos, estaba allí más por adorno que por utilidad, si es que podía decirse que una puerta literalmente escondida entre la parra virgen era un adorno.

Esperaban ser recibidos al menos con la misma cortesía que en las otras casas, tanto si iba acompañada de generosidad como si no. Por eso se quedaron atónitos al ver que la puerta se abría bruscamente y en el umbral no aparecía la sonriente mujer o la hija del granjero, tal como imaginaban, sino un hombre alto y corpulento, de unos cincuenta años, canoso y de cejas anchas, que preguntó sin andarse con ceremonias:

—¿Qué quieren?

—Venimos con la esperanza de que quiera usted colaborar con el Club de Teatro de nuestro instituto —explicó Ana con escasa convicción. Pero resultó que le ahorraban seguir intentándolo.

—No sé de qué me habla. Ni quiero saberlo. No me interesa —fue la intransigente respuesta del desconocido. Y les dio con la puerta en las narices.

—Creo que no le interesaba demasiado —bromeó Ana cuando ya se alejaban.

—Qué caballero tan amable —señaló Lewis, con una sonrisa—. ¡Pobre de su mujer, si es que está casado!

—No creo que lo esté. De estarlo se habría civilizado un poquito —contestó Ana, mientras trataba de recobrar la compostura—. Me gustaría que Rebecca Dew le diera un escarmiento. Aunque al menos hemos hecho la foto de su casa, y tengo el pálpito de que va a ganar el premio. ¡Qué fastidio! Se me ha metido una piedrecita en el zapato. Voy a sentarme en la acequia de nuestro caballero, con o sin su permiso, para quitármela.

—Por suerte no se nos ve desde la casa —la tranquilizó Lewis.

Ana acababa de atarse el cordón del zapato cuando oyeron que algo se acercaba con sigilo entre la maleza, a su derecha. De las frondas salió un niño de unos ocho años que los examinó tímidamente, con una tartaleta de manzana bien sujeta entre las manos rechonchas. Era un niño guapo y de rasgos delicados, con brillantes rizos castaños y unos ojos castaños y grandes que irradiaban inocencia. Tenía cierta elegancia, a pesar de que llevaba la cabeza y las piernas descubiertas, una camisa de algodón azul desteñido y unos raídos bombachos de terciopelo. Aun así, parecía un príncipe camuflado.

A su lado había un enorme pastor de Terranova negro, con la cabeza casi a la altura del hombro del niño.

Ana lo miró con una sonrisa que siempre se ganaba el cariño de los niños.

—Hola —saludó Lewis—. ¿Dónde está tu familia?

El niño se acercó sonriendo por toda respuesta y les ofreció su tarta de manzana.

—Es para ustedes —dijo con timidez—. La ha hecho papá para mí, pero prefiero dársela. Yo tengo de sobra.

Lewis, con muy poco tacto, ya estaba a punto de rechazar el ofrecimiento del chiquillo, pero Ana le dio un codazo. Captando entonces la indirecta, la aceptó con aire solemne y se la ofreció a Ana, que con la misma solemnidad la partió en dos y le dio la mitad a Lewis. Eran conscientes de que tenían que comerse la tartaleta, pese a sus dolorosas dudas sobre las dotes culinarias de «papá», pero se tranquilizaron nada más probarla. Tal vez «papá» no tuviera el don de la cortesía, pero estaba claro que sabía hacer tartaletas.

—Está deliciosa —dijo Ana—. ¿Cómo te llamas, cielo?

—Teddy Armstrong —respondió el pequeño benefactor—. Pero papá siempre me llama Hombrecito. Soy lo único que tiene. Me quiere muchísimo y yo lo quiero muchísimo a él. Supongo que os habrá parecido un maleducado por cerraros la puerta tan deprisa, pero no lo hace con mala intención. Os oí pedir algo de comer.

(«No hemos pedido eso, pero da igual», pensó Ana.)

—Estaba en el jardín, detrás de las malvas, y se me ocurrió traeros la tartaleta, porque me da mucha pena la gente pobre que no tiene suficiente que comer. Yo siempre tengo. Mi padre es un cocinero estupendo. No os imagináis los flanes de arroz que hace.

—¿Les pone pasas? —preguntó Lewis, guiñando un ojo.

—A montones. No es nada tacaño.

—¿No tienes madre, cielo?

—No, mi madre murió. La señora Merrill me dijo una vez que está en el cielo, pero mi padre dice que eso no existe y supongo que él lo sabrá mejor. Es un hombre muy sabio. Ha leído miles de libros. De mayor quiero ser como él... solo que yo siempre doy comida a la gente cuando la necesita. Es que a mi padre no le gusta demasiado la gente, pero es buenísimo conmigo.

—¿Vas a la escuela? —preguntó Lewis.

—No. Mi padre me enseña en casa. Aunque los de la junta le han dicho que tengo que ir el año que viene. Creo que me gustaría ir a la escuela para jugar con otros niños. Claro que tengo a Carlo, y papá es estupendo para jugar con él cuando tiene tiempo. Siempre está muy ocupado. Tiene que trabajar en la granja además de limpiar la casa. Por eso no le apetece que venga nadie por aquí. Cuando sea mayor podré ayudarlo mucho y entonces tendrá más tiempo para ser educado con la gente.

—Esta tartaleta estaba estupenda, Hombrecito —dijo Lewis, tragándose el último bocado.

Al Hombrecito se le iluminaron los ojos.

—Me alegro mucho de que te haya gustado.

—¿Te gustaría que te retrataran? —preguntó Ana, con la sensación de que un alma generosa como la de aquel niño no aceptaría dinero—. Si quieres, Lewis puede hacerte una fotografía.

—¡Me encantaría! —exclamó el Hombrecito, lleno de ilusión—. ¿Y a Carlo también?

—Por supuesto: a Carlo también.

Ana los colocó a los dos en un sitio muy bonito, contra un fondo de arbustos: el niño de pie, abrazando a su grande y peludo compañero. Tanto el uno como el otro parecían igual de contentos, y Lewis hizo la fotografía con la última placa que le quedaba.

—Si sale bien te la enviaré por correo —prometió—. ¿Cuál es la dirección?

—A la atención del señor James Armstrong, para Teddy Armstrong, Glencove Road —contestó el Hombrecito—. ¡Qué divertido que me traigan algo de la estafeta! Te aseguro que me sentiré de lo más orgulloso. No le diré nada a papá, para darle una buena sorpresa.

—Bueno, cuenta con tu paquete en dos o tres semanas —dijo Lewis cuando ya se despedían del niño. Pero Ana se agachó de repente y le dio un beso en la carita curtida por el sol. Algo la había conmovido. Era un niño tan dulce... tan educado... ¡tan falto de una madre!

Se volvieron a mirarlo antes de tomar la curva del sendero y lo vieron subido a la acequia, con su perro, diciéndoles adiós con la mano.

Naturalmente, Rebecca Dew conocía muy bien a los Armstrong.

—James Armstrong nunca se ha sobrepuesto a la muerte de su mujer, hace ya cinco años —explicó—. Antes no era tan huraño... era un hombre agradable, aunque un poco eremita. Es su forma de ser. Se volcó por completo en su mujer... veinte años más joven que él. Dicen que su muerte fue un golpe durísimo para él... que le cambió el carácter por completo. Que se ha vuelto amargado y cascarrabias. Ni siquiera consiente tener una criada... Que cuida él solo de la casa y del niño. Estuvo muchos años soltero antes de casarse, así que no se da mala maña para esas cosas.

—Pero no es vida para el niño —señaló la tía Chatty—. Su padre nunca lo lleva a la iglesia ni a ninguna parte donde pueda ver gente.

—Dicen que adora al niño —dijo la tía Kate.

—«No adores a otros dioses además de mí» —citó Rebecca Dew.

Capítulo III

Pasaron casi tres semanas antes de que Lewis encontrara un momento para revelar sus fotografías. Las llevó a Los Álamos Ventosos el primer domingo que fue a cenar. Tanto la casa como el Hombrecito habían salido de maravilla. El Hombrecito sonreía «como si estuviera vivo», en palabras de Rebecca Dew.

—¡Pero si se parece a ti, Lewis! —exclamó Ana.

—Pues es verdad —asintió Rebecca Dew, bizqueando para examinar la imagen. Nada más verlo me recordó a alguien, pero no sabía a quién.

—Mira: los ojos... la frente... la expresión general es tuya, Lewis —añadió Ana.

—Me cuesta creer que yo fuera un niño tan guapo —dijo Lewis, sin darle importancia—. Debo de tener por ahí una foto que me hicieron a los ocho años. A ver si la encuentro y la comparo. Se reiría si la viera, señorita Shirley. Soy un niño de ojos serios, con tirabuzones y un cuello de encaje, tieso como una vara. Supongo que me habían sujetado la cabeza con uno de esos chismes de tres garras que usaban entonces. Si esta foto de verdad se parece a mí es pura coincidencia. El Hombrecito no puede ser familiar mío. Ya no tengo familia en la isla...

—¿Dónde nació? —preguntó la tía Kate.

—En New Brunswick. Mi padre y mi madre murieron cuando yo tenía diez años, y entonces me vine a vivir aquí, con una prima de mi madre... La llamaba tía Ida. También murió... hace tres años.

—Jim Armstrong era de New Brunswick —dijo Rebecca Dew—. No es nacido en la isla... Si lo fuera no sería tan arisco. Tenemos nuestras cosas pero somos gente civilizada.

—No sé si me gustaría descubrir que tengo algún parentesco con el amable señor Armstrong —contestó Lewis, haciendo una mueca antes de atacar la tostada de canela de la tía Chatty—. De todos modos, creo que cuando tenga la foto lista y enmarcada la llevaré yo mismo a Glencove Road, para indagar un poco. Podría ser un primo lejano o algo así. En realidad no sé nada de la familia de mi madre, si es que queda alguien vivo. Siempre he tenido la impresión de que mi madre no tenía familia. Mi padre sé que no tenía.

—¿No crees que si le das la foto en persona el Hombrecito se llevará un chasco? Le hacía mucha ilusión recibirla por correo —observó Ana.

—Ya se lo compensaré... Le enviaré alguna otra cosa por correo.

El siguiente domingo por la tarde, Lewis llegó al Callejón de los Espíritus a las riendas de un calesín antiguo, con una yegua todavía más antigua.

—Voy a Glencove a llevarle la fotografía a Teddy Armstrong, señorita Shirley. Si no le asusta ir en esta tartana, me gustaría que viniera conmigo. No creo que corramos peligro de perder ninguna rueda.

—¿De dónde ha sacado esa reliquia, Lewis? —preguntó Rebecca Dew.

—No se burle de mi galante corcel, señorita Dew. Muestre usted algún respeto por la edad. Tanto la yegua como el calesín me los ha prestado el señor Bender, a cambio de que le haga un recado en Dawlish Road. Él no tenía tiempo de ir andando hasta Glencove y volver.

—¡Tiempo! —refunfuñó Rebecca Dew—. Yo iría y volvería más deprisa que ese animal.

—¿Con un saco de patatas para el señor Bender? ¡Es usted prodigiosa!

Las mejillas coloradas de Rebecca Dew se pusieron más coloradas todavía.

—No está bien mofarse de los mayores —le reprochó ella. Y como penitencia añadió—: ¿Le apetecen unas rosquillas antes de irse?

Sin embargo, la yegua blanca hizo gala de una increíble potencia locomotora cuando se pusieron en camino. Ana se echó a reír con el zarandeo. ¿Qué dirían la señora Gardiner o la tía Jamesina si la vieran en ese momento? Bueno, qué más daba. Hacía un día precioso para ir de paseo en calesín por aquellos parajes que conservaban su antiguo ritual de otoño, y Lewis era una buena compañía. Alcanzaría sus ambiciones. Ana pensó que no conocía a nadie que se atreviera a pedirle que subiera al calesín de Bender con la yegua de Bender. A él ni se le pasó por la cabeza que fuese nada raro. ¿Qué más daba cómo se hiciera el viaje, con tal de llegar al destino? Los serenos perfiles de los montes eran tan azules, los caminos tan rojos, los arces tan divinos, que el vehículo daba lo mismo. Lewis era un filósofo y le traía sin cuidado lo que dijera la gente, como cuando algunos alumnos del instituto lo llamaban «mariquita» por ocuparse de las tareas domésticas en su pensión. ¡Allá ellos! Ya cambiarían las tornas algún día. Puede que tuviera los bolsillos vacíos, pero no la cabeza. El caso es que la tarde era idílica y pronto volverían a ver al Hombrecito. Le contaron al cuñado del señor Bender adónde iban mientras cargaba el saco de patatas en la trasera del calesín.

—¿De verdad le ha hecho una foto a Teddy Armstrong? —preguntó el señor Merrill con asombro.

—Pues sí, y bien buena. —Lewis la desenvolvió y se la enseñó lleno de orgullo—. No creo que un fotógrafo profesional la hubiera hecho mejor.

El señor Merril se dio una sonora palmada en la pierna.

—¡Esto es increíble! ¡Pero si Teddy Armstrong está muerto...!

—¡Muerto! —exclamó Ana, horrorizada—. Ay, señor Merrill... no... no me diga que... ese niño tan encantador...

—Lo siento, señorita, pero es así. Y su padre casi se ha vuelto loco, porque no tenía ni una foto del chico. Y resulta que usted tiene una. ¡Bueno, bueno!

—Parece imposible —dijo Ana, con los ojos llenos de lágrimas. Aún veía la esbelta figura del niño diciendo adiós con la mano desde la acequia.

—Siento decirle que es la pura verdad. Murió hace casi tres semanas. De neumonía. Sufrió mucho, pero dicen que fue paciente y valiente como el que más. No sé yo qué va a ser de Jim Armstrong. Dicen que parece que ha perdido la cabeza, que se pasa el día limpiando y murmurando: «Si al menos tuviera un retrato de mi Hombrecito». No para de repetirlo.

—Me da pena ese hombre —dijo entonces la señora Merrill, que estaba al lado de su marido pero no había dicho nada hasta ese momento. Era una mujer demacrada, canosa y de constitución fuerte, con el vestido de calicó azotado por el viento y un delantal de cuadros—. Es un hombre pudiente, y siempre he tenido la sensación de que nos miraba por encima del hombro, porque somos pobres. Pero nosotros tenemos a nuestro hijo... y da igual lo pobre que seas mientras tengas alguien a quien querer.

Ana miró a la señora Merrill con súbito respeto. No era una mujer guapa, pero cuando sus ojos grises y hundidos se cruzaron con los de Ana, las dos se reconocieron como almas gemelas. Ana nunca había visto a la señora Merrill y nunca volvió a verla, pero siempre la recordaría como la mujer que había descubierto el secreto definitivo de la vida. Nunca eras pobre mientras tuvieras algo que amar.

El día dorado se estropeó para Ana. El Hombrecito la había conquistado en su fugaz encuentro. Continuaron en silencio por Glencove Road y subieron por el camino de hierba. Carlo estaba tumbado en una piedra, delante de la puerta azul. Se levantó para acercarse a ellos mientras bajaban del calesín y fue a lamer la mano de Ana, mirándola con los ojos grandes y cargados de añoranza, como si pidiera noticias de su compañero de juegos. La puerta estaba abierta y en la penumbra vieron a un hombre con la cabeza inclinada sobre la mesa.

Cuando Ana llamó a la puerta, el señor Armstrong se sobresaltó y salió. Impresionaba ver lo mucho que había cambiado. Estaba demacrado y sin afeitar, y un fuego errático ardía en sus ojos hundidos en las cuencas.

Ana esperaba su rechazo instantáneo, pero pareció reconocerla y le habló con voz apática. .

—¿Así que ha vuelto usted? El Hombrecito me contó que habló con él y le dio un beso. Le gustó usted. Sentí haber sido tan grosero. ¿Qué quiere?

—Queremos enseñarle algo —dijo Ana con dulzura.

—¿Quieren pasar y sentarse? —preguntó el señor Armstrong con tristeza.

Sin decir palabra, Lewis desenvolvió el retrato del Hombrecito y se lo ofreció. El padre se lo quitó de las manos bruscamente, lo miró lleno de asombro y avidez, y luego se desplomó en la silla y estalló en lágrimas y sollozos. Ana nunca había visto a un hombre llorar de esa manera. Lewis y ella, mudos de compasión, esperaron hasta que el señor Armstrong se sobrepuso.

—Ah, no se imaginan lo que esto significa para mí —dijo por fin, con la voz entrecortada—. No tenía ninguna foto suya. Y no soy como otros... no recuerdo las caras... no veo mentalmente las caras como la mayoría de la gente. Ha sido horroroso desde que murió el Hombrecito... Ni siquiera recordaba cómo era. Y ahora me traen ustedes esto... con lo maleducado que fui. Siéntense... siéntense. Me gustaría agradecérselo de algún modo. Creo que me han salvado de la locura... puede que me hayan salvado la vida. Ay, señorita, ¿verdad que es él? ¡Casi parece que fuese a hablar! ¡Mi querido Hombrecito! ¿Cómo voy a vivir sin él? Ya no tengo ningún motivo para vivir. Primero su madre... y ahora él.

—Era un niño encantador —dijo Ana con ternura.

—Sí que lo era. Mi Teddy... Theodore, así quiso llamarlo su madre: «Su regalo de los dioses», decía ella. Y bien paciente que fue. Nunca se quejó. Una vez me miró sonriendo y me dijo: «Papá, creo que te has equivocado en una cosa... solo en una. Creo que existe el cielo, ¿verdad? ¿Verdad que sí, papá?». Y le dije que sí, que existía... Que Dios me perdone por haber intentado enseñarle otra cosa. Entonces volvió a sonreír, como si estuviera contento, y añadió: «Bueno, papá. Me voy al cielo, y allí estarán mamá y Dios, así que lo pasaré estupendamente. Pero me preocupas tú, papá. Te quedarás muy solo sin mí. Haz todo lo mejor que puedas, sé amable con la gente y luego ven con nosotros». Me hizo prometer que lo intentaría, pero cuando se marchó, me era imposible soportar el vacío. Me habría vuelto loco si no me hubieran traído esto. Ahora no será tan duro.

Siguió un rato hablando de su Hombrecito, como si en ello encontrase alegría y consuelo. Daba la impresión de que sus reservas y su brusquedad fueran un traje que se hubiera quitado. Entonces, Lewis sacó la pequeña y borrosa fotografía que le hicieron de pequeño para enseñársela al señor Armstrong.

—¿Ha visto usted a alguien parecido a este niño? —preguntó Ana.

El señor Armstrong examinó la foto con perplejidad.

—Se parece muchísimo al Hombrecito —dijo al cabo de un rato—. ¿Quién puede ser?

—Soy yo —explicó Lewis—, a los siete años. La señorita Shirley me pidió que se la enseñara, por el curioso parecido con Teddy. Pensé que quizá el Hombrecito y yo fuéramos parientes lejanos. Me llamo Lewis Allen y mi padre era George Allen. Nací en New Brunswick.

James Armstrong negó con la cabeza.

—¿Cómo se llamaba su madre?

—Mary Gardiner.

El señor Armstrong lo miró en silencio unos instantes.

—Era mi hermanastra —asintió entonces—. Apenas la conocí... Solo la vi una vez. Me crie con la familia de un tío mío cuando murió mi padre. Mi madre volvió a casarse y se mudó. Vino a verme una vez, con su hija. Murió poco después y nunca más volví a ver a mi hermanastra. Cuando vine a vivir aquí a la isla, le perdí la pista definitivamente. Eres mi sobrino y el primo del Hombrecito.

Era una noticia asombrosa para un joven que se creía solo en el mundo. Lewis y Ana pasaron la tarde con el señor Armstrong y descubrieron que era un hombre inteligente y muy leído. A los dos les cayó bien. Se olvidaron por completo de su brusco recibimiento anterior y reconocieron el verdadero valor de su temperamento y su carácter bajo la hostil coraza que los ocultaba.

—El Hombrecito no habría querido tanto a su padre si no fuera como es —dijo Ana cuando volvía con Lewis a Los Álamos Ventosos, ya a la caída de la tarde.

Cuando Lewis Allen volvió a ver a su tío, el siguiente fin de semana, este le propuso:

—Ven a vivir conmigo, muchacho. Eres mi sobrino y te puedo ayudar... Es lo que habría hecho por mi hijo si siguiera vivo. Estás solo en el mundo, como yo. Te necesito. Volveré a ser un hombre duro y amargado si me quedo aquí solo. Quiero que me ayudes a cumplir la promesa que le hice al Hombrecito. Esto está muy vacío. Ven a llenarlo.

—Gracias, tío. Lo intentaré —contestó Lewis, tendiéndole la mano.

—Y trae a esa profesora tuya de vez en cuando. Me gusta esa chica. Al Hombrecito le gustaba. «Papá —me dijo—. No creía que me gustara que me besara nadie que no fueras tú, pero cuando me besó ella, me gustó. Tenía algo en la mirada, papá.»

Capítulo IV

—El termómetro viejo del porche marca cero grados y el nuevo de la puerta marca diez —dijo Ana, una gélida noche de diciembre—, así que no sé si llevar o no mi manguito.

—Más vale que se fíe del viejo —le aconsejó Rebecca Dew con prudencia—. Puede que esté más acostumbrado a nuestro clima. De todos modos, ¿adónde va esta noche tan fría?

—Voy a pasar por Temple Street para invitar a Katherine Brooke a pasar las vacaciones de Navidad conmigo, en Tejas Verdes.

—Pues le fastidiará a usted las vacaciones —sentenció Rebecca Dew—. Esa sería capaz de mirar a los ángeles por encima del hombro... si es que condescendiera a entrar en el cielo. Y lo peor de todo es que se enorgullece de sus malos modos... ¡Seguro que le parecen una señal de fortaleza!

—Mi cerebro está de acuerdo con todo lo que dice usted, pero mi corazón no puede estarlo —contestó Ana—. A pesar de todo, creo que Katherine Brooke no es más que una chica tímida e infeliz, debajo de ese caparazón tan desagradable. En Summerside no consigo hacer progresos con ella, pero creo que si viene conmigo a Tejas Verdes venceré sus reticencias.

—No lo conseguirá. No querrá ir —vaticinó Rebecca Dew—. Es probable que la invitación le parezca un insulto, pensará que lo hace usted por caridad. Una vez la invitamos a comer en Navidad, el año anterior a que llegara usted… ¿Se acuerda, señora MacComber? Fue el año que teníamos dos pavos y no sabíamos cómo íbamos a comérnoslos… Y nos soltó: «No, gracias. ¡Si hay algo que odio es la palabra Navidad!».

—Pero eso es horroroso… ¡Odiar la Navidad! Hay que hacer algo, Rebecca Dew. Voy a invitarla, y tengo un cosquilleo en los dedos que me dice que vendrá.

—No sé por qué —señaló Rebecca Dew con recelo—, pero cuando usted dice que va a pasar algo, una se lo cree. ¿No tendrá un sexto sentido? La madre del capitán MacComber lo tenía. Me ponía la carne de gallina.

—Yo no creo que tenga nada para ponerle la carne de gallina. Es solo que… presiento desde hace tiempo que Katherine Brooke está medio loca de soledad detrás de esa fachada de amargura, y que mi invitación será como una palmadita en el momento psicológico más oportuno.

—Yo no soy licenciada —señaló Rebecca con profunda humildad—, aunque no le niego el derecho a decir palabras que no siempre entiendo. Tampoco le niego que se mete usted a la gente en el bolsillo. Mire cómo se ha ganado a los Pringle. Pero le digo que la compadezco si lleva usted a su casa por Navidad a esa mezcla de bloque de hielo y rallador de nuez moscada.

Ana no estaba ni mucho menos tan confiada como aparentaba mientras iba camino de Temple Street. Katherine Brooke llevaba una temporada insoportable. Cien veces rechazada, Ana se había prometido, como el cuervo de Poe: «Nunca más». El día anterior, sin ir más lejos, Katherine se había mostrado de lo más insultante en una reunión de profesores. Pero en un momento en que bajó la guardia, Ana había visto algo en los ojos de su compañera… algo como un gesto desesperado y frenético, como un animal enjaulado y rabioso. Ana se pasó la mitad de esa noche decidiendo si invitar o no invitar a Katherine Brooke a Tejas Verdes. Al final se quedó dormida con su decisión irrevocable.

La casera de Katherine acompañó a Ana a la salita y encogió un hombro gordo cuando esta preguntó por la señorita Brooke.

—Le diré que está usted aquí, aunque no sé si querrá bajar. Está de mal humor. Esta noche, en la cena, le he dicho que a la señora Rawlins le parece escandalosa su forma de vestir, teniendo en cuenta que es profesora del Instituto Summerside, y se lo ha tomado muy a pecho, como de costumbre.

—Creo que no debería haberle dicho eso a la señorita Brooke —le reprochó Ana.

—He pensado que debería saberlo —replicó la señora Dennis, algo molesta.

—¿Cree usted que también debería saber que el inspector ha dicho que era una de las mejores profesoras de las Provincias Marítimas? —preguntó Ana—. ¿O no lo sabía?

—Sí, eso he oído. Pero ya se da suficientes aires sin necesidad de que nadie se los suba. Lo suyo es más que orgullo... aunque no sé yo de qué se siente tan orgullosa. Además, esta noche ya estaba enfadada de todos modos, porque no le dejo tener un perro en casa. Dijo que pagaría su comida y se encargaría de que no molestara. Pero ¿qué hago yo con él mientras ella está en clase? No se lo he consentido. «Aquí no se alojan perros», eso le he dicho.

—¡Ay, señora Dennis! ¿Por qué no le permite que tenga un perro? No le molestaría... demasiado. Podría dejarlo en el sótano cuando ella no esté en casa. Y un perro es una buena protección de noche. Me gustaría que se lo permitiera... *por favor.*

Siempre había en la mirada de Ana Shirley, cuando decía «por favor», algo que a la gente le resultaba irresistible. La señora Dennis, a pesar de su corpulencia y su lengua entrometida, tenía buen corazón. Solo que Katherine Brooke a veces la sacaba de quicio con sus malos modos.

—No entiendo por qué le preocupa a usted que tenga o no tenga un perro. No sabía que fuesen tan amigas. Ella no tiene amigos. Nunca he tenido un huésped más insociable.

—Creo que por eso quiere un perro, señora Dennis. Nadie puede vivir sin compañía.

—Pues es la primera vez que veo en ella algo humano —replicó la señora Dennis—. Tampoco es que yo me oponga tanto a que tenga un perro, pero es que me ha ofendido que me lo preguntara con tanto sarcasmo: «Supongo que no me lo consentiría usted si le pido si puedo tener un perro, señora

Dennis». Eso me dijo, muy altiva. ¡Así me lo soltó! «Supone usted bien», le contesté, con la misma altivez. Me gusta tan poco como a cualquiera tragarme mis palabras, pero dígale que puede tener un perro si me garantiza que no se portará mal en la salita.

Ana no creía que la salita pudiera estar peor por culpa de un perro. Miró los raídos visillos de encaje y las horrendas rosas rojas de la alfombra con un escalofrío.

«Me da pena que alguien tenga que pasar las Navidades en una pensión como esta —pensó—. No me extraña que Katherine odie esa palabra. Cuánto me gustaría ventilar esta casa: huele a mil comidas. ¿Por qué sigue alojándose aquí Katherine si gana un buen salario?»

—Dice que puede subir usted —fue el recado que le dio la señora Dennis al volver, con cierto recelo, porque la señorita Brooke había reaccionado como de costumbre.

La escalera, estrecha y empinada, era repugnante. Echaba para atrás. Nadie la pisaría si no fuera por obligación. El linóleo del pasillo estaba hecho jirones. El cuartito de atrás, donde Ana se encontraba en ese momento, era aún más triste que la salita. Estaba iluminado por una lámpara de gas sin pantalla que cegaba la vista. La cama era de hierro, con el colchón hundido en el centro, y la ventana estrecha, con unas escuetas cortinas; miraba a un jardín trasero donde florecía una abundante cosecha de latas. Pero al fondo se veía un cielo maravilloso y una hilera de álamos de Lombardía se alzaba contra los alargados montes violáceos a lo lejos.

—Ay, señorita Brooke: mire qué crepúsculo —dijo Ana, fascinada, desde la desvencijada mecedora sin cojines que la señorita Katherine le había ofrecido de mala gana.

—He visto muchos crepúsculos —contestó la anfitriona con frialdad y sin moverse del sitio. («¡No te me pongas condescendiente con tus crepúsculos!», pensó con amargura.)

—Este no lo ha visto. No hay dos crepúsculos iguales. Siéntese aquí y dejemos que nos cale en el alma —*dijo* Ana. Y *pensó:* «¿Dices alguna vez algo agradable?».

—No sea ridícula, por favor.

¡Las palabras más insultantes del mundo! Con un deje de agravio añadido en el tono despectivo de Katherine. Ana se olvidó de su crepúsculo y miró a su compañera más que inclinada a levantarse y salir por la puerta. Pero vio algo extraño en sus ojos. ¿Había estado llorando? Seguro que no... Era imposible imaginarse a Katherine Brooke llorando.

—No me hace usted sentirme bienvenida —señaló Ana, despacio.

—Yo no sé fingir. No tengo sus grandes dotes para actuar como una reina y decir a todo el mundo la palabra exacta. No es usted bienvenida. ¿Qué habitación es esta para dar la bienvenida a alguien?

Katherine abarcó con un gesto de desdén las paredes descoloridas, las sillas viejas y desnudas y el tocador cojo con su ajado tapete de muselina.

—No es una habitación bonita, pero ¿por qué se aloja aquí si no le gusta?

—Ah... ¿Por qué? ¿Por qué? Usted no lo entendería. Da lo mismo. Me da igual lo que piensen los demás. ¿Qué la trae por aquí esta noche? No creo que haya venido a empaparse de crepúsculo.

—He venido a preguntarle si le gustaría pasar las vacaciones de Navidad conmigo en Tejas Verdes. («¡Y ahora —pensó Ana— me saldrá con otra muestra de sarcasmo! Ojalá se sentara, al menos. Se ha quedado de pie, como esperando a que me vaya.»)

Pero hubo un silencio. Y luego, Katherine preguntó, despacio:

—¿Por qué me lo pide? No es porque le caiga bien... ni siquiera usted podría fingir algo así.

—Es porque no soporto pensar que ningún ser humano pase la Navidad en un sitio así —contestó sinceramente Ana.

Y entonces llegó el sarcasmo.

—Ah, ya veo. Un alarde de caridad muy propio de esta época del año. Yo no soy buena candidata para eso todavía, señorita Shirley.

Ana se levantó, se le había agotado la paciencia con aquella mujer tan extraña y altiva. Cruzó la habitación y miró a Katherine a los ojos.

—Katherine Brooke, lo sepa usted o no, lo que necesita son unos buenos azotes.

Se miraron un momento.

—Se habrá quedado a gusto después de decir eso —observó Katherine. Pero su voz había perdido el tono insultante. Incluso había un leve amago de sonrisa en sus labios.

—Pues sí —dijo Ana—. Tenía ganas de decírselo desde hace tiempo. No la he invitado a Tejas Verdes por caridad, usted lo sabe perfectamente. Le he dicho la verdad. *Nadie* debería pasar la Navidad aquí... Es una idea indecente.

—Me ha invitado a Tejas Verdes porque le doy pena.

—Me da pena. Porque le ha cerrado la puerta a la vida, y ahora la vida se la cierra a usted. Pare, Katherine. Abra las puertas a la vida y deje que la vida entre.

—La versión de Ana Shirley del antiguo refrán: «Si le sonríes al espejo, el espejo te devolverá una sonrisa» —dijo Katherine con indiferencia.

—Tan cierto como todos los refranes. Bueno, ¿vendrá a Tejas Verdes o no?

—¿Qué diría si aceptara? ¿Qué se diría a sí misma, no a mí?

—Diría que es el primer destello de sentido común, aunque muy leve, que he visto en usted —replicó Ana.

Curiosamente, Katherine se echó a reír. Cruzó la habitación, miró con el ceño fruncido la última franja de fuego del crepúsculo que antes había despreciado y se dio la vuelta.

—Muy bien... Iré. Ahora puede decirme que está encantada, que lo pasaremos muy bien y todas esas cosas.

—Estoy encantada. Pero no sé si usted lo pasará bien o no. Eso dependerá mucho de su actitud, señorita Brooke.

—Bueno, me portaré bien. Se quedará sorprendida. Supongo que no seré una invitada divertidísima, pero no me verá comer con el cuchillo y tampoco insultaré a nadie cuando me diga que hace un día precioso. Le digo con franqueza que si acepto es solo por la razón de que incluso a mí se me atraganta la idea de pasar las vacaciones aquí sola. La señora Dennis se va una semana a casa de su hija, en Charlottetown. Es un fastidio tener que hacerme la comida. Soy una pésima cocinera. Mire usted de lo que sirve el triunfo de la materia sobre el espíritu. Pero ¿me da su palabra de honor de que no me deseará Feliz Navidad? No quiero estar feliz en Navidad.

—Tiene mi palabra. Pero no puedo responder por los gemelos.

—No voy a pedirle que se quede ahí sentada... porque se congelaría... pero veo que hay una luna muy bonita en lugar de su crepúsculo; la acompañaré a casa e incluso la ayudaré a admirarla si le apetece.

—Me apetece —asintió Ana—, pero que conste que las lunas de Avonlea son mucho más bonitas.

—¿Entonces, va a ir? —preguntó Rebecca Dew mientras llenaba de agua caliente la bolsa de Ana—. Bueno, señorita Shirley, espero que nunca intente usted que me vuelva mahometana... porque es posible que lo consiguiera. ¿Dónde está el gato ese? Rondando por Summerside a cero grados.

—No según el termómetro nuevo. Y Ceniciento está en la torre, al lado de mi estufa, acurrucado en la mecedora y roncando tan feliz.

—Menos mal —dijo Rebecca Dew con un ligero escalofrío mientras cerraba la puerta de la cocina—. Ojalá el mundo entero estuviera tan calentito y protegido como nosotras esta noche.

Capítulo V

Cuando salió de Los Álamos Ventosos, Ana no sabía que Elizabeth la miraba con nostalgia por una de las ventanas de Las Coníferas, con los ojos llenos de lágrimas, como si todo aquello por lo que valía la pena vivir se alejara temporalmente de su vida, sintiéndose Lizzie a más no poder. Pero cuando el trineo de alquiler se perdió de vista al doblar la esquina del Callejón de los Espíritus, la niña fue a arrodillarse al lado de su cama.

—Querido Dios —susurró—. Ya sé que no sirve de nada pedirte una Feliz Navidad, porque con la abuela y la Mujer nunca podría ser feliz, pero por favor, haz que mi querida señorita Shirley tenga una Navidad muy muy feliz y devuélvemela sana y salva. —Y, tras incorporarse, Elizabeth dijo—: Ya está. He hecho todo lo posible.

Ana ya empezaba a saborear la felicidad de la Navidad. Estaba radiante cuando el tren salió de la estación. Las feas calles se deslizaban a su lado... Volvía a casa: a Tejas Verdes. En campo abierto, el mundo era entre blanco-dorado y violeta pálido, salpicado aquí y allá por la magia oscura de los abetos y la delicadeza de los abedules sin hojas. El sol bajo, por detrás de los bosques desnudos, irrumpía entre los árboles como un dios espléndido mientras el tren tomaba velocidad. Katherine iba callada pero no parecía arisca.

—No espere que le dé conversación —le había advertido a Ana bruscamente.

—No lo espero. No piense que soy de esas personas horribles que te hacen sentir obligada a hablar con ellas todo el tiempo. Hablaremos cuando nos apetezca. Reconozco que me suele apetecer bastante, pero no tiene usted ninguna obligación de hacerme caso.

Davy las esperaba en Bright River con un abrazo de oso para Ana y un amplio trineo de dos asientos lleno de mantas de piel. Las jóvenes se acomodaron en el asiento de atrás. El trayecto de la estación a Tejas Verdes siempre había sido una parte agradable de los fines de semana cuando Ana volvía a casa. Siempre recordaba el primer viaje a casa desde Bright River con Matthew. Entonces era primavera y ahora diciembre, pero todo lo que veía a lo largo del camino le decía: «¿Te acuerdas?». La nieve crujía al paso de los patines; las campanillas tintineaban entre la hilera de abetos, altos y puntiagudos, cargados de nieve en ese momento. El Camino Blanco del Deleite estaba engalanado de pequeñas guirnaldas de estrellas enredadas en los árboles. Y al llegar al penúltimo cerro divisaron el golfo grande, blanco y místico a la luz de la luna, todavía no atrapado en el hielo.

—Hay un punto de este camino donde de pronto siento que... estoy en casa —dijo Ana—. Es en la cima del siguiente cerro, donde veremos las luces de Tejas Verdes. Solo pienso en la cena que nos habrá preparado Marilla. Creo que ya la huelo desde aquí. ¡Ay qué bueno... qué bueno... qué bueno es volver a casa!

En Tejas Verdes pareció que todos los árboles del patio le daban la bienvenida; todas las ventanas iluminadas la saludaban. ¡Y qué bien olía la cocina de Marilla cuando abrieron la puerta! Hubo abrazos, exclamaciones y risas. Ni siquiera Katherine parecía una extraña, sino una más de la familia. La señora Rachel Lynde había puesto su lámpara de la sala, a la que tanto cariño tenía, en la mesa de la cena. En realidad era un chisme horrible, con un globo rojo horrible, ¡pero qué luz tan acogedora, cálida y rosada le daba a todo! ¡Qué cálidas y amables eran las sombras! ¡Qué guapa se estaba poniendo Dora! Y Davy parecía casi un hombre.

Había muchas noticias. Diana había tenido su segunda hijita... Josie Pye se había echado novio... y decían por ahí que Charlie Sloane se había prometido. Era todo tan emocionante como las noticias del imperio. La nueva colcha de cinco mil retazos que acababa de terminar la señora Lynde estaba en exposición y recibió los merecidos elogios.

—Cuando vuelves a casa, Ana, parece que todo cobra vida —dijo Davy.

«Sí, así es como debería ser la vida», ronroneó el gatito de Dora.

—Nunca he podido resistirme a los encantos de una noche de luna —dijo Ana después de cenar—. ¿Qué le parece un paseo con raquetas de nieve, señorita Brooke? Me suena haber oído que sale a pasear con raquetas de nieve.

—Sí... es lo único que sé hacer... pero no lo hago desde hace seis años —dijo Katherine sin darle importancia.

Ana sacó del desván sus raquetas de nieve y Davy fue corriendo a El Bancal a pedir prestado un par de raquetas viejas de Diana para Katherine. Avanzaron por el Paseo de los Enamorados entre las preciosas sombras de los árboles, cruzaron los campos con las cercas bordeadas de abetos jóvenes y se adentraron en los bosques rebosantes de secretos que siempre parecían a punto de susurrar pero nunca llegaban a hacerlo, y atravesaron claros abiertos como lagunas de plata.

No hablaron, ni ganas que tenían. Era como si temieran estropear la belleza de la ocasión. Pero Ana nunca se había sentido tan cerca de Katherine Brooke. La noche de invierno, con su magia particular, las había unido... casi, aunque no del todo.

Cuando llegaron a la carretera principal y un trineo pasó a su lado volando, con un tintineo de risas y campanillas, las dos suspiraron sin querer. Se sentían como si hubieran dejado atrás un mundo que no guardaba nada en común con aquel al que regresaban... Un mundo en el que no existía el tiempo... un mundo de juventud inmortal donde las almas se unían en comunión en un medio que no necesitaba de algo tan vulgar como las palabras.

—Ha sido maravilloso —dijo Katherine, tan claramente para sí misma que Ana no contestó.

Bajaron por la carretera y subieron por el largo camino que llevaba a Tejas Verdes, pero justo antes de llegar a la cerca del patio, las dos se detuvieron, como animadas por un impulso común, y se quedaron en silencio, apoyadas en la cerca vieja y musgosa, a contemplar la casa antigua, taciturna y maternal que asomaba entre su velo de árboles. ¡Qué bonita era Tejas Verdes una noche de invierno!

A sus pies, el Lago de Aguas Centelleantes era un bloque de hielo inmóvil, con las sombras de los árboles dibujadas en sus orillas. El silencio se extendía sobre todas las cosas, menos sobre el puente, donde resonaban los cascos de un caballo al trote. Ana sonrió al recordar cuántas veces había oído ese sonido, tumbada en su habitación en la buhardilla, imaginando que era el galope de los caballos de las hadas que surcaban la noche.

De repente, otro sonido rasgó la calma.

—Katherine... ¿está usted? ¿No estará llorando?

Por alguna razón, era imposible imaginar a Katherine llorando. Pero estaba llorando. Y sus lágrimas la humanizaron de repente. Ana dejó de tener miedo de ella.

—Katherine... querida Katherine... ¿Qué pasa? ¿Puedo ayudarla?

—Ay... ¡Usted no lo entiende! —dijo Katherine con la voz entrecortada—. Usted siempre ha tenido una vida fácil... Parece que vive en un pequeño círculo mágico de misterio y belleza. «¿Qué delicioso descubrimiento me espera hoy?» Esa parece ser su actitud ante la vida, Ana. Mientras que yo, se me ha olvidado vivir... Mejor dicho, nunca he sabido. Soy... como un animal que ha caído en una trampa. No consigo salir... y tengo la sensación de que alguien me sacude continuamente con un palo entre los barrotes. Y usted... tiene tanta felicidad que no sabe qué hacer con ella... amigos en todas partes. ¡Un novio! No es que yo quiera un novio... no soporto a los hombres... pero si me muriera esta noche, ni un solo ser en este mundo me echaría de menos. ¿Cómo se sentiría si estuviera completamente sola en el mundo?

Otro sollozo quebró la voz de Katherine.

—Katherine, dice usted que le gusta la sinceridad. Voy a ser sincera. Si no tiene a nadie, como dice, es culpa suya. Yo hace tiempo que quiero ser su amiga. Pero está usted llena de espinas y aguijones.

—Sí, lo sé... lo sé. ¡Cuánto la odié nada más verla! Presumiendo con su collar de perlas...

—Katherine, ¡no presumía!

—Ya, supongo que no. Es que soy envidiosa por naturaleza. Pero parecía que el collar presumía por sí solo... No es que la envidie porque tenga novio... Nunca he querido casarme... He tenido de sobra con mi padre y mi madre... pero no soportaba que usted estuviera por encima de mí, porque es más joven que yo... y me alegré de que los Pringle le pusieran las cosas difíciles. Parecía tener usted todo lo que yo no tenía: encanto... amistades... juventud. ¡Juventud! Me han privado de mi juventud. No sabe usted... no tiene la más mínima idea de lo que es no tener a nadie que te quiera... ¡a nadie!

—¿Que no lo sé? —protestó Ana.

Y con unas pocas frases desgarradoras, le dibujó su infancia antes de llegar a Tejas Verdes.

—Ojalá lo hubiera sabido —dijo Katherine—. Todo habría sido muy distinto. Me parecía usted una de esas personas favoritas de la fortuna. Me reconcomía la envidia. Consiguió el puesto que yo quería... Sí, ya sé que está mejor cualificada, pero aun así ahí está. Es guapa... o al menos hace creer a la gente que lo es. Mi primer recuerdo es el de alguien diciendo: «¡Qué niña tan fea!». Usted entra en cualquier sitio con un encanto delicioso... Me acuerdo de cómo entró en el instituto el primer día. Pero creo que la razón por la que la odiaba en realidad es que siempre parecía tener un placer secreto... como si cada día de la vida fuese una aventura. A pesar de mi odio, a veces reconocía que quizá viniera usted de alguna estrella muy lejana.

—Por favor, Katherine, me deja muda con tantos halagos. Pero ¿verdad que ya no me odia? Ahora podemos ser amigas.

—No lo sé... Nunca he tenido una amiga, y mucho menos de una edad similar. No encajo en ninguna parte... nunca he encajado. Creo que no sé ser amiga de nadie. No, ya no la odio... No sé lo que siento por usted... Supongo que su famoso encanto empieza a hacer efecto en mí. Solo sé que me gustaría contarle cómo ha sido mi vida. Nunca habría podido contárselo si no me hubiera contado usted cómo fue la suya antes de llegar a Tejas Verdes.

Quiero que comprenda por qué soy como soy. No sé por qué quiero que lo comprenda... pero es verdad.

—Cuéntemelo, querida Katherine. Quiero comprenderla.

—Usted sabe lo que se siente cuando nadie te quiere, lo reconozco... pero no lo que se siente cuando sabes que tu padre y tu madre no te quieren. A mí no me querían. Me odiaron desde que nací... incluso desde antes... se odiaban el uno al otro. Sí, se odiaban. No paraban de pelearse... Todo eran mezquinas peleas por cosas insignificantes. Mi infancia fue una pesadilla. Murieron cuando yo tenía siete años y entonces me fui a vivir con la familia de mi tío Henry. Ellos tampoco me querían. Me miraban por encima del hombro, porque «vivía de su caridad». Recuerdo todos los desaires que me hicieron... uno por uno. No recuerdo ni una sola palabra amable. Tenía que usar la ropa que a mis primas ya no les valía. Me acuerdo de un sombrero en particular... con el que parecía un champiñón. Y se reían de mí cuando me lo ponía. Un día lo hice pedazos y lo tiré al fuego. Tuve que ir a la iglesia el resto del invierno con una boina escocesa horrible. Nunca me dejaron tener un perro... ¡con la ilusión que me hacía! No me faltaba cabeza... y quería estudiar una carrera, por supuesto. Pero eso, claro, era como soñar con alcanzar la luna. De todos modos, el tío Henry me dejó ir a Queen's, con la condición de que le devolviera el dinero cuando encontrase trabajo. Me pagó el alojamiento en una pensión miserable. Mi cuarto estaba encima de la cocina: en invierno era una nevera y en verano un horno, y olía a comida rancia en cualquier época del año. ¡Y la ropa con la que tuve que ir a Queen's! Pero conseguí mi título y el segundo puesto en el Instituto Summerside: es la única suerte que he conocido. Desde entonces sigo ahorrando y escatimando para pagar a mi tío Henry... no solo lo que costaron mis estudios en Queen's sino también los gastos de alojamiento de los años que pasé allí. No quería deberle ni un centavo. Por eso vivo en casa de la señora Dennis y visto tan mal. Acabo de saldar mi deuda con él. Por primera vez en la vida me siento libre. Pero entretanto me he vuelto mala. Sé que soy insociable... sé que nunca se me ocurre qué decir. Sé que es culpa mía, porque siempre he descuidado o despreciado los actos sociales. Sé que he convertido el hecho de ser desagradable en un arte. Sé que soy sarcástica. Sé que mis alumnos me consideran una tirana. Sé que me odian. ¿Cree que no me duele saberlo? Me miran siempre con miedo... Odio que la gente me mire con miedo. Ay, Ana, el odio se ha convertido para mí en una enfermedad. Quiero ser como los demás... pero ya no puedo. Por eso estoy tan amargada.

—¡Claro que puedes! —exclamó Ana, pasando un brazo por los hombros de Katherine—. Puedes sacarte de dentro todo ese odio... y curarte. Tu vida no ha hecho más que empezar... ahora por fin eres libre e independiente. Y nunca sabes lo que te espera a la vuelta del siguiente recodo del camino.

—No es la primera vez que te oigo decir eso... Y me reía de tu «recodo del camino». Pero el problema es que en mi camino no hay recodos. Lo veo extenderse hasta el horizonte como una línea recta... en una eterna monotonía. ¿No te asusta la vida a veces, Ana, con su vacío... sus enjambres de gente fría y sin interés? No, claro que no. Tú no tendrás que seguir dando clases para toda la vida. Y parece que todo el mundo te resulta interesante: hasta esa mujer redonda y colorada a la que llamas Rebecca Dew. La verdad es que yo odio las clases... y es lo único que puedo hacer. Una profesora no es más que una esclava del tiempo. Sí, ya sé que a ti te gusta... No lo entiendo. Ana, yo quiero viajar. Es el único sueño que he tenido siempre. Recuerdo el único cuadro que había en la pared de mi habitación del desván, en casa del tío Henry: una lámina vieja y descolorida que ya no quería nadie. Era la imagen de un oasis en el desierto, rodeado de palmeras, con una reata de camellos a lo lejos. A mí me fascinaba, literalmente. Siempre quise ir a descubrirlo... Quiero ver la Cruz del Sur y el Taj Mahal y las columnas de Karnak. Quiero saber... no solo creer... que la tierra es redonda. Y con el salario de maestra nunca podré hacer eso. Me pasaré la vida hablando de las mujeres de Enrique VIII y los inagotables recursos del Dominio de Canadá.

Ana se echó a reír. Ahora podía reírse, porque ya no había amargura en la voz de Katherine, tan solo un tono impaciente y triste.

—De todos modos, vamos a ser amigas... y vamos a pasar aquí diez días estupendos para empezar nuestra amistad. Yo siempre he querido ser amiga tuya, Katherine, ¡escrito con K! Siempre he tenido la sensación de que, debajo de las espinas, había algo por lo que valía la pena ser tu amiga.

—¿De verdad pensabas eso de mí? Me he preguntado muchas veces qué pensarías. Bueno, el leopardo tendrá la oportunidad de cambiar sus manchas, si es que eso es posible. Tal vez lo sea. En este Tejas Verdes tuyo soy capaz de creer casi cualquier cosa. Es la primera vez que estoy en un sitio que parece un hogar. Me gustaría ser más como todo el mundo... si es que no es demasiado tarde. Hasta voy a ensayar una sonrisa radiante para cuando llegue tu Gilbert, mañana por la noche. Aunque me he olvidado de cómo se habla con los hombres jóvenes... si es que he sabido alguna vez. Me tomará por una vieja solterona. No sé si esta noche, cuando me acueste, me enfadaré conmigo misma por haberme quitado la máscara y permitirte ver mi alma temblorosa.

—Nada de eso. Pensarás: «Me alegro de que haya visto que soy humana». Vamos a acurrucarnos debajo de esas mantas esponjosas, probablemente con dos bolsas de agua caliente, porque seguro que Marilla y la señora Lynde nos habrán puesto una cada una, por miedo a que la otra se haya olvidado. Te entrará un sueño delicioso después de este paseo a la luz de la luna escarchada... y cuando te des cuenta habrá amanecido y te sentirás como si fueras la primera persona que descubre que el cielo es azul. Y vas a convertirte en una erudita en la tradición del pudin de ciruelas, porque me ayudarás a preparar uno para el martes... bien grande y sabroso.

Le asombró a Ana la buena cara de Katherine cuando entraron en casa. Tenía el cutis radiante tras el largo paseo al aire fresco, y el color la transformaba por completo.

«Katherine sería guapa si llevara vestidos y sombreros bonitos —pensó Ana, tratando de imaginarse el efecto de cierto sombrero de suntuoso terciopelo rojo oscuro, que había visto en una tienda de Summerside, sobre el pelo negro y los ojos color ámbar de su nueva amiga—. Tengo que ver qué podemos hacer con eso.»

Capítulo VI

La mañana del sábado y el lunes estuvieron llenas de alegres actividades en Tejas Verdes. Prepararon el pudin de ciruela y llevaron a casa el árbol de Navidad. Katherine, Ana, Davy y Dora fueron al bosque a buscarlo: un abetito precioso que Ana se avino a cortar únicamente porque había crecido en un calvero del señor Harrison que en primavera talarían de todos modos para sembrar.

De camino fueron reuniendo enebro rastrero y piñas para hacer coronas, incluso unos helechos que se conservaban verdes todo el invierno en una hondonada profunda del bosque, hasta que el día saludó a la noche con una sonrisa sobre el blanco pecho de los montes, y volvieron triunfantes a Tejas Verdes... donde los esperaba un joven alto, con los ojos de color avellana y un bigotito incipiente que le daba un aire mucho mayor y más maduro, tanto que Ana al principio pasó un momento horrible, sin saber si de verdad era Gilbert o un desconocido.

Katherine, con una sonrisita que pretendía ser sarcástica pero no llegaba a conseguirlo, los dejó en la sala de estar y se pasó la tarde en la cocina, jugando con los gemelos. Descubrió con sorpresa que estaba disfrutando. ¡Y qué divertido fue bajar al sótano con Davy y ver que en el mundo aún existían cosas como las manzanas dulces!

Katherine nunca había estado en el sótano de una casa de campo y no tenía la menor idea de lo bonito, espeluznante y oscuro que podía resultar a la luz de una vela. La vida ya empezaba a parecerle más cálida. Por primera vez pensó que podía ser hermosa, incluso para ella.

Davy hizo ruido suficiente para despertar a los Siete Durmientes de Éfeso a unas horas intempestivas de la mañana de Navidad, subiendo y bajando las escaleras con un cencerro de vaca. Marilla se quedó horrorizada de que hiciera algo así teniendo una invitada en casa, pero Katherine bajó riéndose. Curiosamente, había surgido una extraña camaradería entre ella y Davy. Le confesó a Ana, de corazón, que no sentía mucha afinidad con la impecable Dora, pero que Davy y ella estaban hechos de la misma pasta.

Abrieron la sala de estar y repartieron los regalos antes del desayuno, porque los gemelos, incluso Dora, no habrían podido desayunar de no haber sido así. Katherine, que no esperaba nada —si acaso un detalle de Ana, por compromiso— recibió regalos de todos. Una alegre manta de croché de la señora Lynde, una bolsita de raíz de lirio de Dora, un abrecartas de Davy, una cesta llena de tarritos de mermelada y gelatina de Marilla, y hasta un sujetapapeles de bronce con la forma del Gato de Cheshire, de Gilbert.

Y atado debajo del árbol, acurrucado en una cálida manta de lana, había un cachorrito de ojos marrones, orejas sedosas en posición de alerta y una cola de lo más zalamera. Llevaba colgada al cuello una tarjeta que decía: «De Ana, que al final se atreve a desearte Feliz Navidad».

Katherine sostuvo entre sus brazos al inquieto perrito y dijo con voz temblorosa:

—¡Ana... es una preciosidad! Pero la señora Dennis no me dejará tenerlo en casa. Le pregunté si podía tener un perro y me dijo que no.

—Ya lo he arreglado todo con la señora Dennis. Verás que no pone objeciones. Además, Katherine, no vas a quedarte mucho tiempo allí. Tienes que encontrar un sitio decente para vivir, ahora que ya has pagado lo que considerabas tus deudas. Mira qué caja de papel tan maravilloso me ha enviado Diana. ¿No es fascinante ver las páginas en blanco y pensar qué se podría escribir en ellas?

La señora Lynde se alegró de que fueran unas Navidades blancas, porque así no se llenarían los cementerios... pero Katherine tenía la sensación de que aquellas Navidades eran violetas, granates y doradas. Y la semana siguiente fue igual de bonita. Katherine se había preguntado amargamente en muchas ocasiones cómo sería ser feliz y por fin lo había descubierto. Su florecimiento fue asombroso. Ana se llevó una sorpresa al descubrir que disfrutaba de su compañía.

«¡Y pensar que temía que me estropease las vacaciones!», se dijo con perplejidad.

«¡Y pensar —se dijo Katherine— que estuve a punto de rechazar la invitación de Ana!»

Dieron largas caminatas por el Paseo de los Enamorados y el Bosque Encantado, donde hasta el silencio resultaba amable... por los cerros donde la nieve fina se arremolinaba en una danza invernal de duendes... por viejos huertos cubiertos de sombras violetas... por los bosques sumidos en el esplendor del crepúsculo. No se oían los gorjeos o los trinos de los pájaros, el rumor de los arroyos o el chismorreo de las ardillas, pero el viento entonaba de vez en cuando una melodía que compensaba con su calidad lo que le faltaba en cantidad.

—Siempre hay algo bonito que mirar o escuchar —dijo Ana.

Hablaron de lo humano y lo divino, y compartieron sus anhelos y ambiciones, y siempre volvían a casa con un apetito que desafiaba incluso a una despensa como la de Tejas Verdes. Un día de temporal no pudieron salir. El viento del este azotaba los aleros y el mar rugía en el golfo gris. Pero en Tejas Verdes incluso un temporal tenía su encanto. Daba gusto sentarse junto al fuego a contemplar como en sueños el parpadeo de las llamas en el techo mientras mordisqueaban manzanas y caramelos. ¡Qué agradable fue la cena con el gemido del temporal alrededor!

Una noche, Gilbert las llevó a ver a Diana y a su hija de pocas semanas.

—Nunca había tenido un bebé en los brazos —dijo Katherine cuando volvían a casa—. Por un lado no quería, y por otro me daba miedo romperla en pedazos. No os podéis imaginar cómo me he sentido... Tan grande y tan torpe, con esa cosita tan delicada entre mis manos. Sé que la señora Wright temía que se me cayera en cualquier momento. He visto que hacía un heroico esfuerzo por disimular su terror. Pero me ha hecho algo... la niña, quiero decir... aunque no sabría decir qué.

—Los bebés son fascinantes —observó Ana con aire soñador—. Una vez, en Redmond, oí que alguien los llamaba «un gigantesco fardo de posibilidades». Fíjate, Katherine... Homero fue un bebé en algún momento... un bebé con hoyuelos y unos ojos grandes y llenos de luz... Entonces no estaba ciego, claro.

—Es una lástima que su madre no supiera que su hijo iba a ser Homero —dijo Katherine.

—Pues yo creo que me alegro de que la madre de Judas no supiera que su hijo iba a ser Judas —añadió Ana en voz baja—. Espero que nunca llegara a saberlo.

Hubo una función en el salón de actos una noche, seguida de una fiesta en casa de Abner Sloane, y Ana convenció a Katherine para ir las dos juntas.

—Quiero que nos leas algo, Katherine. He oído decir que lees muy bien.

—Antes recitaba... Creo que me gustaba mucho. Pero hace dos veranos, recité en una función en la costa, organizada por un grupo de veraneantes... y después los sorprendí riéndose de mí.

—¿Cómo sabías que se reían de ti?

—Tenía que ser de eso. No había ningún otro motivo para reírse.

Ana escondió una sonrisa y siguió insistiendo para que leyese.

—Reserva *Ginebra* para el bis. Me han dicho que lo lees de maravilla. La mujer de Stephen Pringle me dijo que no pudo pegar ojo esa noche después de oírte.

—No; nunca me ha gustado *Ginebra*. Viene incluido en las lecturas obligatorias y por eso a veces intento enseñar a mis alumnos cómo leerlo. La verdad es que no tengo paciencia con Ginebra. ¿Por qué no se puso a gritar cuando se vio encerrada? Si la estaban buscando por todas partes, seguro que alguien la habría oído.

Katherine al final prometió que leería, aunque no tenía claro si iría a la fiesta.

—Iré, por supuesto. Pero nadie me sacará a bailar, y entonces me pondré sarcástica y huraña y me dará vergüenza. Siempre lo paso fatal en las fiestas... las pocas veces que he ido a una. Nadie se imagina que sepa bailar... Y ¿sabes? Bailo muy bien, Ana. Aprendí en casa del tío Henry, porque una pobre criada que tenían también quería aprender, y bailábamos juntas en la cocina, por la noche, con la música que ponían en la sala de estar. Creo que me gustaría, si tuviera una buena pareja.

—No lo pasarás mal en esta fiesta, Katherine. No te quedarás de espectadora. Hay mucha diferencia entre ver las cosas desde dentro y verlas desde fuera. Tienes un pelo precioso, Katherine. ¿Me dejas que intente hacerte un peinado distinto?

Katherine se encogió de hombros.

—Adelante. Supongo que llevo un peinado horrible, pero es que no tengo tiempo de arreglarme. Tampoco tengo un vestido de fiesta. ¿Servirá el de tafetán verde?

—Tendrá que servir... aunque el verde es el único color que no deberías llevar nunca, querida Katherine. Pero vas a ponerte un cuello de chifón rojo que te he hecho. Sí. Deberías tener un vestido rojo, Katherine.

—Siempre he odiado el rojo. Cuando me fui a vivir con el tío Henry, la tía Gertrude siempre me hacía ponerme babis de un color rojo pavo de lo más chillón. Las niñas de la escuela gritaban: «¡Fuego!», cuando me veían llegar con uno de esos babis. Además, no puedo preocuparme por la ropa.

—¡Dios, dame paciencia! La ropa es muy importante —señaló Ana con severidad, mientras le trenzaba y rizaba el pelo a Katherine. Después contempló su creación y vio que era buena. Pasó un brazo por los hombros de su amiga y la invitó a mirarse en el espejo.

—¿No crees que somos un par de chicas muy guapas? —preguntó, riéndose—. ¿Y no es precioso pensar que la gente disfrutará mirándonos? Hay mucha gente del montón que resultaría muy atractiva si se esmerara un poco. Hace tres domingos, en la iglesia... ¿Te acuerdas del día en que el pobre señor Milvain tenía un resfriado tremendo y nadie se enteraba de lo que decía cuando dio el sermón...? Bueno, pues me dediqué a embellecer a toda la gente que había en la iglesia. A la señora Brent le cambié la nariz, a Mary Addison le ondulé el pelo y a Jane Marden se lo abrillanté con zumo de limón... A Emma Dill la vestí de azul en vez de marrón... A Charlotte Blair le puse un vestido de rayas en vez de cuadros... Quité varios lunares, y a Thomas Anderson le afeité esas patillas largas y encrespadas. No los habrías reconocido después de mi transformación. Y, aparte de la señora Brent y su nariz, todos podrían hacerse lo mismo que yo les hice. Tú tienes los ojos del color del té, Katherine, del té ámbar. Esta noche tienes que estar a la altura de tu apellido... Un arroyo es efervescente... puro... alegre.

—Todo lo que yo no soy.

—Todo lo que has sido esta última semana. Así que puedes serlo.

—Es por la magia de Tejas Verdes. En cuanto vuelva a Summerside, darán las doce y me convertiré en Cenicienta.

—Te llevarás esa magia contigo. Mírate... Por fin estás como tendrías que haber estado siempre.

Katherine se contempló en el espejo como si dudara de su identidad.

—Sí que parezco años más joven —admitió—. Tenías razón: la ropa hace mucho. Sí, sé que parecía mayor de lo que soy. Me daba igual. ¿Por qué iba a preocuparme si nadie se fijaba? Yo no soy como tú, Ana. Parece que naciste ya sabiendo cómo vivir. Y yo no tengo ni idea: no sé ni lo más básico. Temo que sea demasiado tarde para aprender. Llevo tanto tiempo siendo sarcástica que ya no sé si puedo cambiar. El sarcasmo me parecía la única manera de dejar huella en la gente. Y también me parece que siempre he tenido miedo en compañía de otras personas... miedo de decir alguna tontería... miedo de que se rieran de mí.

—Katherine Brooke, mírate en el espejo; lleva contigo esa imagen... ese pelo magnífico que te enmarca la cara, en vez de llevarlo peinado hacia atrás... esos ojos brillantes como estrellas oscuras... ese leve rubor de emoción en las mejillas... y no tendrás nada que temer. Venga, que llegamos tarde. Aunque, por suerte, le he oído decir a Dora que quienes actúan tienen «asientos *conservados*».

Gilbert las llevó al salón de actos. Todo era como en los viejos tiempos... solo que Katherine ocupaba ahora el lugar de Diana. Ana suspiró. Diana tenía ahora otros muchos intereses. Ya no salía corriendo a conciertos y fiestas.

Pero ¡qué tarde hacía! ¡Qué caminos de raso plateado con ese tono verde pálido a poniente después de la nevada! Orión surcaba el cielo majestuosamente y los montes, los campos y los bosques envolvían a los jóvenes en su silencio nacarado.

Katherine cautivó al público nada más leer el primer verso, y en la fiesta le faltaron bailes para tantas peticiones. De pronto se sorprendió riendo sin amargura. Después, en Tejas Verdes, se descalzó para calentarse los dedos de los pies con el fuego de la sala de estar, a la amable luz de dos velas sobre la repisa de la chimenea; y era ya tarde cuando la señora Lynde entró en su habitación, de puntillas, para preguntarles si querían otra manta y asegurarle a Katherine que su perrito estaba tan a gusto en la cocina, en una cesta detrás del horno.

«Tengo una nueva perspectiva de la vida —pensó Katherine mientras se entregaba poco a poco al sueño—. No sabía que existieran personas como estas.»

—Vuelve cuando quieras —le dijo Marilla cuando se marchaban.

Marilla nunca le decía eso a nadie si no era de corazón.

—Claro que volverá —contestó Ana—. Los fines de semana... y semanas enteras en verano. Haremos hogueras y cavaremos en el huerto... recogeremos las manzanas y cuidaremos de las vacas... remaremos en el estanque y nos perderemos en los bosques. Quiero enseñarte el jardín de Hester Gray, Katherine, y el Pabellón del Eco, y el Valle de las Violetas cuando esté lleno de flores.

Capítulo VII

Los Álamos Ventosos

5 de enero

«La calle por la que deberían pasear los fantasmas»

Mi estimado amigo:

Esto no lo escribió la abuela de la tía Chatty. Aunque podría haberlo escrito de habérsele ocurrido.

He hecho como propósito de Año Nuevo escribir cartas de amor prudentes. ¿Crees que será posible?

He dejado mi querido Tejas Verdes para volver a mis queridos Álamos Ventosos. Rebecca Dew tenía encendida la estufa de la torre y me había puesto una bolsa de agua caliente en la cama.

Es una suerte que me guste esta casa. Sería horrible vivir en un sitio que no me gustara... que no me resultara acogedor... que no me dijera: «Me alegro de que hayas vuelto». Esta casa me lo dice. Es un poco anticuada y un poco cursi, pero le gusto.

Y me alegró volver a ver a la tía Kate y a la tía Chatty y a Rebecca Dew. Me es imposible no fijarme en sus rarezas, pero las quiero mucho a pesar de todo.

Rebecca Dew me dijo ayer una cosa muy bonita.

—El Callejón de los Espíritus ha cambiado desde que usted llegó, señorita Shirley.

Me alegro de que te gustara Katherine, Gilbert. Me sorprendió que fuera tan simpática contigo. Es increíble lo encantadora que puede ser cuando se lo propone. Y creo que ella está tan sorprendida como los demás. No se imaginaba que pudiera ser tan fácil.

Todo va a ser muy distinto en el instituto con una subdirectora con la que puedes trabajar bien. Va a cambiar de pensión, la he convencido para que se compre ese sombrero de terciopelo y por ahora no renuncio a la esperanza de convencerla para que cante en el coro.

Ayer vino el perro del señor Hamilton y se puso a perseguir a Ceniciento. «Esto es el colmo», dijo Rebecca Dew. Y con las mejillas coloradas más coloradas que nunca, la espalda rechoncha temblando de rabia y tales prisas que se puso el sombrero al revés y ni se dio cuenta, fue corriendo a soltarle un buen sermón al señor Hamilton. Me imagino la cara de tonto bonachón que pondría mientras la escuchaba.

—No me gusta el gato ese —me dijo Rebecca—, pero es nuestro, y ningún perro de Hamilton puede venir aquí con ese desparpajo a perseguirlo en su propio patio. «Lo ha perseguido solo por diversión», me dijo Jabez Hamilton. «Un Hamilton tiene una idea de la diversión distinta de una MacComber o de una MacLean, incluso de una Dew, si a eso vamos», le dije yo. «Vaya, vaya. Ha debido de comer usted repollo, señorita Dew», me soltó. «No, señor, aunque podría haberlo comido. La viuda del capitán MacComber no vendió todas las coles en otoño, a pesar de que el precio estaba alto, para no dejar a su familia sin ellas porque el precio estaba alto. Ya ve, hay gente que no oye nada de tanto como le suena el bolsillo», le dije. Y le dejé digiriendo mis palabras. Pero ¿qué se puede esperar de un Hamilton? ¡Son escoria!

Hay una estrella roja brillando sobre el blanco Rey de la Tormenta. Ojalá estuvieras aquí para contemplarla conmigo. Si estuvieras, creo sinceramente que sería más que un momento de aprecio y amistad.

Elizabeth vino hace dos noches para ver si podía decirle qué cosa tan horrible eran las «*bullas* papales» y me contó, con los ojos llorosos, que su maestra le había pedido que cantara en una función que van a celebrar en la escuela, pero la señora Campbell le dijo que ni hablar: rotundamente no. Cuando Elizabeth intentó suplicarle, su abuela contestó:

—Haz el favor de no ser contestona, Elizabeth.

Estuvo un rato llorando amargamente en la torre después de contármelo y dijo que tenía la sensación de que iba a convertirse en Lizzie para siempre. Que ya no podría ser ninguno de sus otros nombres.

—La semana pasada quería a Dios, pero esta semana ya no lo quiero —anunció con desafío.

Toda su clase va a participar en la función y ella se siente «como una leoparda». Creo que quería decir que se sentía como una leprosa, y eso ya es tremendo. Una niña tan dulce no debería sentirse como una leprosa.

Así que me inventé un recado para hacer en Las Coníferas la tarde siguiente. La Mujer... que puede que ya viviera en los tiempos del Diluvio, por lo vieja que parece... me miró fríamente con esos ojos grandes, grises e inexpresivos, me llevó con aire adusto al salón y fue a decirle a la señora Campbell que preguntaba por ella.

Creo que no ha entrado el sol en ese salón desde que se construyó la casa. Había un piano, pero estoy segura de que nadie lo ha tocado jamás. Las sillas duras, tapizadas en brocado, estaban apoyadas contra la pared... todos los muebles estaban contra la pared, menos la mesa central de mármol, y todos parecían desparejados.

Entró la señora Campbell. No la había visto hasta ese momento. Tiene unas facciones ajadas y bien esculpidas que podrían pasar por las de un hombre, los ojos negros, las cejas frondosas y oscuras y el pelo escarchado. No ha prescindido definitivamente de todo vano adorno personal, porque llevaba unos pendientes largos, de ónice negro, que le llegaban hasta los hombros. Me trató con una educación de lo más forzada y yo a ella con una educación de lo menos forzada. Nos sentamos, hicimos un par de comentarios de cortesía sobre el tiempo... las dos, como señaló Tácito hace mil años, «con el semblante indicado para la ocasión». Le dije, y era cierto, que iba a ver si podía prestarme una temporada las *Memorias* de Wallace Campbell, porque tenía entendido que hablaba mucho en ellas de la historia del condado del Príncipe y me vendrían muy bien para mis clases.

La señora Campbell se relajó visiblemente, llamó a Elizabeth y le pidió que subiera a su cuarto y trajera las *Memorias*. Elizabeth tenía cara de haber llorado y su abuela condescendió a explicarme que la maestra le había enviado otra nota, con el ruego de que permitiera a la niña cantar en la función, y ella, la señora Campbell, había respondido con una nota muy hiriente que Elizabeth tendría que llevar a su maestra al día siguiente.

—No soy partidaria de que las niñas de la edad de Elizabeth canten en público —sentenció—. Se vuelven atrevidas y descaradas.

¡Como si algo pudiera volver a Elizabeth atrevida y descarada!

—Quizá tenga razón, señora Campbell —le dije en mi tono más condescendiente—. De todos modos, Mabel Phillips sí va a cantar, y me han dicho que tiene una voz tan prodigiosa que eclipsará a todas las demás. Sin duda es mucho mejor que Elizabeth no compita con ella.

La señora Campbell puso una cara digna de estudio. Puede que por fuera sea una Campbell, pero por dentro es Pringle hasta la médula. No dijo nada, y vi que era el momento psicológico de parar. Le di las gracias por las *Memorias* y me despedí.

Al día siguiente, cuando Elizabeth vino a la puerta del jardín a por su vaso de leche, su cara, que es pálida y parece una flor, se había encendido literalmente. Me contó que su abuela le había dicho que podía cantar, si tenía cuidado y no dejaba que se le subieran los humos.

—¿Sabe? ¡Rebecca Dew me ha contado que los Phillips y los Campbell siempre fueron rivales en el canto!

Le regalé a Elizabeth por Navidad un cuadrito para que lo colgara encima de su cama: se ve un sendero en un bosque, salpicado de luz, que sube hasta un cerro donde hay una pintoresca casita entre los árboles. Dice que ya no pasa tanto miedo cuando se acuesta a oscuras, porque en cuanto se mete en la cama se imagina que va paseando, camino de la casa, y entra, y todo está iluminado, y allí está su padre.

¡Pobrecita! ¡Me resulta imposible no detestar a su padre!

———— o ————

Anoche hubo un baile en casa de Carry Pringle. Katherine llevaba un vestido de seda rojo oscuro, con esos volantes a los lados que ahora están de moda, y la había peinado una peluquera. No sé si te lo vas a creer, pero gente que la conoce desde que vino a dar clases en Summerside preguntó quién era esa mujer al verla entrar. Yo creo que no es tanto por el pelo y el vestido como porque algo indefinible ha cambiado dentro de ella.

Antes, cuando estaba con otras personas, su actitud siempre era: «Esta gente me aburre. Yo creo que también los aburro, y de hecho así lo espero». Pero anoche era como si hubiera encendido velas en todas las ventanas de la casa de su vida.

Me ha costado mucho ganarme la amistad de Katherine, aunque nada que merezca la pena se consigue fácilmente, y siempre he tenido la sensación de que su amistad merecería la pena.

La tía Chatty lleva dos días en la cama con resfriado y fiebre, y cree que mañana debería avisar al médico, no vaya a ser que tenga neumonía. Así que Rebecca Dew se ha pasado el día limpiando la casa como loca, con un trapo en la cabeza, para que todo esté en perfecto estado antes de la posible visita del médico. Ahora mismo está en la cocina, planchando el camisón de algodón blanco de la tía Chatty, el de canesú de croché, para que pueda ponérselo mañana encima del de franela. Ya estaba impoluto, pero Rebecca Dew dijo que no tenía buen color porque llevaba mucho tiempo guardado en el cajón de la cómoda.

———— o ————

Enero ha sido hasta ahora un mes de días grises y fríos. De vez en cuando un temporal ha alborotado el puerto y llenado el Callejón de los Espíritus de nieve amontonada. Pero anoche tuvimos escarcha de plata y hoy brilla el sol. Mi arcedo era un estallido de esplendor inimaginable. Hasta los rincones más corrientes estaban preciosos. Cada palmo de alambre de las vallas era un prodigioso encaje de cristal.

Rebecca Dew ha pasado la tarde enfrascada en una de mis revistas, leyendo un artículo sobre «Tipos de mujeres guapas» ilustrado con fotografías.

—¿No sería precioso, señorita Shirley, que alguien pudiera volver a todo el mundo guapo con una varita mágica? ¡Imagínese cómo me sentiría, señorita Shirley, si de repente me viera guapa! Aunque —con un suspiro— si todas fuéramos unas bellezas, ¿quién trabajaría?

Capítulo VIII

—Estoy agotada —dijo la prima Ernestine Bugle en Los Álamos Ventosos a la hora de cenar, dejándose caer en la silla para sentarse a la mesa—. A veces no me atrevo a sentarme, por miedo a no ser capaz de levantarme después.

La prima Ernestine, prima tercera del difunto capitán MacComber y aun así, pensaba con frecuencia la tía Kate, demasiado cercana, había venido esa tarde de visita, paseando desde Lowvale. No se podía decir que ninguna de las dos viudas la recibiera con mucha alegría, a pesar de los sagrados lazos familiares. La prima Ernestine no era una persona divertida, porque tenía la desgracia de preocuparse continuamente no solo por sus asuntos sino también por los de los demás, sin dar descanso ni a los unos ni a los otros. Según Rebecca Dew, era verla y sentir que el mundo es un valle de lágrimas.

A decir verdad, la prima Ernestine no era guapa y parecía sumamente cuestionable que lo hubiera sido alguna vez. Tenía la cara seca y contraída, los ojos azul claro, sin brillo, varios lunares mal situados y una voz quejumbrosa. Llevaba un vestido negro ajado y un decrépito cuello de foca de Hudson que no se quitaba ni para comer, por miedo a las corrientes.

Rebecca Dew podría haberse sentado a la mesa con ellas si hubiese querido, porque las viudas no consideraban a la prima Ernestine una invitada. Pero Rebecca siempre aseguraba que no podía «saborear sus vituallas» en compañía de esa vieja aguafiestas. Prefería «comer un bocado» en la cocina, cosa que no le impidió señalar con muy poca caridad mientras servía la mesa:

—Será la primavera que se le mete en los huesos.

—Sí, espero que sea solo eso, señorita Dew. Pero me temo que me pasa como a la pobre mujer de Oliver Gage. Comió setas el verano pasado y debía de haber entre ellas alguna matamoscas, porque no ha vuelto a ser la misma desde entonces.

—Pero tú no puedes haber comido setas en esta época del año —dijo la tía Chatty.

—No, pero creo que he comido otra cosa. No intentes animarme, Charlotte. Sé que lo haces con buena intención, pero no sirve de nada. He pasado mucho. ¿Estás segura de que no hay ninguna araña en esa jarra de nata, Kate? Me ha parecido ver una cuando me serviste.

—Nunca ha habido arañas en nuestras jarras de nata —protestó Rebecca Dew, y se encerró en la cocina dando un portazo.

—A lo mejor era solo una sombra —concedió la prima Ernestine con resignación—. Mis ojos ya no son lo que eran. Me temo que me estoy quedando ciega. Eso me recuerda que... esta tarde he pasado a ver a Martha MacKay y resulta que tenía algo de fiebre y como un sarpullido por todo el cuerpo. «Me parece que tienes el sarampión —le he dicho—. Es probable que te deje casi ciega. Tu familia siempre ha tenido mala vista.» He pensado que le conviene estar preparada. Su madre tampoco se encuentra bien. El médico dice que es indigestión, pero me temo que es un tumor. «Y como tengan que operarte y darte cloroformo —le he dicho—, me temo que no salgas del quirófano. Recuerda que eres Hillis, y los Hillis siempre han tenido el corazón débil. Ya sabes que tu padre murió de un infarto.»

—¡A los ochenta y siete años! —protestó Rebecca Dew mientras retiraba un plato bruscamente.

—Y ya sabemos que los setenta años son el límite que marca la Biblia —añadió la tía Chatty con desenfado.

La prima Ernestine se sirvió una tercera cucharada de azúcar y removió el té con tristeza.

—Eso decía el rey David, Charlotte, pero me temo que David no era un buen hombre en muchos aspectos.

Ana cruzó una mirada con la tía Chatty y se echó a reír sin poder aguantarse.

La prima Ernestine la miró con mala cara.

—Me han dicho que se ríe usted mucho. Espero que le dure, aunque me temo que no. Me temo que pronto verá usted que la vida es un asunto triste. Bueno, yo también he sido joven.

—¿De verdad? —preguntó Rebecca Dew sarcásticamente cuando trajo los panecillos—. A mí me parece que siempre ha debido de darle miedo ser joven. Para eso hay que ser valiente, se lo aseguro, señorita Bugle.

—Rebecca Dew tiene una forma muy rara de decir las cosas —se quejó la prima Ernestine—. No es que a mí me moleste, claro. Y está muy bien reírse cuando se es joven, señorita Shirley, pero me temo que tienta usted a la providencia con tanta felicidad. Se parece usted muchísimo a la tía de la mujer de nuestro último párroco... Siempre estaba riéndose, hasta que se quedó *parralática* y se murió de un ataque. El tercero te mata. Me temo que el nuevo párroco de Lowvale es algo frívolo. Nada más verlo le dije a Louisy: «Me temo que un hombre con esas piernas tiene que ser adicto al baile». Supongo que lo habrá dejado ahora que es sacerdote, pero me temo que eso va en la sangre de la familia. Está casado con una mujer joven, y dicen que ella está escandalosamente enamorada de él. No consigo entender que alguien se case con un sacerdote por amor. Me temo que es de lo más irreverente. Sus sermones son muy bonitos, pero por lo que dijo de Elías el Tisbita el domingo pasado me temo que tenga una visión de la Biblia demasiado liberal.

—He visto en el periódico que Peter Ellis y Fanny Bugle se casaron la semana pasada —dijo la tía Chatty.

—Pues sí. Me temo que sea un caso de «cásate con prisa y arrepiéntete despacio». Se conocen solo desde hace tres años. Me temo que Peter pronto descubrirá que las apariencias engañan. Me temo que Fanny es muy perezosa. Plancha las servilletas solo por el derecho. No se parece mucho a su madre, que era una santa. Ella sí que era una mujer hecha y derecha, como no ha habido igual. Cuando estaba de luto siempre llevaba camisones negros. Decía que se sentía tan mal de noche como de día. Estuve en casa de Andy Bugle, ayudándoles en la cocina, y cuando bajé, la mañana de la boda, Fanny estaba tomando un huevo para desayunar... y eso que iba a casarse ese mismo día. Supongo que no os lo creeréis. Yo tampoco me lo creería si no lo hubiera visto con mis propios ojos. Mi difunta hermana, pobrecilla, no comió nada los tres días antes de casarse. Y cuando murió su marido nos temimos que no volviese a comer nunca. A veces pienso que ya no soy capaz de entender a los Bugle. Antes una sabía a qué atenerse con la propia familia, pero las cosas ya no son iguales.

—¿Es verdad que Jean Young va a casarse otra vez? —preguntó la tía Kate.

—Me temo que sí. Se supone que Fred Young está muerto, claro, pero me temo que todavía pueda aparecer. De ese hombre era imposible fiarse. Va a casarse con Ira Roberts. Me temo que él solo quiere casarse con ella para contentarla. Su primo Philip quiso casarse conmigo, pero yo le dije: «Bugle nací y Bugle moriré. El matrimonio es un salto al vacío —le dije—. Y yo no pienso darlo ni borracha». Ha habido un montón de bodas en Lowvale este invierno. Me temo que este verano todo serán funerales, para compensarlo. Annie Edwards y Chris Hunter se casaron el mes pasado. Me temo que dentro de unos años ya no se querrán tanto como ahora. Me temo que él la ha conquistado solo con su elegancia. Su tío Hiram estaba loco: se pasó años creyendo que era un perro.

—Y bien gracioso que era cuando se ponía a ladrar. A nadie le molestaba —contestó Rebecca Dew, que venía con la tarta y las peras en conserva.

—Nunca he oído decir que ladrase —dijo la prima Ernestine—. Solo rebañaba los huesos y los escondía cuando no lo veía nadie. Su mujer lo sabía.

—¿Dónde está la señora Lily Hunter este invierno? —preguntó la tía Chatty.

—Está con su hijo, en San Francisco, y mucho me temo que pueda haber otro terremoto antes de que salga de ahí. Llegado el caso, seguro que intenta salir corriendo y tiene problemas en la frontera. Cuando estás de viaje, si no es una cosa es otra. Pero parece que a la gente le vuelve loca viajar. Mi primo Jim Bugle se ha ido a pasar el invierno en Florida. Me temo que se está volviendo rico y mundano. Antes de que se marchara... me acuerdo que fue la noche anterior a que muriera el perro de Coleman... ¿fue esa noche?... sí, fue esa... «El orgullo precede a la destrucción y la altivez a la caída», le dije. Su hija es la maestra de la escuela de Bugle Road y no consigue decidir con cuál de sus pretendientes quedarse. «Una cosa te puedo asegurar, Mary Annetta —le dije—, y es que nunca tendrás al que más quieras, así que más vale que te quedes con el que más te quiera: ya que tú no estás segura, que al menos lo esté él.» Espero que elija mejor que Jessie Chipman. Me temo que va a casarse con Oscar Green solo porque lo conoce de toda la vida. «¿A *ese* has escogido? —le dije—. Mira que su hermano se murió de una tuberculosis galopante. Y no te cases en mayo, que mayo es un mes de muy mala suerte para las bodas.»

—¡Usted siempre dando esperanzas! —dijo Rebecca Dew cuando entró con una fuente de mostachones.

—¿Sabéis si una calceolaria —preguntó la prima Ernestine, pasando por alto el comentario de Rebecca Dew y sirviéndose una segunda ración de peras— es una flor o una enfermedad?

—Una flor —contestó la tía Chatty.

La prima Ernestine puso cara de leve chasco.

—Bueno, sea lo que sea, la viuda de Sandy Bugle la tiene. El domingo pasado, en la iglesia, oí que le decía a su hermana que por fin tenía una calceolaria. Tus geranios están esmirriados, Charlotte. Me temo que no los estás fertilizando bien. La señora de Sandy ha terminado el luto, y eso que el pobre Sandy solo lleva muerto cuatro años. Hay que ver lo pronto que se olvida a los muertos hoy en día. Mi hermana llevó un crespón por su marido veinticinco años.

—¿Sabía usted que lleva abierta la trabilla del vestido? —le señaló Rebecca mientras servía la tarta de coco a la tía Kate.

—No tengo tiempo para pasarme el día mirándome al espejo —replicó la tía Ernestine con acidez—. ¿Qué más da que lleve la trabilla abierta? ¿No llevo puestas tres enaguas? Dicen que las chicas de hoy solo llevan una.

Me temo que en el mundo hoy todo es fiesta y diversión. ¿Pensarán alguna vez en el Día del Juicio?

—¿Usted cree que el Día del Juicio nos preguntarán cuántas enaguas llevamos puestas? —preguntó Rebecca Dew, huyendo a la cocina antes de que nadie tomara conciencia de la barbaridad. Hasta la tía Chatty pensó que se había pasado un poco de la raya.

—Supongo que habréis sabido por el periódico que Alec Crowdy murió la semana pasada —anunció la tía Ernestine con un suspiro—. Su mujer murió hace dos años. Sufrió hasta el último momento, la pobre. Dicen que se sentía muy solo sin ella, pero me temo que eso es demasiado bonito para ser verdad. Y me temo que los problemas no han terminado para su familia, a pesar de que ya lo han enterrado. Por lo visto no quiso hacer testamento y va a haber muchas peleas por la finca. Dicen que Annabel Crowdy va a casarse con un vivales. El primer marido de su madre era igual, así que puede que sea hereditario. Annabel ha tenido una vida difícil por culpa de eso, y me temo que vaya de mal en peor; eso si no resulta que él esté ya casado.

—¿Qué es de Jane Goldwin este invierno? —preguntó la tía Kate—. Hace mucho tiempo que no está por aquí.

—¡Ah, la pobre Jane! Se está consumiendo misteriosamente. No saben qué le pasa, pero yo me temo que solo son pretextos suyos. ¿De qué se ríe Rebecca Dew en la cocina como una hiena? Me temo que todavía os va a dar guerra. Entre los Dew hay muchos que están mal de la cabeza.

—Parece que Thyra Cooper ha tenido un bebé —dijo la tía Chatty.

—Sí, pobrecilla. Solo uno, gracias a Dios. Me temía que fueran gemelos. Hay muchos gemelos entre los Cooper.

—Thyra y Ned son una pareja encantadora —añadió la tía Kate, como empeñada en rescatar algo de aquel naufragio universal.

Pero la prima Ernestine no toleraba bálsamo en Judea y mucho menos en Lowvale.

—Sí, al principio estaba muy contenta de casarse con él. Hubo un tiempo en que se temía que él no volviera del oeste. Yo se lo advertí: «Ten por seguro que te decepcionará —le dije—. Siempre ha decepcionado a todo el mundo. Todo el mundo estaba convencido de que se moriría antes de cumplir el año, y mira tú por dónde sigue con vida». Cuando él compró la finca de los Holly se lo volví a advertir. «Me temo que ese pozo es un nido de tifus. El que ayudaba a Holly murió de tifus hace cinco años.» Si pasa algo, a mí que no me echen la culpa. A Joseph Holly le está haciendo sufrir la espalda. Él dice que es lumbago, pero me temo que sea el principio de una meningitis espinal.

—El tío Joseph Holly es uno de los hombres más buenos del mundo —afirmó Rebecca Dew, que volvía de rellenar la tetera.

—Sí que lo es —asintió la prima Ernestine con pena—. ¡Demasiado bueno! Me temo que sus hijos tiren todos por el lado malo. Se ve que pasa muy a menudo. Parece como si hubiera que alcanzar un promedio. No, gracias, Kate. No quiero más té... Bueno, quizá otro mostachón. No caen mal al estómago, aunque me temo que he comido demasiado. Tendré que despedirme a la francesa, porque me temo que se va a hacer de noche antes de que llegue a casa y no quiero mojarme los pies. Le tengo mucho miedo a la neumonía. Llevo todo el invierno con una cosa que me baja del brazo a las piernas. Me paso las noches en vela. ¡Ay, nadie sabe lo que estoy sufriendo!, claro que yo no soy de las que se quejan. Quería venir a veros sin falta una vez más, porque puede que para primavera ya no esté aquí. Aunque os veo a las dos muy desmejoradas, así que puede que os vayáis antes que yo. En fin, es mejor irse cuando aún queda alguien de la familia para enterrarte. ¡Madre mía, qué viento se está levantando! Me da miedo que se nos vuele el tejado del establo si viene un temporal. Esta primavera ha hecho mucho viento. Me temo que el clima está cambiando. Gracias, señorita Shirley —dijo, cuando Ana la ayudó a ponerse el abrigo—. Cuídese. Parece usted agotada. Me temo que la gente pelirroja nunca ha tenido una constitución muy fuerte.

—Creo que a mi constitución no le pasa nada —dijo Ana, sonriendo mientras le pasaba a la prima Ernestine una obra de sombrerería indescriptible, con una deshilachada pluma de avestruz colgando por detrás—. Esta noche solo me duele un poco la garganta, señorita Bugle: nada más.

—¡Ah! —A la prima Ernestine se le ocurrió otro mal augurio—. El dolor de garganta hay que vigilarlo. Los síntomas de difteria y tonsilitis son idénticos hasta el tercer día. Aunque le queda el consuelo de... ahorrarse un montón de sufrimiento si muere usted joven.

Capítulo IX

Habitación de la Torre
Los Álamos Ventosos

20 de abril

Mi pobre y querido Gilbert:

«Pensé de la risa, ¿es una locura? Y de la alegría, ¿a qué viene?» Me temo que pronto se me pondrá el pelo gris... Me temo que terminaré en el asilo de indigentes... Me temo que ninguno de mis alumnos apruebe los exámenes finales... El perro del señor Hamilton me ladró el domingo por la noche y me temo que me haya contagiado la rabia... Me temo que se me dé la vuelta el paraguas cuando acuda a mi cita con Katherine esta noche... Me temo que Katherine me aprecia ahora tanto que no pueda seguir apreciándome tanto siempre... Me temo que al final mi pelo no sea caoba... Me temo que a los cincuenta años me saldrá un lunar en la nariz... Me temo que en el instituto no hay suficientes salidas de incendios... Me temo que esta noche pueda encontrarme un ratón en la cama... Me temo que te hayas comprometido conmigo solo porque me conoces de toda la vida... Me temo que pronto tendré que sacar la colcha.

No, cariño, no me he vuelto loca... todavía. Es que la prima Ernestine es contagiosa.

Ahora ya entiendo por qué Rebecca Dew siempre la llama la «Señorita Muchometemo». La pobre mujer se ha hecho cargo de tantísimas preocupaciones que debe de sentirse desesperadamente en deuda con el destino.

Hay demasiados Bugle en el mundo... Puede que no todos lleguen al extremo de la tía Ernestine, pero hay demasiados aguafiestas que no se atreven a disfrutar del presente por miedo a lo que pueda traerles el futuro.

Gilbert, cariño, no tengamos nunca miedo a nada. El miedo es una esclavitud espantosa. Seamos atrevidos y aventureros y tengamos confianza. Salgamos bailando al encuentro de la vida y de todo lo que nos traiga, ¡aunque nos traiga algunas preocupaciones y tifus y gemelos!

Hoy ha sido un día de junio en abril. La nieve se ha derretido y los prados grises y los montes dorados ya cantan a la primavera. Sé que he oído la flauta de Pan en la hondonada verde de mi arcedo y mi Rey de la Tormenta parecía un estandarte envuelto en sutilísima bruma púrpura. Ha llovido mucho últimamente y me encantaba sentarme en mi torre, en la lluviosa quietud de las tardes de primavera. Pero hoy hace una noche de viento apresurado... hasta las nubes van con prisa por el cielo y la luna cuando asoma entre ellas tiene prisa por inundar el mundo de luz.

¡Imagínate, Gilbert, que esta noche vamos paseando de la mano por uno de los largos caminos de Avonlea!

Gilbert, temo estar escandalosamente enamorada de ti. ¿Tú crees que eso es impúdico? Aunque tú no eres sacerdote...

Capítulo X

—¡Soy tan distinta! —suspiró Hazel.

Era horrible ser tan distinta de los demás... y al mismo tiempo era también maravilloso, como si fueras un ser de otro planeta. Hazel jamás formaría parte del rebaño, por nada del mundo... aunque sufriera mucho por ser diferente.

—Todo el mundo es distinto —dijo Ana divertida.

—Está sonriendo. —Hazel entrelazó las manos muy blancas y regordetas y miró a Ana con adoración. Enfatizaba como mínimo una sílaba de cada palabra que decía—. Tiene usted una sonrisa fascinante... una sonrisa *cautivadora*. Nada más verla supe que usted lo entendería *todo*. Estamos en el *mismo plano*. A veces pienso que tengo poderes psíquicos, señorita Shirley. Cuando conozco a una persona siempre sé *instintivamente* si va a gustarme o no. Al momento tuve el presentimiento de que usted era compasiva... de que usted lo *entendería*. Es estupendo sentirse comprendida. Nadie me entiende, señorita Shirley... *nadie*. Pero cuando la vi a usted, una voz me susurró por dentro: «Ella lo entenderá... con ella puedes ser *quien eres de verdad*». Ah, señorita Shirley, seamos *de verdad*... seamos *siempre* de verdad. Dígame, señorita Shirley, ¿me quiere usted un poquitín?

—Creo que eres encantadora —dijo Ana, riéndose un poco y acariciando los rizos dorados de Hazel con sus dedos delicados. Era muy fácil encariñarse con Hazel.

Hazel se había desahogado con Ana en la torre, desde donde veían una luna joven suspendida sobre el puerto y un crepúsculo de mayo que colmaba las copas rojas de los tulipanes al pie de las ventanas.

—No encendamos la luz todavía —le pidió Hazel, a lo que Ana respondió:

—No... ¿Verdad que es precioso cuando la oscuridad es tu amiga? Cuando enciendes la luz, la oscuridad se convierte en enemiga... y se venga mirándote con aire de amenaza.

—Yo *pienso* cosas parecidas pero no soy capaz de expresarlas tan bien —se lamentó Hazel, dolorosamente embelesada—. Usted habla el idioma de las violetas, señorita Shirley.

Hazel no habría sabido explicar en absoluto qué quería decir con eso, pero daba lo mismo. Sonaba *muy* poético.

La habitación de la torre era la única tranquila de la casa. Rebecca Dew había dicho esa mañana, con cara de angustia: «Tenemos que empapelar la sala de estar y el cuarto de invitados antes de la reunión de las señoras de la Asociación de Ayuda», y había sacado todos los muebles para hacer sitio al empapelador, que luego no vino hasta el día siguiente. La casa era un caos descomunal, con un único oasis en la habitación de la torre.

Hazel Marr había tenido un claro flechazo con Ana. Los Marr eran nuevos en Summerside, adonde se habían mudado ese invierno desde Charlottetown. Hazel era una «rubia de octubre», según le gustaba describirse a sí misma, con el pelo dorado como el bronce y los ojos castaños, y Rebecca Dew decía que nunca había habido nada bueno en el mundo desde que esa chica descubrió que era guapa. Pero Hazel era popular, sobre todo entre los chicos, para quienes la combinación de sus ojos y sus rizos resultaba irresistible.

A Ana le caía bien. Esa tarde se había notado algo cansada y un poquito pesimista, con el agotamiento que sobreviene a última hora del día en un aula, pero se había recuperado; no sabía decir si era gracias a la brisa de mayo que entraba por la ventana, cargada con la dulce fragancia de las flores del manzano, o por la charla de Hazel. Tal vez por las dos cosas. En cierto modo, Hazel evocaba en Ana recuerdos de su primera juventud, rebosante de éxtasis, ideales y visiones románticas.

Hazel tomó la mano de Ana y la besó con reverencia.

—*Odio* a toda la gente a la que ha querido usted antes que a mí, señorita Shirley. Y odio a toda la gente a la que quiere *ahora*. La quiero *en exclusiva*.

—¿No eres un poco exagerada, cielo? Tú también quieres a otras personas aparte de mí. ¿Qué me dices de Terry, por ejemplo?

—¡Ay, señorita Shirley! De eso quería hablarle. No puedo seguir sufriéndolo en silencio... no *puedo*. *Necesito* contárselo a alguien... a alguien que lo entienda. Anteanoche la pasé entera dando vueltas al estanque... bueno, hasta las doce. He sufrido mucho... *mucho*.

Hazel había adoptado el aire más trágico que le permitían su cara redonda y sonrosada, sus pestañas largas y su halo de rizos.

—Pero, Hazel, querida, yo creía que Terry y tú erais muy felices... que todo estaba acordado.

Ana no tenía la culpa de creerlo. Hazel llevaba tres semanas delirando por Terry Garland, porque su actitud era: «¿De qué sirve tener novio si no puedes contárselo a nadie?»

—*Todo* el mundo lo cree —asintió Hazel con profunda amargura—. Ay, señorita Shirley, parece que la vida está llena de problemas desconcertantes. A veces siento que me gustaría acostarme en alguna parte... *donde sea...* unir mis manos, y no *pensar* nunca más.

—Querida Hazel, ¿qué ha pasado?

—Nada... y *todo*. Ay, señorita Shirley, ¿puedo contárselo todo... puedo abrirle mi alma sin reservas?

—Claro que sí, querida.

—Es que no tengo a quién abrir mi alma —añadió Hazel con desgarro—. Aparte de mi diario, claro. ¿Me permitirá que le enseñe mi diario algún día, señorita Shirley? Es mi confesión. Y al mismo tiempo, no soy capaz de escribir lo que me quema el alma. Y... ¡me *ahogo*!

Hazel se apretó la garganta dramáticamente.

—Claro que me gustaría verlo si tú quieres. Pero ¿qué problema tan grave hay entre tú y Terry?

—¡Ay, Terry! ¿Me creería si le digo que Terry me parece un *desconocido?* ¡Un desconocido! Como si no lo hubiera visto en la vida —subrayó Hazel, para que no cupiese la menor duda.

—Pero, Hazel... Yo creía que lo querías... me dijiste que...

—Sí, ya lo sé. Yo también *creía* que lo quería. Pero ahora sé que todo ha sido un terrible error. Ay, señorita Shirley, no se imagina usted lo *difícil* que es mi vida... lo *imposible.*

—Algo entiendo de eso —asintió Ana con compasión, acordándose de Roy Gardiner.

—Ay, señorita Shirley, sé que no lo quiero lo suficiente para casarme con él. Y ahora me doy cuenta, ahora, cuando ya es demasiado tarde. Un hechizo de luna me hizo creer que lo amaba. De no haber sido por eso, le habría pedido tiempo para pensarlo. Pero me dejé llevar... ahora lo veo. Voy a huir... ¡voy a hacer algo desesperado!

—Pero, querida Hazel, si crees que has cometido un error, ¿por qué no se lo dices, sin más?

—¡No puedo, señorita Shirley! Lo mataría. Terry me adora. No hay forma de dar marcha atrás. Él ya empieza a hacer planes de boda. Imagíneselo... soy una niña... solo tengo dieciocho años. Las amigas a las que les he contado en secreto que estoy prometida me han felicitado... y todo es una farsa. Terry les parece un buen partido, porque le caerán diez mil dólares cuando cumpla los veinticinco. Se los dejó su abuela. ¡Como si a mí me importase algo tan sórdido como el *dinero!* Ay, señorita Shirley, *¿por qué* este mundo es tan mercenario... *por qué?*

—Supongo que lo es en algunos aspectos, Hazel, pero no en todos. Y si es esto lo que sientes por Terry... Todos nos equivocamos... a veces nos cuesta mucho entendernos...

—¿Verdad que sí? *Sabía* que usted lo entendería, yo *creía* que lo quería, señorita Shirley. La primera vez que lo vi, me pasé toda la tarde mirándolo. Me entraban escalofríos cuando nuestras miradas se cruzaban. Era *tan* guapo... Aunque incluso entonces me pareció que tenía el pelo demasiado rizado y las pestañas *demasiado* blancas. *Eso* tendría que haberme servido de advertencia. Pero es que ya sabe usted que le pongo a todo mucho sentimiento... soy muy apasionada. Sentía oleadas de éxtasis cuando se me acercaba. Y ahora no siento nada... ¡nada! Me he hecho mayor en estas semanas, señorita Shirley... ¡mayor! Apenas he comido desde que nos prometimos. Mi madre se lo puede decir. *Sé* que no lo quiero lo suficiente para casarme con él. Aunque dude de todo lo demás, *eso* lo sé.

—Entonces no puedes...

—Ya esa noche de luna, mientras me lo pedía, yo pensaba en el vestido que iba a ponerme para la fiesta de disfraces de Joan Pringle. Me parecía precioso ir de Reina de Mayo, en verde claro, con una banda de un verde más oscuro y unas rosas de color rosa claro en el pelo. Y me imaginaba un palo de mayo adornado con rosas diminutas y cintas rosas y verdes. ¿Verdad que habría sido fascinante? Y luego el tío de Joan va y se muere, y Joan al final no pudo hacer la fiesta, así que tanto esfuerzo en balde. Pero el caso es que... no es posible que lo quisiera de verdad si tenía la cabeza en otras cosas...

—No lo sé... A veces los pensamientos nos tienden trampas curiosas.

—Sinceramente, no sé si quiero casarme nunca, señorita Shirley. ¿No tendrá por casualidad un palito de naranjo? Gracias. Tengo las cutículas estropeadas. Podría arreglármelas mientras hablamos. ¿No es precioso intercambiar confidencias así? Rara vez se presenta la oportunidad... el mundo siempre se inmiscuye. Bueno... ¿de qué estaba hablando...? Ah, sí, de Terry. ¿Qué voy a hacer, señorita Shirley? Necesito su consejo. ¡Me siento como un animal atrapado!

—Verás, Hazel, es muy sencillo...

—¡No, no es nada sencillo, señorita Shirley! Es complicadísimo. Mamá está encantada, pero la tía Jean no. A ella no le gusta Terry, y todo el mundo dice que tiene muy buen criterio. No quiero casarme con nadie. Soy ambiciosa... quiero hacer una carrera. A veces pienso que me gustaría ser monja. ¿No sería maravilloso casarse con Dios? La iglesia católica me parece *muy* pintoresca, ¿no cree? Pero, claro, yo no soy católica... y además supongo que a eso no se le puede llamar una carrera. Siempre he pensado que me encantaría ser enfermera. ¿No le parece una profesión romántica? Acariciar frentes febriles y esas cosas... y que un paciente guapo y millonario se enamore de ti y te lleve a pasar la luna de miel a una villa en la Riviera, con vistas al sol de la mañana y el azul del Mediterráneo. Me he *visto* allí. Puede que sean sueños absurdos, pero ¡qué bonitos! No puedo renunciar a ellos por la prosaica realidad de casarme con Terry Garland y quedarme a vivir en *Summerside!*

Hazel tembló solo de pensarlo, mientras se examinaba una cutícula con aire crítico.

—Supongo... —empezó a decir Ana.

—Es que no tenemos *nada* en común, señorita Shirley. A él no le interesan la poesía y el romanticismo, y para mí lo son todo. A veces pienso que debo de ser una reencarnación de Cleopatra... ¿o de Helena de Troya?... De alguna de esas mujeres lánguidas y seductoras... Si esa no es la explicación, no sé de dónde lo habré sacado. Y Terry es de lo más práctico. No puede ser la reencarnación de nadie. ¿Sabe qué me contestó cuando le dije que el cálamo de Vera Fry era la prueba?

—Nunca he oído hablar del cálamo de Vera Fry —dijo Ana con paciencia.

—¿Ah, no? Creía que se lo había contado. Le he contado muchas cosas. A Vera su prometido le regaló un cálamo que había hecho con la pluma del ala de un cuervo. Y le dijo: «Deja que tu espíritu llegue hasta el cielo cada vez que lo uses, como el pájaro de quien era antes». ¿No es *maravilloso?* Pero Terry contestó que el cálamo se estropearía enseguida, sobre todo si Vera escribía tanto como hablaba, y además, él no creía que los cuervos llegaran hasta el cielo. No entendió absolutamente nada... no captó la esencia.

—¿Qué significaba?

—Pues... pues... volar muy alto... alejarse del terruño. ¿Se ha fijado en el anillo de Vera? Es un zafiro. Los zafiros me parecen demasiado oscuros para un anillo de compromiso. Yo preferiría unas perlas tan románticas como las suyas, señorita Shirley. Terry quería darme mi anillo en el acto... pero le dije que esperase un poco... Sería como un grillete... demasiado *irrevocable.* ¿No cree que si lo quisiera de verdad no sentiría eso?

—No, me temo que no...

—Ha sido *maravilloso* contarle a alguien cómo me siento. Ay, señorita Shirley, ojalá pudiera volver a ser libre... ¡libre para buscar el significado profundo de la vida! Si le dijera *eso* a Terry, no me entendería. Y también sé que tiene mal genio... como todos los Garland. Ay, señorita Shirley... si usted pudiera hablar con él... decirle lo que siento... usted le parece maravillosa... se dejará guiar por su consejo.

—Hazel, cielo, ¿cómo voy a hacer eso?

—No veo por qué no. —Hazel había terminado de arreglarse la última cutícula y dejó el palito de naranjo con aire trágico—. Si usted no puede, *nadie* puede ayudarme. Pero nunca, *nunca,* NUNCA podré casarme con Terry Garland.

—Si no quieres a Terry, tienes que decírselo... Por muy mal que se sienta. Algún día conocerás a alguien a quien puedas querer de verdad, Hazel... y entonces no tendrás ninguna duda: lo *sabrás.*

—No volveré a querer a *nadie* —declaró Hazel con una calma pétrea—. El amor solo trae sufrimiento. Aunque sea muy joven, ya lo he aprendido. ¿Esta no sería una trama estupenda para uno de sus relatos, señorita Shirley? Tengo que irme... No sabía que era tan tarde. Me siento *mucho* mejor ahora que le he confiado mi secreto... que «he tocado su alma en la tierra de las sombras», como diría Shakespeare.

—Me parece que eso lo dijo Pauline Johnson —señaló Ana con amabilidad.

—Bueno, sabía que lo había dicho alguien... alguien que había *vivido.* Creo que esta noche podré dormir, señorita Shirley. Apenas he dormido desde que me vi prometida con Terry sin la *menor* idea de cómo había ocurrido.

Hazel se ahuecó el pelo y se puso el sombrero, un sombrero con un forro rosa hasta el ala y flores rosas alrededor. Estaba tan arrebatadoramente guapa con él que Ana no pudo aguantar el impulso de darle un beso.

—Eres la cosa más bonita del mundo —dijo con admiración.

Hazel se quedó muy callada.

Luego levantó los ojos y atravesó con la mirada el techo de la habitación de la torre, y el del desván, buscando las estrellas.

—Nunca, jamás, olvidaré este momento maravilloso, señorita Shirley —murmuró, llena de felicidad—. Siento que mi belleza... si es que algo tengo... acaba de ser *consagrada.* Ay, señorita Shirley, no sabe usted lo terrible que es tener fama de ser una belleza y vivir siempre con el temor de que la gente te conozca y piense que no eres tan guapa como dicen. Es una *tortura*. A veces me muero de humillación, porque me parece que los decepciono. Puede que solo sea mi imaginación... tengo mucha imaginación... más de la que me conviene, me temo. Me *imaginé* que estaba enamorada de Terry. Ay, señorita Shirley, ¿no huele la fragancia de la flor del manzano?

Ana, que tenía olfato, la olía.

—¿No es divina? Espero que el cielo esté lleno de flores. ¿Verdad que una podría ser buena si viviera dentro de un lirio?

—Me temo que resultaría un poco estrecho —dijo Ana con perversidad.

—Ay, señorita Shirley... no sea usted sarcástica con esta chica que la adora. El sarcasmo hace que me marchite como una hoja.

—Bueno, veo que no la ha matado del todo con tanta conversación —dijo Rebecca Dew cuando Ana volvió de acompañar a Hazel hasta el final del Callejón de los Espíritus—. No sé cómo la aguanta usted.

—Me cae bien. Me cae muy bien. Yo era una parlanchina insoportable de pequeña. No sé si a las personas que tenían que aguantarme les parecería tan boba como a mí me parece a veces Hazel.

—Yo no la conocía de pequeña, pero estoy segura de que no —le aseguró Rebecca—. Porque usted pensaría lo que decía, al margen de cómo lo expresara, y Hazel Marr no lo piensa. Esa es una quiero y no puedo.

—Bueno, reconozco que dramatiza un poco, como la mayoría de las chicas, pero creo que sí piensa algunas de las cosas que dice —contestó Ana, pensando en Terry. Quizá fuera su mediocre opinión del tal Terry lo que la animaba a creer que Hazel hablaba muy en serio cuando le hizo esta confesión. Pensaba que Hazel se echaría a perder con Terry, a pesar de los diez mil dólares que «le iban a caer». Y tenía a Terry por un chico guapo pero bastante débil, que se enamoraría de la primera chica guapa que le hiciera ojitos y con la misma facilidad se enamoraría de otra si la primera lo rechazara o lo dejara solo demasiado tiempo.

Ana había tratado mucho con Terry esa primavera, porque Hazel se empeñaba en que hiciese de carabina con mucha frecuencia. Y estaba destinada a verlo incluso más, porque Hazel se había marchado a Kingsport a visitar a unos amigos, y mientras ella estaba fuera Terry no se separaba de Ana, la llevaba de paseo y la «acompañaba a casa» desde donde estuvieran.

Aunque se tuteaban, porque eran de la misma edad, Ana trataba a Terry con un afecto maternal. Él se sentía inmensamente halagado viendo que «la inteligente señorita Shirley» disfrutaba de su compañía, y se puso tan sentimental la noche de la fiesta de May Connelly, en el jardín, a la luz de la luna, entre el revoloteo imparable de las sombras de las acacias, que Ana, divertida, tuvo que recordarle a su prometida ausente.

—¡Ay, Hazel! —dijo Terry—. ¡Esa niña!

—Estás prometido con «esa niña», ¿no? —le recordó Ana con severidad.

—No es un compromiso serio... son cosas de chicos y chicas. Supongo que... me dejé llevar por la luz de la luna.

Ana reflexionó rápidamente. Si Terry en realidad sentía tan poco interés por Hazel, lo mejor sería liberar a la chica. Tal vez fuese el cielo quien le enviaba la oportunidad de sacarlos a los dos del absurdo enredo en que se habían metido y del que ninguno, por tomarse las cosas con esa seriedad mortal que es propia de la juventud, sabía cómo salir.

—Lo cierto —añadió Terry, malinterpretando el silencio de Ana— es que estoy en un apuro, lo reconozco. Me temo que Hazel se lo ha tomado demasiado en serio y no sé cómo abrirle los ojos para que vea su error.

La impulsiva Ana puso su gesto más maternal.

—Terry, sois un par de niños jugando a ser adultos. En realidad, Hazel no siente más interés por ti que tú por ella. Parece que la luna os afectó a los dos. Ella quiere ser libre, pero no se atreve a decírtelo, por miedo a herir tus sentimientos. Hazel no es más que una chica romántica que está desorientada, y tú eres un chico enamorado del amor, y algún día los dos os reiréis con ganas de vosotros mismos. («Creo que lo he expresado muy bien», pensó Ana con satisfacción.)

Terry dio un largo suspiro.

—Me has quitado un buen peso de encima, Ana. Hazel es un encanto, por supuesto, y no soportaba la idea de hacerle daño, pero me di cuenta de mi... de nuestro error hace ya unas semanas. Cuando uno conoce a una *mujer*... a *la* mujer... ¿No irás a marcharte ya, Ana? ¿No querrás desperdiciar esta luz de luna? Pareces una rosa blanca a la luz de la luna... Ana...

Pero Ana había volado.

Capítulo XI

A na, que estaba corrigiendo exámenes en la torre una tarde, a mediados de junio, hizo una pausa para sonarse la nariz. Se había sonado tantas veces esa tarde que la tenía colorada y le dolía bastante. Lo cierto es que había pillado un resfriado muy fuerte y muy poco romántico y tenía la cabeza cargada. Así era imposible disfrutar del suave cielo verdoso que asomaba por detrás de los abetos de Las Coníferas, de la luna blanca plateada suspendida sobre el Rey de la Tormenta, del persistente perfume de las lilas a los pies de su ventana o del ramo de iris, como dibujados con escarcha azul, que había en el jarrón de su escritorio. El malestar oscurecía totalmente su pasado y ensombrecía su futuro.

—Resfriarse en junio es inmoral —le dijo a Ceniciento, que meditaba en el alféizar de la ventana—. Pero dentro de dos semanas estaré en mi querido Tejas Verdes en vez de aquí, nerviosa con estos exámenes plagados de errores garrafales y sonándome la nariz despellejada. Piénsalo, Ceniciento.

Al parecer, Ceniciento lo pensó. También debió de pensar que la señorita que venía con prisa por el Callejón de los Espíritus, entraba en el jardín y se acercaba por el camino entre las plantas perennes parecía enfadada, alterada y con muy poco espíritu de junio. Era Hazel Marr, que había vuelto el día anterior de Kingsport, que venía efectivamente muy alterada y que momentos después entraba como un terremoto en el cuarto de la torre sin esperar respuesta a su impetuosa llamada.

—Vaya, querida Hazel... *(¡Achís!)* ¿Ya has vuelto de Kingsport? No te esperaba hasta la semana que viene.

—Ya me supongo que no —dijo Hazel con sarcasmo—. Sí, señorita Shirley, he vuelto. ¿Y qué me he encontrado? Que ha estado usted seduciendo a Terry para alejarlo de mí... y casi lo consigue.

—¡Hazel! *(¡Achís!)*

—¡Lo sé todo! Le ha dicho a Terry que no lo quería... que pensaba romper nuestro compromiso... ¡nuestro compromiso *sagrado!*

—¡Hazel... niña! *(¡Achís!)*

—Sí, ríase de mí... ríase de todo. Pero no intente negarlo. Lo ha hecho... y lo ha hecho *deliberadamente.*

—Pues claro que sí: tú me lo pediste.

—¿Que yo se lo pedí?

—En esta misma habitación. Me dijiste que no lo querías y nunca podrías casarte con él.

—Sería un arrebato. Nunca me imaginé que se lo tomaría usted en serio. Pensé que entendería el temperamento artístico. Sí, es usted mucho mayor que yo, pero ni siquiera usted puede haberse olvidado de las locuras que dicen las chicas... que sienten. ¡Usted, que supuestamente era mi amiga!

«Esto debe ser una pesadilla», pensó la pobre Ana, sonándose la nariz.

—Siéntate, Hazel... Venga.

—¡Que me siente! —Hazel revoloteaba desesperadamente por la habitación—. ¿Cómo voy a sentarme? ¿Cómo puede sentarse *nadie* cuando ve que su vida se desmorona? Anda que, si eso es lo que pasa cuando te haces mayor, que te vuelves celosa de la felicidad de los jóvenes y te empeñas en destruirla, rezaré por no ser mayor nunca.

Ana sintió de pronto un hormigueo, un extraño y terrible hormigueo primitivo, y le entraron ganas de darle un cachete a Hazel. Se contuvo de inmediato, tan deprisa que más adelante nunca pudo creer que hubiera llegado a sentirlo en realidad. De todos modos, le pareció oportuno responder con una leve reprimenda.

—Si no puedes sentarte y hablar con sensatez, Hazel, te pido que te vayas. *(Un achís muy violento.)* Tengo trabajo. *(Snif... snif...)*

—No me iré hasta que le haya dicho lo que pienso de usted. Sí, ya sé que todo es culpa mía... Tendría que haberme dado cuenta... Lo sabía. Supe instintivamente, nada más verla, que era usted *peligrosa.* ¡Ese pelo rojo y esos ojos verdes! Pero ni *en sueños* se me ocurrió que pudiera llegar al extremo de sembrar cizaña entre Terry y yo. Pensaba que al menos era usted *cristiana.* En la vida he *oído* cosa igual. Bueno, me ha roto el corazón, si eso la alegra...

—No me seas pava...

—¡No pienso hablar con usted! Terry y yo éramos muy felices antes de que usted lo estropeara todo. *Yo* era feliz: era la primera de mi círculo que se prometía. Hasta había planeado mi boda: cuatro damas de honor con vestido de seda azul claro y ribetes de terciopelo negro. ¡Tan elegantes! ¡Ay, no sé si la odio o si la compadezco! ¿Cómo ha podido tratarme así? ¡Con lo que yo la *quería*... y *confiaba* en usted y *creía* en usted!

Se le quebró la voz, se le llenaron los ojos de lágrimas y se desmoronó en una mecedora.

«No creo que te queden más signos de exclamación —pensó Ana—, aunque está claro que tienes una reserva de cursivas inagotable.»

—Esto va a matar a mi pobre madre —sollozó Hazel—. Con lo contenta que estaba... *todo* el mundo estaba contento... A todos les parecía un casamiento *ideal.* ¿Volverá *algo* algún día a ser como era antes?

—Espera hasta la próxima noche de luna y vuelve a intentarlo —le aconsejó Ana con dulzura.

—Sí, ríase, señorita Shirley... Ríase de mi sufrimiento. No me cabe la menor duda de que le resulta todo muy divertido... ¡divertidísimo! ¡*Usted* no sabe lo que es sufrir! ¡Es terrible... *terrible!*

Ana miró el reloj y sorbió por la nariz.

—Pues no sufras —contestó sin compasión.

—*Sufriré.* Mis sentimientos son *muy* profundos. Un alma *hueca* no sufriría, claro. Pero yo doy gracias de *no* ser hueca, aunque sea otras muchas cosas. ¿Tiene usted *alguna* idea de lo que significa estar enamorada, señorita Shirley? ¿Sincera, terrible, profunda y maravillosamente enamorada? ¿Y confiar en alguien que te decepciona? Me fui a Kingsport *tan* feliz... ¡queriendo al mundo entero! Le dije a Terry que se portara bien con usted mientras yo no estuviera... para que no se sintiera sola. Anoche volví a casa *feliz*. Y él me dijo que ya no me quería, que había sido todo un error, ¡un error! Y que usted le había dicho que yo ya no sentía nada por él, ¡que quería ser libre!

—Mis intenciones eran honestas —contestó Ana, riéndose. Su pícaro sentido del humor por fin acudía al rescate y Ana se reía tanto de sí misma como de Hazel.

—Ay, ¿*cómo* he podido sobrevivir a esta noche? —se preguntó Hazel en tono desgarrador—. No he parado de dar vueltas por mi habitación. Y no sabe usted... no puede ni *imaginarse* por lo que he pasado hoy. He tenido que escuchar... *atentamente... cómo hablaba la gente del encaprichamiento de Terry con usted.* ¡Todo el mundo los vio! Saben lo que han hecho. Y por qué... ¡por qué! Es lo que no *consigo* entender. Usted tiene novio... ¿Por qué no me ha dejado quedarme con el mío? ¿Qué tiene contra mí? ¿Qué le he *hecho* yo?

—Creo —dijo Ana, profundamente exasperada— que a Terry y a ti os hacen falta unos buenos azotes. Si no estuvieras tan enfadada para atender a razones...

—No estoy *enfadada,* señorita Shirley... Solo estoy *dolida...* Muy dolida —explicó Hazel, con la voz definitivamente ahogada por las lágrimas—. Me siento traicionada en *todo:* en la amistad y en el amor. Bueno, dicen que cuando te rompen una vez el corazón ya no vuelves a sufrir nunca. Espero que sea cierto, aunque me temo que no lo es.

—¿Qué ha sido de tu ambición, Hazel? ¿Y del paciente millonario y de la luna de miel en una villa con vistas al azul del Mediterráneo?

—Le aseguro que no sé de qué me habla, señorita Shirley. No soy nada ambiciosa... No soy como esas horribles mujeres de hoy. *Mi* mayor ambición era ser una esposa feliz y crear un hogar feliz para mi marido. ¡Era... era! ¡Pensar que tengo que decirlo en pasado! Está visto que no se puede confiar en *nadie. Eso* lo he aprendido. ¡Qué lección tan amarga!

Hazel se secó las lágrimas, Ana se sonó la nariz y Ceniciento miró la estrella vespertina con expresión de misantropía.

—Creo que es mejor que te vayas, Hazel. De verdad que estoy muy ocupada y no veo que vayamos a ganar nada prolongando esta conversación.

Hazel se acercó a la puerta con el aire de la reina María de Escocia camino del patíbulo y se volvió con dramatismo.

—Adiós, señorita Shirley. La dejo con su conciencia.

Y Ana, a solas con su conciencia, soltó la pluma, estornudó tres veces y se dio una buena charla.

—Aunque seas licenciada, Ana Shirley, todavía tienes unas cuantas cosas que aprender... cosas que ni siquiera Rebecca Dew podría haberte dicho... que en realidad te *dijo*. Sé sincera contigo misma, querida mía, y acepta tu medicina como una mujer elegante. Admite que te dejaste llevar por los halagos. Admite que te gustaba mucho la adoración que Hazel te profesaba. Admite que te resultaba agradable sentirte venerada. Admite que te gustaba la idea de ser una especie de *dea ex machina*... de salvar a los demás de su desatino cuando lo último que querían los demás era que los salvaran. Y una vez admitido todo esto y sintiéndote más sabia y más triste y mil años mayor, toma tu pluma, sigue con tus exámenes y de paso detente a tomar nota de que Mira Pringle cree que un serafín es «un animal que abunda en África».

Capítulo XII

Una semana después recibió Ana una carta, escrita en papel azul claro con los bordes de plata.

Querida señorita Shirley:

Le escribo esta carta para decirle que *todo malentendido* está aclarado entre Terry y yo, y que estamos profunda, intensa y *maravillosamente* felices de haber llegado a la conclusión de que podemos perdonarla. Terry dice que fue la luna quien lo incitó a cortejarla, pero que su fidelidad hacia mí *jamás* flaqueó en su corazón. Dice que a él le gustan las chicas *dulces y sencillas...* como a *todos los hombres...* y no le interesan nada las *intrigantes* y *calculadoras*. No entendemos por qué se ha portado usted así con nosotros: nunca lo entenderemos. Tal vez necesitaba material para un relato y pensó que lo encontraría entrometiéndose en el primer, dulce y trémulo amor de una muchacha. Pero le damos las gracias por *revelarnos quiénes somos*. Terry dice que hasta ahora no había visto el sentido profundo de la vida. Así que todo ha sido para bien. Congeniamos muy bien: *sentimos* lo que piensa el otro. Solo yo entiendo a Terry y quiero ser una eterna *fuente de inspiración* para él. No soy tan lista como *usted*, pero creo que *eso sí puedo serlo, porque*

Terry y yo somos almas gemelas y nos hemos jurado *verdad y constancia* eternas, aunque mucha *gente celosa* y muchos *falsos amigos* se propongan enredar entre nosotros.

Nos casaremos en cuanto tenga preparado mi ajuar. Voy a comprarlo en Boston. Lo cierto es que en Summerside no hay *nada.* Mi vestido será de *muaré blanco* y para el viaje llevaré un traje gris paloma, con sombrero, guantes y blusa *azul delfín.* Sé que soy muy joven, pero quiero casarme mientras *sea* joven, antes de que se marchite la *flor* de la vida.

Terry es exactamente lo que yo imaginaba en mis sueños más disparatados, y todo *pensamiento* de mi corazón es solo para él. *Sé* que vamos a ser *arrebatadamente felices. Antes* creía que todas mis amigas se *alegrarían* de mi felicidad, pero he aprendido una amarga lección de *sabiduría terrenal.*

Atentamente,
Hazel Marr.

P. S. 1: Me dijo usted que Terry tenía *muy mal genio.* Pues su hermana dice que es un corderito.

H. M.

P. S. 2: He oído que el zumo de limón blanquea las pecas. Debería usted probarlo en la nariz.

H. M.

—Por citar a Rebecca Dew —le dijo Ana a Ceniciento—, la posdata número dos *es* el colmo.

Capítulo XIII

Ana se fue de Summerside en sus segundas vacaciones con sentimientos ambivalentes. Gilbert no estaría ese verano en Avonlea. Se había ido al oeste, a trabajar en las obras del nuevo ferrocarril. Pero Tejas Verdes seguía siendo Tejas Verdes y Avonlea seguía siendo Avonlea. El Lago de Aguas Centelleantes brillaba y refulgía como siempre. Los helechos eran igual de frondosos en la Burbuja de la Dríade, y el tronco que atravesaba el arroyo, aunque cada año estaba un poco más blando y cubierto de musgo, seguía llevando a las sombras, los silencios y los cánticos del viento en el Bosque Encantado. Y Ana había convencido a la señora Campbell para que le dejara llevarse a Elizabeth dos semanas: no más. Pero Elizabeth, llena de ilusión porque iba a pasar dos semanas enteras con la señorita Shirley, no le pedía nada más a la vida.

—Hoy me siento la *señorita* Elizabeth —le dijo a Ana con un suspiro de alegría y emoción cuando salieron de Los Álamos Ventosos—. ¿Me hará el favor de presentarme a su familia como «la señorita Elizabeth»? Me sentiría muy mayor.

—Claro que sí —prometió Ana muy seria, acordándose de una niña pelirroja que suplicaba que la llamasen Cordelia.

El viaje de Bright River a Tejas Verdes, por un camino que solo se ve en la Isla del Príncipe Eduardo en el mes de junio, fue para Elizabeth una experiencia de éxtasis casi comparable a la que vivió Ana esa memorable tarde de primavera de hacía ya muchos años. El mundo era precioso, con sus praderas rizadas por el viento a los dos lados del camino y sus sorpresas al acecho detrás de cada curva. Iba con su querida señorita Shirley; se libraría de la Mujer dos semanas enteras; tenía un vestido nuevo de cuadros rosas y un par de botas marrones muy bonitas. Casi parecía que hubiera llegado el Mañana... con otros catorce Mañanas sucesivos. Le brillaban los ojos de emoción cuando entraron en el camino de Tejas Verdes, lleno de rosales silvestres con sus flores rosas.

Las cosas cambiaron como por arte de magia para Elizabeth nada más llegar a Tejas Verdes. Vivió dos semanas en un mundo idílico. Era imposible salir a la puerta sin encontrarse con algo romántico. En Avonlea, las cosas estaban sencillamente destinadas a ocurrir... si no hoy, mañana. Elizabeth sabía que aún no había llegado al Mañana, pero también sabía que estaba a un paso de allí.

Todo, dentro y fuera de Tejas Verdes, le resultaba familiar. Hasta el juego de té de Marilla, con sus capullos rosas, le parecía un antiguo amigo. Las habitaciones de la casa la miraban como si la conocieran y la quisieran desde siempre; hasta la hierba era más verde que en cualquier otra parte; y las personas que vivían en Tejas Verdes eran como las personas que vivían en el Mañana. Las quería y ellas la querían. Davy y Dora la adoraban y la malcriaban. Marilla y la señora Lynde le dieron su aprobación. Era limpia, elegante y educada con los mayores. Todos estaban al corriente de que a Ana no le gustaban los métodos de la señora Campbell, pero saltaba a la vista que había educado bien a su nieta.

—Ay, no quiero dormir, señorita Shirley —susurró Elizabeth cuando se acostaron en la pequeña buhardilla sobre el porche después de una tarde deliciosa—. No quiero perderme un solo minuto de estas dos semanas maravillosas. Ojalá pudiera aguantar sin dormir mientras estoy aquí.

Y se quedó un rato despierta. Estaba en la gloria, escuchando el espléndido y suave rugido que la señorita Shirley le había dicho que era el rumor del mar. A Elizabeth le encantaba, lo mismo que el suspiro del viento en los aleros. Siempre «le había dado miedo la noche». ¿Qué cosas extrañas podían atacarte en la oscuridad? Pero ya no tenía miedo. Por primera vez en la vida, la noche le parecía una amiga.

Al día siguiente irían a la playa —la señorita Shirley se lo había prometido— y se darían un chapuzón entre las olas con las puntas de plata que habían visto romper a los pies de las verdes dunas de Avonlea cuando bajaban la última cuesta. Elizabeth las veía llegar, una tras otra. Hasta que la arrolló una ola de sueño, grande y oscura... Y se zambulló en ella con un delicioso suspiro de rendición.

«Qué... fácil... es... aquí... querer... a Dios», fue su último pensamiento consciente.

Pero pasó algunos ratos despierta todas las noches mientras estuvo en Tejas Verdes, mucho después de que la señorita Shirley ya se hubiera dormido, pensando en ciertas cosas. ¿Por qué la vida en Las Coníferas no podía ser como en Tejas Verdes?

Nunca había vivido en ningún sitio donde pudiera hacer ruido si quería. En Las Coníferas todo el mundo tenía que andar con suavidad... hablar con suavidad... incluso, esa era la sensación de Elizabeth, *pensar* con suavidad. A veces le entraban unas ganas perversas de ponerse a gritar.

«Aquí puedes hacer todo el ruido que quieras», le había dicho Ana. Pero, curiosamente... ya no tenía ganas de gritar, ahora que nada se lo impedía. Le gustaba andar con sigilo, pisar con cuidado entre las cosas bonitas que la rodeaban. También aprendió a reírse a lo largo de esa estancia en Tejas Verdes. Y volvió a Summerside cargada de recuerdos tan deliciosos como los que de ella quedaron en Tejas Verdes. Para quienes vivían en Tejas Verdes, la casa estuvo durante meses llena de recuerdos de la «pequeña Elizabeth». Por qué así la veía todo el mundo a pesar de que Ana la presentó solemnemente como «la señorita Elizabeth». Era tan diminuta, tan rubia, tan élfica que no podían pensar en ella de otra manera: la pequeña Elizabeth bailando en el jardín, al atardecer, entre los lirios blancos de junio... leyendo cuentos de hadas acurrucada en una rama del manzano Duquesa, libre y sin que nadie se lo impidiera... la pequeña Elizabeth casi ahogada en un campo de botones de oro, con su cabeza rubia como una flor más grande entre las flores... persiguiendo a las polillas verdes y plateadas o intentando contar las luciérnagas en el Paseo de los Enamorados... escuchando el zumbido de los abejorros en las campanillas... dejándose alimentar por Dora con fresas con nata en la despensa o comiendo grosellas con Dora en el patio: «¿Verdad que las grosellas son preciosas, Dora? Es como comerse unas joyas, ¿no crees?»... La pequeña Elizabeth canturreando entre la mágica penumbra de los abetos... con los dedos dulces después de hacer un ramo de «rosas centifolias» bien grandes y carnosas... contemplando la luna enorme sobre el valle del arroyo... «Me parece que la luna tiene los ojos preocupados, ¿a usted no, señora Lynde?»... o llorando sin consuelo porque en un episodio por entregas de la revista de Davy dejaban al héroe en una situación muy apurada... «¡Ay, señorita Shirley! Seguro que no sobrevive!»... La pequeña Elizabeth hecha un ovillo, dulce y sonrosada como una rosa silvestre, durmiendo la siesta en el sofá de la cocina, acurrucada con los gatitos de Dora... muriéndose de risa al ver cómo jugaba el viento con la cola de las dignas gallinas viejas... ¿era la pequeña Elizabeth quien se reía de ese modo?... ayudando a Ana a hacer magdalenas con cobertura de azúcar escarchado, a la señora Lynde a cortar los retales para una nueva colcha de «doble cadena irlandesa»... haciendo diminutas galletas con un dedal bajo la tutela de Marilla. La familia de Tejas Verdes no podía mirar nada sin acordarse de la pequeña Elizabeth.

«No sé si volveré a pasar dos semanas tan felices», pensó la niña cuando se alejaba de la granja. El camino a la estación estaba tan bonito como quince días antes, pero casi la mitad del tiempo las lágrimas no le dejaban verlo.

—Nunca me habría imaginado que echaría tanto de menos a una niña —dijo la señora Lynde.

Cuando se marchó la pequeña Elizabeth llegó Katherine Brooke con su perro a pasar el resto del verano. Katherine había dimitido de su puesto en el instituto a final de curso, con la intención de ir a la Universidad de Redmond en otoño para estudiar secretariado. Fue Ana quien se lo recomendó.

—Sé que nunca te ha gustado la enseñanza —le dijo un día que estaban sentadas entre los helechos, en un rincón de un campo de tréboles, contemplando el esplendor del cielo al atardecer.

—La vida me debe algo más de lo que me ha dado y voy a reclamarlo —asintió Katherine con determinación—. Me siento mucho más joven que el año pasado por estas fechas —añadió, riéndose.

—Estoy segura de que es lo mejor que puedes hacer, aunque me da mucha pena pensar en Summerside y en el instituto sin ti. ¿Cómo será mi habitación de la torre el próximo curso sin nuestras veladas de debate y conversación, y sin esos ataques de tontería, cuando nos daba por reírnos de todo y de todos?

EL TERCER AÑO

Capítulo I

Los Álamos Ventosos
Callejón de los Espíritus

8 de septiembre

Cariño:

El verano ha terminado... el verano en el que solo te vi ese fin de semana de mayo. Ya he vuelto a Los Álamos Ventosos para mi tercer y último curso en el Instituto Summerside. Katherine y yo hemos pasado unos días deliciosos en Tejas Verdes y voy a echarla muchísimo de menos este año. La nueva profesora es una jovencita encantadora: regordeta, sonrosada y simpática como un cachorrito, aunque da la impresión de que no hay nada más. Tiene unos ojos azules chispeantes y frívolos, sin ningún pensamiento detrás. Me cae bien... siempre me caerá bien... ni más ni menos: no hay nada que descubrir en ella. Había mucho que descubrir en Katherine, una vez traspasada su barrera.

No hay ningún cambio en Los Álamos Ventosos... Bueno, hay uno. La vaca alazana ha pasado a mejor vida, según me informó con pena Rebecca Dew el lunes por la noche cuando bajé a cenar. Las viudas han decidido ahorrarse la molestia de comprar otra, y ahora le comprarán la leche y la nata al señor Cherry. Eso significa que la pequeña Elizabeth ya no vendrá a la cancela del jardín a por su vaso de leche recién ordeñada. De todos modos, parece que la señora Campbell se ha acostumbrado a que la niña venga aquí cuando quiera, así que tampoco tiene demasiada importancia.

Y se está cociendo otro cambio. La tía Kate me dijo, para gran pesar mío, que han decidido librarse de Ceniciento en cuanto encuentren un buen hogar para él. Cuando protesté, me explicó que lo hacían por el bien de la paz. Rebecca Dew no ha parado de quejarse de él todo el verano y por lo visto no hay otra forma de complacerla. Pobre Ceniciento... ¡con lo lindo, aventurero y maullador que es!

Mañana, como es sábado, iré a cuidar de los gemelos de la señora Raymond mientras ella va a Charlottetown al funeral de un familiar. La señora Raymond es una viuda que llegó al pueblo el invierno pasado. Rebecca Dew y las viudas de Los Álamos Ventosos... está claro que Summerside es un sitio que gusta mucho a las viudas... opinan que es «un poco demasiado elegante» para Summerside, pero nos ha ayudado mucho a Katherine y a mí en las actividades del Club de Teatro. Favor por favor.

Gerald y Geraldine tienen ocho años y parecen un par de angelitos, pero Rebecca Dew contestó con un «no me tires de la lengua», una expresión muy típica de ella, cuando le dije lo que iba a hacer.

—Es que me encantan los niños, Rebecca.

—Los niños sí, pero esos dos son terroríficos, señorita Shirley. La señora Raymond no es partidaria de castigar a los niños, hagan lo que hagan. Dice que quiere que tengan una vida «natural». Se ganan a la gente con esa pinta de santos, pero sé que los vecinos tienen sus más y sus menos con ellos. La mujer del párroco pasó por allí una tarde y... bueno, la señora Raymond fue toda dulzura con ella, pero cuando la otra ya se marchaba, cayó una lluvia de cebollas españolas desde el piso de arriba, y una de ellas le quitó el sombrero. «Los niños se portan siempre fatal cuando más necesitas que se porten bien», fue lo único que dijo la señora Raymond... con cariño, como si estuviera muy orgullosa de tener unos hijos ingobernables. «Es que son de Estados Unidos, usted ya me entiende...», me dijo, como si eso lo explicara todo. Rebecca siente tan poco respeto por los «yanquis» como la señora Lynde.

Capítulo II

El sábado por la mañana, Ana se encaminó a la bonita y antigua casita, en una calle que terminaba en el campo, donde vivía la señora Raymond con sus famosos gemelos. La madre ya estaba lista para salir... vestida quizá con demasiada alegría para asistir a un funeral... sobre todo por el sombrero de flores posado sobre las suaves ondas de pelo castaño que revoloteaban alrededor de su cabeza... pero muy guapa. Los gemelos de ocho años, que habían heredado la belleza de su madre, estaban sentados en las escaleras, con un aire totalmente angelical en sus delicadas facciones. Tenían la piel blanca y sonrosada, los ojos grandes y azules como la porcelana china y una bonita aureola de pelo esponjoso y muy claro.

Sonrieron con cautivadora dulzura cuando su madre les presentó a Ana y les dijo que la querida señorita Shirley había tenido la amabilidad de venir a cuidarlos mientras su madre iba al funeral de la querida tía Ella y, naturalmente, se portarían bien y no le darían ni una pizquita de guerra, ¿verdad que sí, cariños?

Los chiquillos asintieron con gesto serio y trataron, aunque pareciese imposible, de parecer más angelicales que nunca.

La señora Raymond se llevó a Ana con ella hasta la puerta del jardín.

—Ahora son lo único que tengo —dijo con pena—. Tal vez los haya mimado un poco... sé que la gente lo piensa... la gente siempre sabe mejor que tú cómo debes criar a tus hijos, ¿no lo ha notado, señorita Shirley? Pero *yo* creo que el amor es preferible a los azotes en cualquier circunstancia, ¿usted no, señorita Shirley? Seguro que usted no tendrá ningún problema con ellos. Los niños siempre saben con quién pueden jugar y con quién no, ¿no le parece? La pobre señorita Prouty, que vive ahí al lado... Tuve que pedirle un día que se quedara con ellos, pero los pobrecitos no la soportaban. Y, claro, la chincharon bastante... Ya sabe usted cómo son los niños. Y ella, en venganza, ha ido contando por todo el pueblo unos cuentos de lo más ridículos. Pero seguro que a usted la adoran y se portarán como unos ángeles. Naturalmente, tienen mucha vitalidad... pero los niños deben tenerla, ¿no le parece? Es una lástima ver a algunos niños tan acobardados, ¿verdad? A mí me gusta que sean naturales, ¿a usted no? Los niños demasiado buenos no parecen naturales, ¿no cree? No les deje que llenen la bañera para poner a flotar sus barcos de vela, y tampoco que se metan en el estanque. Me da *mucho* miedo que se resfríen... su padre murió de neumonía.

Parecía que los grandes ojos azules de la señora Raymond estaban a punto de llenarse de lágrimas, pero las aguantó con un valiente parpadeo.

—No se preocupe si se pelean un poco: los niños siempre se pelean, ¿no cree? Pero si alguien de fuera los ataca... ¡madre mía! Se adoran mutuamente. Podría haberme llevado a uno de los dos al funeral, pero dijeron que ni hablar. No se han separado un solo día en toda su vida. Y no podría estar pendiente de unos gemelos en un funeral, ¿verdad?

—No se preocupe, señora Raymond —dijo Ana amablemente—. Seguro que Gerald, Geraldine y yo pasamos un día estupendo. Me encantan los niños.

—Lo sé. Nada más verla supe que le encantaban los niños. Esas cosas se notan, ¿no le parece? Las personas a quienes les encantan los niños tienen *algo.* La pobre señorita Prouty los aborrece. Busca lo peor en ellos y, claro, así lo encuentra. No se imagina cuánto me tranquiliza saber que mis hijos están al cuidado de una persona que quiere y comprende a los niños. Estoy segura de que disfrutaré del día.

—Podrías llevarnos al funeral —gritó Gerald, asomando la cabeza de repente por una ventana del piso de arriba—. Nunca hacemos cosas divertidas como esa.

—¡Ay, están en el baño! —exclamó trágicamente la señora Raymond—. Querida señorita Shirley, por favor, vaya y sáquelos de ahí. Gerald, cariño, ya sabes que mamá no puede llevaros a *los dos* al funeral. Ay, señorita Shirley, Gerald ha vuelto a ponerse en el cuello esa piel de coyote que tenemos de alfombra en la sala de estar y se la ha atado por las patas. La va a destrozar. Por favor, haga que se la quite de inmediato. Como no me dé prisa perderé el tren.

La señora Raymond se marchó con elegante andar mientras Ana subía corriendo y descubría que la niña angelical había sujetado a su hermano de las piernas y al parecer intentaba tirarlo por la ventana.

—Señorita Shirley, dígale a Gerald que deje de sacarme la lengua —exigió llena de rabia.

—¿Eso te duele? —preguntó Ana, sonriendo.

—Bueno, no quiero que me saque la lengua —protestó Geraldine, lanzando una mirada desafiante a Gerald, que se la devolvió con interés.

—Mi lengua es mía y no puedes impedirme que la saque cuando me apetezca... ¿a que no puede, señorita Shirley?

Ana pasó por alto la pregunta.

—Queridos gemelos, solo falta una hora para comer. ¿Vamos a sentarnos en el jardín, a jugar y a contar cuentos? Y, Gerald, ¿me haces el favor de dejar esa piel de coyote donde estaba?

—Es que quiero jugar a que soy un lobo —explicó el niño.

—Quiere jugar a que es un lobo —gritó Geraldine, aliándose de pronto con su hermano.

—Queremos jugar a los lobos —gritaron los dos.

La campanilla de la puerta vino a deshacer el nudo del dilema de Ana.

—Vamos a ver quién es —dijo Geraldine. Salieron corriendo hacia las escaleras y llegaron a la puerta mucho antes que Ana, deslizándose por la barandilla y lanzando la piel de coyote en el camino.

—No compramos a vendedores ambulantes —le dijo Gerald a la señora que estaba en el umbral de la puerta.

—¿Puedo ver a tu madre? —preguntó ella.

—No, no puede. Mi madre se ha ido al funeral de la tía Ella. Nos está cuidando la señorita Shirley. Es la que está bajando por las escaleras. Ella le dirá que se largue.

Ana sintió auténticas ganas de decirle a la mujer que se «largara» al ver quién era. La visita de la señorita Pamela Drake no gustaba en Summerside. Siempre estaba «haciendo campaña» por algo y normalmente era imposible librarse de ella sin comprar, pues parecía inmune a los desaires y las indirectas, y al parecer tenía todo el tiempo del mundo a su disposición.

Esta vez venía a «ofrecer» una enciclopedia... algo de lo que ningún profesor podía permitirse prescindir. Inútilmente protestó Ana que no necesitaba una enciclopedia: ya tenían una muy buena en el instituto.

—Desfasada desde hace diez años —fue la tajante respuesta de la señorita Pamela—. Nos sentaremos aquí, en este banco rústico, y le enseñaré el folleto, señorita Shirley.

—Me temo que no tengo tiempo, señorita Drake. Tengo que cuidar de los niños.

—No tardaremos más que unos minutos. Tenía intención de pasar a verla, señorita Shirley, y es una auténtica suerte encontrarla aquí. Id a jugar, niños, mientras la señorita y yo echamos un vistazo a este precioso folleto.

—Mamá ha contratado a la señorita Shirley para que nos cuide —explicó Geraldine, lanzando sus rizos al vuelo al gesticular con la cabeza. Pero Gerald tiró de ella y cerró dando un portazo.

—Mire, señorita Shirley, lo que *significa* esta enciclopedia. Fíjese qué papel tan bonito... *siéntalo*... qué grabados tan magníficos... no hay otra en el mercado con la mitad de grabados... qué maravilla de impresión: hasta un ciego podría leerla. Y todo por ochenta dólares: ocho dólares de entrada y ocho dólares al mes hasta haberla pagado. No volverá a tener una oportunidad como esta... Es una oferta de promoción. El año que viene costará ciento veinte dólares.

—Pero yo no necesito una enciclopedia, señorita Drake —insistió Ana, desesperada.

—Por supuesto que necesita una enciclopedia... *todo el mundo* necesita una enciclopedia: una enciclopedia *Nacional*. No sé cómo he podido vivir antes de conocer la enciclopedia *Nacional*. ¡Vivir! No vivía... simplemente existía. Mire este grabado del casuario. ¿Había visto usted alguna vez un casuario?

—Pero, señorita Drake...

—Si las condiciones le resultan demasiado gravosas, seguro que podemos llegar a un acuerdo especial, por ser usted profesora... Seis dólares al mes en vez de ocho. No puede usted rechazar semejante oferta, señorita Shirley.

Ana casi llegó a pensar que no podía. ¿No valía la pena gastar seis dólares al mes con tal de librarse de aquella pelmaza, claramente decidida a no moverse de allí hasta que hubiera conseguido su venta? Además, ¿qué estarían haciendo los gemelos? El silencio era preocupante. A lo mejor estaban con sus veleros en la bañera. O se habían escabullido por la puerta de atrás para chapotear en el estanque.

Hizo un nuevo y lastimero intento de escapar.

—Lo pensaré, señorita Drake, y le daré una respuesta.

—No hay mejor momento que el presente —le aseguró la señorita Drake mientras sacaba enérgicamente su estilográfica—. Usted sabe que va a comprar la *Nacional,* así que puede usted firmar ya mismo. Nunca se gana nada aplazando las cosas. El precio puede subir cualquier día y entonces tendrá que pagar ciento veinte. Firme aquí, señorita Shirley.

Ana notó que le ponía la pluma en la mano... y un segundo después... tan helador fue el grito de la señorita Drake que a Ana se le cayó la estilográfica debajo de una mata de ásteres que había al lado del banco y miró a su compañera con horror.

¿Era *aquella* la señorita Drake: esa cosa indescriptible, sin sombrero, sin gafas, casi sin pelo? Sombrero, gafas y peluquín flotaban por el aire, a medio camino entre la cabeza de la señorita y la ventana del cuarto de baño, por la que asomaban otras dos cabezas doradas. Gerald tenía en la mano una caña de pescar, a la que había atado dos cuerdas con sendos anzuelos en un extremo. En virtud de qué truco mágico había conseguido una triple captura únicamente él lo sabía. Tal vez hubiera sido pura suerte.

Ana entró en la casa y subió corriendo. Cuando llegó a la ventana del cuarto de baño, los gemelos habían huido. Gerald había soltado la caña de pescar, y Ana, al asomarse un momento a la ventana, vio a la señorita Drake, furiosa, que recogía sus bártulos, incluida la estilográfica, y se dirigía a la cancela. Por una vez en la vida, la señorita Pamela Drake no había conseguido hacer una venta.

Ana encontró a los gemelos en el porche de atrás, comiendo manzanas como un par de angelitos. No sabía qué hacer. Semejante comportamiento no podía pasarse por alto sin una reprimenda, pero era indudable que Gerald la había rescatado de una situación difícil y que la señorita Drake, esa mujer odiosa, necesitaba una lección. Aun así...

—¡Te has comido una lombriz enorme! —gritó Gerald—. He visto cómo te entraba en la garganta.

Geraldine soltó su manzana y al momento se puso mala... muy mala. Ana estuvo un buen rato ocupadísima. Y como cuando la niña empezó a encontrarse mejor ya era la hora de comer, Ana optó por absolver a Gerald con un leve sermón. Al fin y al cabo, la señorita Drake no había sufrido daños graves y probablemente guardaría el incidente en secreto por su propio bien.

—¿Tú crees, Gerald —preguntó con cautela—, que lo que has hecho es propio de un caballero?

—No —dijo el niño—, pero ha sido muy divertido. ¡Caramba! ¿Verdad que pesco bien?

La comida fue excelente. La señora Raymond la había preparado antes de irse y, al margen de los defectos que tuviese para impartir disciplina, era una buena cocinera. Gerald y Geraldine, concentrados en atiborrarse, no se pelearon ni hicieron gala de peores modales en la mesa de lo que era habitual en los niños. Después de comer, Ana lavó los platos y pidió a Geraldine que la ayudara a secarlos y a Gerald que los guardara con cuidado en la alacena. Eran los dos muy mañosos y Ana pensó, con agrado, que solo necesitaban indicaciones sensatas y un poco de firmeza.

Capítulo III

A las dos de la tarde llegó el señor James Grand. El señor Grand era el presidente de la junta escolar del instituto y tenía asuntos importantes que quería discutir a fondo antes del lunes, cuando se iría a Kingsport a un congreso sobre educación. «¿Podría pasar por Los Álamos Ventosos a última hora de la tarde?», le preguntó Ana. Lamentablemente no podía.

El señor Grand era un buen hombre, a su manera, pero Ana sabía desde hacía tiempo que había que tratarlo con sumo cuidado. Además, quería ponerlo de su parte en la fiera batalla que se avecinaba por el equipamiento escolar. Fue a hablar con los gemelos.

—Cariños, ¿podéis jugar un rato en el patio de atrás mientras yo hablo con el señor Grand? No tardaré mucho... Y luego iremos a merendar a la orilla del estanque... y os enseñaré a hacer pompas de jabón con tinte rojo... ¡Son una preciosidad!

—¿Nos dará veinticinco centavos por cabeza si nos portamos bien? —pidió Gerald.

—No, querido Gerald —contestó Ana con firmeza—. No voy a sobornarte. Sé que te portarás bien, simplemente porque yo te lo pido, como corresponde a un caballero.

—Nos portaremos bien, señorita Shirley —prometió solemnemente Gerald.

—Requetebién —añadió Geraldine con la misma solemnidad.

Es posible que hubieran cumplido su promesa si Ivy Trent no hubiese llegado en cuanto Ana se encerró en la sala de estar con el señor Grand. Pero Ivy Trent había llegado, y los gemelos odiaban a Ivy Trent... una niña impecable, que nunca hacía nada malo y siempre parecía como recién salida de una caja de música.

Esa tarde en particular era evidente que Ivy Trent venía a presumir de sus botas marrones nuevas, tan bonitas, su banda en la cintura, sus lazos en los hombros y sus lazos en el pelo, de terciopelo granate. La señora Raymond, con independencia de sus defectos en otras cuestiones, era muy sensata en su manera de vestir a los niños. Sus bondadosos vecinos decían que se gastaba tanto dinero en ropa para ella que no le quedaba nada para los gemelos... y Geraldine nunca había tenido la oportunidad de desfilar por la calle al estilo de Ivy Trent, que tenía un vestido para cada tarde de la semana. La señora Trent siempre vestía a su hija de «blanco inmaculado». Al menos, Ivy iba siempre inmaculada cuando salía de casa. Si no lo estaba tanto al volver, la culpa, naturalmente, era de los niños «envidiosos» que abundaban en el vecindario.

Geraldine tenía envidia. Quería una banda y unos lazos granates, y vestidos blancos con bordados. ¡Y qué no habría dado por unas botas como aquellas!

—¿Te gustan mi banda y mis lazos nuevos? —preguntó Ivy, orgullosa.

—¿Te gustan mi banda y mis lazos nuevos? —repitió Geraldine, haciendo burla.

—Pues tú no llevas lazos en los hombros —dijo Ivy con aire majestuoso.

—Pues tú no llevas lazos en los hombros —imitó Geraldine con voz chillona.

Ivy parecía desconcertada.

—Sí que los llevo. ¿No los ves?

—Sí que los llevo. ¿No los ves? —se burló Geraldine, muy contenta con esta idea brillante de repetir con desprecio todo lo que decía Ivy.

—No los han pagado —dijo Gerald.

Ivy Trent se enfadó. Se le notó en la cara, que se le puso tan roja como los lazos de los hombros.

—Claro que sí. Mi madre siempre paga sus facturas.

—Mi madre siempre paga sus facturas —canturreó Geraldine.

Ivy estaba incómoda. No sabía cómo conducir la situación exactamente. Y se volvió hacia Gerald, que era sin duda el chico más guapo de la calle. Ivy había tomado una decisión.

—He venido a decirte que quiero que seas mi novio —anunció, con un gesto elocuente en los ojos castaños que, con solo siete años, había aprendido que tenía un efecto devastador en la mayoría de los niños que conocía.

Gerald se puso como un tomate.

—No quiero ser tu novio —contestó.

—Pues tienes que serlo —replicó Ivy con serenidad.

—Pues tienes que serlo —imitó Geraldine, mirando a su hermano y moviendo la cabeza con aire guasón.

—No quiero —protestó Gerald, muy enfadado—. Y no vuelvas a dirigirme la palabra, Ivy Trent.

—Tienes que serlo —insistió Ivy.

—Tienes que serlo —repitió Geraldine.

Ivy la fulminó con la mirada.

—¡Tú cállate, Geraldine Raymond!

—Digo yo que podré hablar en mi propio patio —contestó Geraldine.

—Eso es —dijo Gerald—. Y como no te calles, Ivy Trent, iré a tu casa y le sacaré los ojos a tu muñeca.

—Como hagas eso mi madre te dará una paliza —le advirtió Ivy.

—¿Ah, sí? No me digas. ¿Y sabes lo que le hará mi madre a la tuya si hace eso? Le dará un puñetazo en la nariz.

—Bueno, tienes que ser mi novio de todos modos —dijo Ivy, volviendo tranquilamente al asunto esencial.

—Te voy a … te voy a meter la cabeza en el barril de agua —gritó Gerald, fuera de sí—. Te voy a restregar la cara en un nido de hormigas… Te voy a… Te voy a arrancar los lazos y la banda… —añadió en tono victorioso, porque esto al menos era factible.

—Sí, vamos —gritó Geraldine.

Se abalanzaron como furias sobre la pobre Ivy, que gritó, pataleó y trató de morder, pero no podía contra los dos. Los gemelos cargaron con ella por el patio y la metieron en la leñera, donde no se oyeran sus alaridos.

—Date prisa —susurró Geraldine—, que viene la señorita Shirley.

No había tiempo que perder. Gerald sujetó a Ivy de las piernas y Geraldine de las muñecas, con una mano, mientras con la otra tiraba del lazo del pelo, los lazos de los hombros y la banda del vestido.

—Vamos a pintarle las piernas —propuso Gerald a voces, al ver un par de latas de pintura que unos obreros se habían dejado allí la semana anterior—. Yo la sujeto y tú pintas.

De nada sirvieron los gritos de desesperación de Ivy. Le bajaron las medias y, en unos momentos, le adornaron las piernas con franjas de pintura roja y verde. En el proceso, una buena cantidad de pintura le manchó el vestido bordado y las botas nuevas. Como toque final le rellenaron los tirabuzones con cadillos.

Daba pena verla cuando por fin la liberaron. Los gemelos la observaron entre alaridos de alegría. Se habían vengado de muchas semanas de condescendencia y aires de grandeza por parte de Ivy.

—Ahora vete a casa —le ordenó Gerald—. Así aprenderás a no ir por ahí ordenando a la gente a ser tu novio.

—Se lo diré a mi madre —lloriqueó Ivy—. ¡Me voy derecha a casa a contarle a mi madre lo que me has hecho, niño horrible, horrible, odioso y *feo!*

—No llames feo a mi hermano, niña engreída —gritó Geraldine—. ¡Tú y tus lazos en las hombreras! Toma, llévatelos. *No* queremos que nos molesten en *nuestra* leñera.

Ivy, perseguida por los lazos con los que Geraldine la sacudía, cruzó el patio sollozando y salió a la calle a todo correr.

—Rápido... vamos al baño a escondidas por las escaleras de atrás, a lavarnos antes de que nos vea la señorita Shirley —resopló Geraldine.

Capítulo IV

El señor Grand había dicho lo que tenía que decir y se había despedido con una reverencia. Ana se quedó unos momentos en la puerta, pensando con inquietud dónde estarían los niños. Por la calle se acercaba una señora iracunda que entró en el jardín tirando de la mano de una diminuta partícula de humanidad todavía desconsolada y sollozante.

—Señorita Shirley, ¿dónde está la señora Raymond? —preguntó la señora Trent.

—La señora Raymond se ha...

—Insisto en ver a la señora Raymond. Quiero que vea con sus propios ojos lo que le han hecho sus hijos a mi pobre, inocente e indefensa Ivy. Mírela, señorita Shirley... ¡Mírela!

—Ay, señora Trent... ¡Cuánto lo siento! Es culpa mía. La señora Raymond ha salido... y le prometí cuidar de los niños... Pero vino el señor Grand...

—No, no es culpa suya, señorita Shirley. No la culpo a usted. No hay quien pueda con estos niños diabólicos. Los conocen bien en toda la calle. Si la señora Raymond no está, no tiene sentido que me quede. Me llevaré a casa a mi pobre hija. Pero la señora Raymond me va a oír... se lo aseguro. ¿Oye eso, señorita Shirley? ¿Se están descuartizando el uno a la otra?

«Eso» era un coro de gritos, aullidos y alaridos que resonaba en las escaleras. Ana subió corriendo. En el suelo del pasillo se encontró a los gemelos enganchados, retorcidos y enzarzados a mordiscos, a arañazos y a puñetazo limpio. Separó con dificultad a los enfurecidos hermanos y, sujetándolos con fuerza de los hombros para impedirles liberarse, les exigió que le explicaran a qué venía semejante comportamiento.

—Geraldine dice que tengo que ser novio de Ivy Trent —rugió Gerald.

—Es que tiene que serlo —vociferó su hermana.

—¡No quiero!

—¡Tienes que serlo!

—¡Niños! —ordenó Ana. Algo en su tono los intimidó. La miraron y vieron a una señorita Shirley desconocida. Por primera vez en su vida sintieron la fuerza de la autoridad.

—Tú, Geraldine —dijo Ana en voz baja—, te irás dos horas a la cama. Tú, Gerald, vas a pasar la misma cantidad de tiempo en el ropero del pasillo. Ni una palabra. Os habéis portado fatal y vais a aceptar el castigo. Vuestra madre me ha dejado a cargo y tenéis que obedecerme.

—Entonces, castíguenos *juntos* —dijo Geraldine, echándose a llorar.

—Sí, no tiene derecho a separarnos. Nunca nos hemos separado —murmuró Gerald.

—Pues ahora os vais a separar. —Ana seguía hablando en voz baja.

Geraldine, sin rechistar, se quitó la ropa y se metió en una de las camas de la habitación que compartía con su hermano. Gerald, sin rechistar, entró en el ropero del pasillo. Era un ropero grande y bien ventilado, con ventana y silla, y nadie habría podido decir que el castigo era excesivamente severo. Ana cerró la puerta y se sentó con un libro junto a la ventana del vestíbulo. Al menos durante dos horas tendría algo de tranquilidad.

Subió a echar un vistazo a Geraldine, al cabo de unos minutos, y la encontró profundamente dormida, con un aire tan dulce que casi se arrepintió de su dureza. Bueno, una siesta le vendría bien de todos modos. Cuando se despertara le permitiría levantarse, aunque no hubieran pasado las dos horas.

Una hora después Geraldine seguía durmiendo. Gerald había estado tan quieto que Ana pensó que había encarado su castigo como un hombre y ya podía perdonarlo. Al fin y al cabo, Ivy Trent era una mocosa presumida, y seguro que se había puesto insoportable.

Ana corrió el pestillo y abrió la puerta del ropero.

Gerald no estaba. La ventana estaba abierta y daba justo al tejado del porche lateral. Ana apretó los labios. Bajó las escaleras y salió al patio. Ni rastro de Gerald. Lo buscó en la leñera y miró calle arriba y calle abajo. Nada.

Corrió por el jardín y salió al callejón que llevaba entre los matorrales al estanque del campo del señor Robert Creedmore. Allí vio a Gerald, remando alegremente en la barca del señor Creedmore. Nada más asomar Ana entre los árboles, el remo de Gerald, que se había quedado atrapado en el fango, se liberó con inesperada facilidad al tercer tirón y el niño salió disparado de cabeza al agua.

Sin querer, Ana lanzó un grito de horror, aunque no había ningún motivo. El estanque, en su parte más honda, no le llegaba a Gerald siquiera hasta los hombros, y en la zona donde se había caído el agua no le pasaba de la cintura. Había conseguido ponerse de pie y estaba ahí parado con cara de bobo y el pelo chorreando pegado a la cabeza, cuando el grito de Ana resonó a sus espaldas y Geraldine, en camisón, salió de entre los árboles y se acercó hasta el borde del pantalán de madera donde normalmente se amarraba la barca.

Al grito desesperado de «¡Gerald!» se lanzó al agua y cayó con tremendo chapoteo al lado de su hermano, que estuvo a punto de volver a hundirse.

—¿Te has ahogado? —preguntó Geraldine—. ¿Te has ahogado, querido Gerald?

—No... no... hermanita —la tranquilizó Gerald, castañeteando los dientes.

Se abrazaron y se besaron efusivamente.

—Niños, venid aquí ahora mismo —ordenó Ana.

Fueron chapoteando hasta la orilla. El día de septiembre, templado por la mañana, se había vuelto fresco y ventoso a media tarde. Los gemelos no paraban de temblar y estaban amoratados. Sin una palabra de reproche, Ana los llevó corriendo a casa, les quitó la ropa empapada y los metió en la cama de la señora Raymond con una bolsa de agua caliente en los pies.

Seguían tiritando a pesar de todo. ¿Se habrían resfriado? ¿Y si acababan pillando una neumonía?

—Debería habernos cuidado usted mejor, señorita Shirley —dijo Gerald, que aún tenía fuerzas para parlotear.

—Tiene razón —añadió Geraldine.

Ana, desesperada, bajó corriendo y llamó al médico. Cuando este llegó por fin, los gemelos habían entrado en calor y el doctor le aseguró a Ana que no corrían ningún peligro. Si se quedaban en la cama hasta el día siguiente no les pasaría nada.

En el camino de vuelta, el médico se había encontrado con la señora Raymond, que venía de la estación y en ese momento entraba en casa precipitadamente, pálida y medio histérica.

—Ay, señorita Shirley, ¿cómo ha podido usted poner en peligro a mis tesoros?

—Eso mismo le hemos dicho nosotros —contestaron los gemelos a dúo.

—Yo confiaba en usted... Le advertí...

—No creo que pueda echarme la culpa, señora Raymond —dijo Ana, con una mirada fría como la niebla—. Cuando se haya tranquilizado un poco lo comprenderá usted. Los niños están perfectamente... Avisé al médico solo por precaución. Si me hubieran obedecido esto no habría pasado.

—Yo creía que una profesora tendría alguna autoridad sobre unos niños —protestó la señora Raymond.

«Sobre unos niños, tal vez, pero no sobre estos demonios», pensó Ana. Sin embargo, se limitó a decir:

—Ya que está usted aquí, señora Raymond, creo que me iré a casa. No veo que pueda ayudarla en nada y tengo trabajo que hacer esta tarde.

Como un solo niño, los gemelos salieron de la cama y le echaron los brazos encima.

—Ojalá haya un funeral todas las semanas, señorita Shirley —gritó Gerald—. Porque me ha caído bien y espero que venga a cuidarnos siempre que mamá se vaya.

—Yo también —dijo Geraldine.

—Me cae muchísimo mejor que la señorita Prouty.

—Sí, muchísimo mejor —asintió Geraldine.

—¿Nos sacará en un cuento? —preguntó Gerald.

—Sí, sáquenos —dijo Geraldine.

—Seguro que su intención era buena —añadió la señora Raymond con la voz temblorosa.

—Gracias —contestó Ana gélidamente, tratando de zafarse del abrazo de los gemelos.

—Por favor, no nos peleemos por esto —le rogó la señora Raymond con los ojos llenos de lágrimas—. No soporto pelearme con nadie.

—Claro que no —asintió Ana con aire majestuoso, y Ana podía ponerse muy majestuosa—. No veo la más mínima necesidad de pelear. Creo que Gerald y Geraldine lo han pasado muy bien, aunque supongo que la pobre Ivy Trent no.

Ana se fue a casa con la sensación de haber envejecido varios años.

«Y pensar que Davy me parecía travieso», reflexionó.

En la penumbra del jardín se encontró con Rebecca, que estaba haciendo un ramo de pensamientos.

—Rebecca Dew, siempre he pensado que ese refrán que dice que a los niños hay que verlos pero no oírlos era demasiado duro. Pero ahora lo entiendo.

—Pobrecilla. Le prepararé una buena cena —contestó Rebecca. Y *no* dijo: «Se lo advertí».

Capítulo V

(Fragmento de una carta a Gilbert.)

La señora Raymond vino anoche y, con los ojos llenos de lágrimas, me rogó que la perdonara por su «precipitación». «Si conoce usted el corazón de una madre, señorita Shirley, no le costará perdonar.»

No me costó perdonar... La señora Raymond tiene algo que me gusta, no lo puedo evitar, y se portó de maravilla con el Club de Teatro. De todos modos, no le dije: «Si quiere salir cualquier sábado, yo me quedaré con los niños». Una aprende de la experiencia... incluso una optimista incorregible como yo.

Resulta que cierto sector de la sociedad de Summerside está ahora mismo muy ocupado con los amores de Jarvis Morrow y Dovie Westcott, que, como dice Rebecca Dew, llevaban un año prometidos pero se habían quedado ahí «atascados». La tía Kate, que es tía lejana de Dovie... para ser exactos, creo que es tía de una prima segunda de Dovie por parte de madre... está interesadísima en el noviazgo, porque Jarvis le parece un buen partido para Dovie... Y también, sospecho, porque no soporta a Franklin Westcott y le gustaría verlo batirse en retirada con su infantería, su caballería y su artillería. La tía Kate nunca reconocería que «no soporta» a alguien, pero la mujer de Franklin Westcott era una amiga muy querida de su juventud, y la tía Kate jura solemnemente que él la asesinó.

Me interesa este romance, en parte porque le tengo mucho cariño a Jarvis y cierto cariño a Dovie, y en parte, empiezo a sospechar, porque soy una entrometida sin remedio y siempre acabo enredada en los asuntos de los demás... con las mejores intenciones, por supuesto.

La situación, brevemente, es esta: Franklin Westcott es tendero, un hombre alto, serio, insociable y cerrado. Vive en un antiguo caserón que se conoce como El Olmedo, justo en las afueras del pueblo, en la carretera alta del puerto. Lo he visto un par de veces pero en realidad sé muy poco de él, aparte de que tiene la curiosa costumbre de decir algo y soltar luego una especie de larga carcajada inaudible. No ha vuelto a pisar la iglesia desde que entraron en ella los cánticos, y se empeña en tener siempre las ventanas abiertas incluso en invierno cuando hay tormenta. Confieso que esto me inspira una vaga simpatía por él, aunque probablemente sea la única persona en todo Summerside que siente algo así. Se ha convertido en un ciudadano importante, y en el municipio no se hace nada sin su aprobación.

Su mujer murió. La gente dice que él la tenía esclavizada, que no podía considerarse dueña siquiera de su propia alma. Cuentan que Franklin, cuando la llevó a casa, le dijo que allí mandaba él.

Tiene solo una hija, Dovie, que en realidad se llama Sibyl... Una chica encantadora, muy guapa y rolliza, de diecinueve años, con los labios rojos siempre entreabiertos, los dientes pequeños y blancos, el pelo oscuro con mechones castaños, unos ojos azules fascinantes y unas pestañas negras como el hollín y tan largas que no parecen de verdad. Jen Pringle dice que Jarvis en realidad está enamorado de sus ojos. He estado hablando del romance con ella. Jarvis es su primo favorito.

(Por cierto, no te creerías el cariño que me ha tomado Jen... y yo a ella. En el fondo es un encanto.)

Franklin Westcott nunca ha dejado a Dovie tener novio, y cuando Jarvis Morrow empezó a «prestarle atención», Westcott le prohibió entrar en casa y le dijo a Dovie que eso de «corretear por ahí con ese chico» se había acabado. Pero el daño ya estaba hecho. Para entonces Dovie y Jarvis estaban profundamente enamorados.

En el pueblo todo el mundo simpatiza con la pareja. Franklin Westcott es muy poco razonable. Jarvis es un joven abogado de éxito, viene de buena familia y tiene buenas perspectivas, además de ser un chico decente y muy agradable.

—No puede haber nada mejor —asegura Rebecca Dew—. Jarvis Morrow podría llevarse de calle a cualquier chica de Summerside. Lo que pasa es que Franklin Westcott ha decidido que Dovie sea una solterona. Quiere asegurarse de tener un ama de casa cuando se muera la tía Maggie.

—¿No hay nadie que tenga alguna influencia sobre él? —pregunté.

—Nadie se atreve a llevarle la contraria. Es demasiado sarcástico. Y si alguien le gana se pilla un berrinche. Yo nunca lo he visto así, pero le he oído contar a la señorita Prouty cómo se puso un día que ella estaba allí cosiendo. Se enfadó por algo... nadie sabía por qué. Pues arrambló con todo lo que había a la vista y lo tiró por la ventana. Los poemas de Milton salieron volando por encima de la tapia y acabaron entre los lirios del estanque de George Clarke. Parece que siempre tiene alguna pega con la vida. La señorita Prouty dice que su madre le contó que nunca había oído nada como los alaridos de Franklin al nacer. Supongo que Dios tendrá alguna razón para crear hombres así, pero no deja de extrañarme. Sinceramente no veo ninguna oportunidad para Jarvis y Dovie, a no ser que se fuguen. Es de lo más rastrero, aunque se hayan dicho tantas tonterías de lo romántico que es fugarse. Por otro lado, en este caso todo el mundo lo justificaría.

No sé qué hacer, pero tengo que hacer algo. No puedo quedarme de brazos cruzados viendo cómo la gente se arruina la vida delante de mis narices, por muchos berrinches que le den a Franklin Westcott. Jarvis Morrow no esperará eternamente... corre el rumor de que se le empieza a agotar la paciencia y lo han visto acribillando con furia el nombre de Dovie en un árbol donde lo había grabado. Hay una chica muy atractiva, de los Palmer, que según parece lo persigue a todas horas, y dicen que la hermana de Jarvis ha dicho que su madre ha dicho que *su* hijo no tiene ninguna necesidad de pasarse tantos años pegado a las faldas de ninguna chica.

De verdad, Gilbert, todo esto me da mucha pena.

Es una noche de luna, mi amor... hay luz de luna en los álamos del patio... la luz de la luna tiembla en las aguas rizadas del puerto, de donde está zarpando un barco fantasma... hay luz de luna en el cementerio... en mi valle privado... en el Rey de la Tormenta. Y habrá luz de luna en el Paseo de los Enamorados y en el Lago de Aguas Centelleantes y en el Bosque Encantado y en el Valle de las Violetas. Esta noche las hadas bailarán en las montañas. Pero, querido Gilbert, la luz de la luna sin nadie con quien compartirla... no es más que un espejismo.

Ojalá pudiera llevar a Elizabeth a dar un paseo. Le encanta pasear a la luz de la luna. Dimos unos paseos deliciosos cuando estuvo en Tejas Verdes. Pero en casa Elizabeth nunca ve la luna, como no sea desde la ventana.

Empiezo a estar algo preocupada también por ella. Va a cumplir diez años y esas dos viejas no tienen la menor idea de lo que necesita, anímica y emocionalmente. No se les ocurre que necesite algo más que buena comida y buena ropa. Y la situación empeorará de año en año. ¿Qué juventud tendrá la pobre niña?

Capítulo VI

Jarvis Morrow fue paseando con Ana a la salida de la inauguración del curso escolar y le contó sus penas.

—Tendrás que escaparte con ella, Jarvis. Todo el mundo lo dice. Por norma general yo no soy partidaria de las fugas —«Lo he dicho como una profesora con cuarenta años de experiencia», pensó Ana, disimulando una sonrisa— pero todas las reglas tienen su excepción.

—Hacen falta dos para llegar a un acuerdo, Ana. No puedo fugarme solo. Dovie le tiene tanto miedo a su padre que no consigo que se decida. Y en realidad tampoco sería una fuga… Dovie vendría una tarde a casa de mi hermana Julia… de la señora Stevens, ya la conoces. Yo estaría esperándola con el sacerdote y nos casaríamos más que respetablemente para contentar a todo el mundo, y luego nos iríamos a pasar la luna de miel con la tía Bertha en Kingsport. Así de sencillo. Pero no consigo convencer a Dovie. La pobrecita mía lleva tanto tiempo cediendo a los caprichos de su padre que ya no le queda fuerza de voluntad.

—Tienes que convencerla, Jarvis.

—¡No me digas! ¿Crees que no lo he intentado, Ana? Le he suplicado hasta quedarme ronco. Cuando está conmigo casi llega a prometerlo, pero en cuanto vuelve a casa me manda una nota y me dice que no puede. Es raro, Ana, pero la pobrecita quiere mucho a su padre y no soporta la idea de que él nunca la perdone.

—Dile que tiene que elegir entre su padre y tú.

—¿Y si lo elige a él?

—No creo que exista ese peligro.

—Nunca se sabe —dijo Jarvis con pesar—. Pero hay que decidir algo pronto. No puedo seguir así eternamente. Estoy loco por Dovie... eso lo sabe todo Summerside. Es como una rosa roja inalcanzable... Tengo que alcanzarla, Ana.

—La poesía está muy bien en su lugar, pero en este caso no te llevará a ninguna parte, Jarvis —le dijo Ana tranquilamente—. Parece un comentario típico de Rebecca Dew pero es muy cierto. Lo que necesitas en este caso es puro y simple sentido común. Dile a Dovie que estás harto de tanto titubeo y tiene que decidir si te acepta o no. Si no te quiere lo suficiente para dejar a su padre por ti, lo mejor es que lo sepas.

Jarvis refunfuñó.

—Tú no llevas toda la vida sometida a Franklin Westcott, Ana. No tienes la más remota idea de cómo es. En fin, haré un último intento. Si, como dices, Dovie me quiere de verdad, vendrá conmigo... Si no, más me vale saberlo. Empiezo a tener la sensación de que me he puesto en ridículo.

«Si empiezas a tener esa sensación —pensó Ana—, más vale que Dovie se ande con cuidado.»

La propia Dovie se presentó en Los Álamos Ventosos unos días después para consultar con Ana.

—¿Qué hago, Ana? ¿Qué puedo hacer? Jarvis quiere que me fugue con él... prácticamente. Mi padre irá una noche a Charlottetown la semana que viene, para asistir a un banquete masónico... y sería una buena oportunidad. La tía Maggie no sospecharía nada. Jarvis quiere que vaya a casa de la señora Stevens y nos casemos allí.

—¿Y tú por qué no quieres, Dovie?

—Ay, Ana, ¿de verdad crees que debería? —preguntó Dovie, mirándola con un gesto dulce y suplicante—. Por favor, por favor, toma la decisión por mí. Estoy hecha un lío. —Se le quebró la voz, como si estuviera a punto de llorar—. Ay, Ana, tú no conoces a mi padre. Odia a Jarvis... No entiendo por qué. ¿Tú lo entiendes? ¿Cómo puede alguien odiar a Jarvis? La primera vez que vino a verme, mi padre le prohibió entrar en casa y le dijo que como volviera por ahí le echaría al perro encima... a nuestro *bulldog*. Ya sabes que esos perros una vez que muerden ya no sueltan... Y nunca me perdonará si me fugo con Jarvis.

—Tienes que elegir entre los dos, Dovie.

—Eso dice Jarvis —sollozó Dovie—. Ay, se puso muy serio... Nunca lo había visto así. Y yo no puedo... De verdad que no puedo vivir sin él, Ana.

—Pues vive con él, querida. Y no lo llames fugarse. Venir a Summerside y casarse en casa de la familia de Jarvis no es fugarse.

—Para mi padre lo será —dijo Dovie, tragándose un sollozo—. Pero voy a seguir tu consejo, Ana. Estoy segura de que nunca me aconsejarías dar un mal paso. Voy a decirle a Jarvis que adelante, que pida la licencia y que iré a casa de su hermana la noche en que mi padre esté en Charlottetown.

Jarvis le contó a Ana con aire triunfal que Dovie por fin había cedido.

—Hemos quedado al final del callejón el próximo martes por la noche... No quiere que vaya a su casa, por miedo a que me vea la tía Maggie... Iremos a casa de Julia y nos casaremos en un periquete. Toda mi familia estará allí, para tranquilizar a mi pobrecita Dovie. Franklin Westcott me dijo que su hija nunca sería mía. Le voy a demostrar que se equivocaba.

Capítulo VII

El martes fue un día oscuro de finales de noviembre. Hacía viento y frío y de vez en cuando un chaparrón barría los montes. Bajo la llovizna gris, el mundo parecía un lugar inhóspito y agotado.

«La pobre Dovie no tiene un día de boda muy bonito —pensó Ana—. Y si... y si —se estremeció y tembló—... y si al final no saliera bien... sería culpa mía. Dovie nunca habría accedido si yo no se lo hubiera dicho. Y a lo mejor Franklin Westcott no la perdona nunca. ¡Ana Shirley, déjate de historias! Todo es culpa del mal tiempo.»

Por la noche había dejado de llover, pero el cielo seguía cubierto y el aire era cortante y frío. Ana estaba en la habitación de la torre corrigiendo trabajos, con Ceniciento acurrucado al calor de la estufa. Se oyeron golpes fuertes en la puerta principal.

Ana bajó corriendo. Rebecca Dew asomó la cabeza, asustada, por la puerta de su dormitorio. Ana le dijo que no se moviera.

—¡Hay alguien en la puerta principal! —anunció Rebecca con la voz hueca.

—No pasa nada, Rebecca. Bueno, sí, me temo que todo ha salido mal... el caso es que quien viene es Jarvis Morrow. Lo he visto por la ventana lateral de la torre y sé que viene a verme.

—¡Jarvis Morrow! —Rebecca volvió a su dormitorio y cerró la puerta—. Esto es el colmo.

—¿Qué pasa, Jarvis?

—Dovie no ha venido —explicó Jarvis con desesperación—. Llevamos horas esperando... el sacerdote... y mi familia... y Julia ha preparado la cena... y Dovie no ha venido. La he estado esperando al fondo del callejón hasta que casi me vuelvo loco. No me atrevía a acercarme a la casa, porque no sabía qué había pasado. Es posible que ese bruto de Franklin Westcott haya vuelto. O que la tía Maggie la haya encerrado con llave. Pero necesito saberlo, Ana. Tienes que ir a El Olmedo y enterarte de por qué no ha venido.

—¿Yo, ir? —dijo Ana, con incredulidad y pobre gramática.

—Sí, tú. No puedo confiar en nadie más... Nadie más lo sabe. Ay, Ana, no me falles ahora. Siempre nos has apoyado. Dovie dice que eres su única amiga. No es tarde... Solo son las nueve. Ve.

—¿Para que me muerda el *bulldog?* —preguntó Ana sarcásticamente.

—¡Es un vejestorio! —dijo Jarvis con desprecio—. No es capaz de ahuyentar ni a un vagabundo. No pensarás que tenía miedo del perro, ¿verdad? Además, de noche siempre lo encierran. Yo no quiero crearle problemas a Dovie en casa, si es que se han enterado. ¡Venga, Ana, por favor!

—Parece que me toca a mí —accedió Ana, encogiéndose de hombros con resignación.

Jarvis la llevó en coche hasta la entrada del callejón de El Olmedo, pero ella no le dejó pasar de ahí.

—Como bien dices, podrías complicarle las cosas a Dovie si es que su padre ha vuelto —dijo Ana.

Apretó el paso por el largo callejón bordeado de árboles. La luna asomaba de vez en cuando entre las nubes empujadas por el viento, pero en general la oscuridad era horripilante y los temores de Ana por el perro no eran pocos.

Solo se veía una luz encendida en El Olmedo... en la ventana de la cocina. La tía Maggie abrió la puerta lateral cuando llamó Ana. Era la hermana de Franklin Westcott, una mujer muy mayor, algo encorvada y marchita, a la que nunca se había tenido por demasiado lista, aunque sí por una espléndi-da ama de casa.

—Tía Maggie, ¿está Dovie en casa?

—Está en la cama —contestó la tía Maggie con gesto impasible.

—¿En la cama? ¿Está enferma?

—No que yo sepa. La he visto todo el día muy cavilosa. Después de cenar dijo que estaba cansada y subió a acostarse.

—Tengo que verla un momento, tía Maggie... Es que... Necesito una in-formación importante.

—Pues suba usted a su cuarto. Es el que está a la derecha según sube.

La tía Maggie señaló las escaleras y volvió a la cocina andando como un pato.

Dovie se sentó en la cama al ver que entraba Ana, sin ceremonias, después de llamar apresuradamente. A la luz de una vela diminuta, Ana vio que Dovie estaba llorando, pero sus lágrimas solo sirvieron para sacarla de quicio.

—Dovie Westcott, ¿se te ha olvidado que prometiste casarte con Jarvis Morrow esta noche... *¿Esta noche?*

—No... no... —gimoteó Dovie—. Ay, Ana, qué infeliz soy... Ha sido un día espantoso... No sabes por lo que he pasado.

—Sé por lo que ha pasado el pobre Jarvis, esperándote dos doras en el callejón, con el frío y la llovizna —contestó Ana sin apiadarse de Dovie.

—¿Está... está muy enfadado, Ana?

—Lo suficiente para que se le note —fue la mordaz respuesta.

—Ay, Ana. Me asusté. Anoche no pegué ojo. No podía hacer eso... no po-día. Es que... fugarse es una deshonra, Ana. Y no recibiría regalos bonitos... o no demasiados. Siempre he querido ca...ca... casarme en una iglesia... con una decoración preciosa... y con velo y vestido blanco... y zapatos de plata.

—Dovie Westcott, sal de la cama... *ya*... y vístete... y ven conmigo.

—Ya es demasiado tarde, Ana.

—No es demasiado tarde. Y es ahora o nunca... Supongo que eso lo sa-bes, si tienes una pizca de sentido común. Sabrás que Jarvis Morrow no vol-verá a dirigirte la palabra si lo dejas en ridículo.

—Ay, Ana. Me perdonará cuando sepa que...

—No te perdonará. Conozco a Jarvis Morrow. No va a consentir que juegues con su vida indefinidamente. ¿Quieres que te saque de la cama a rastras, Dovie?

Dovie se estremeció y suspiró.

—No tengo ningún vestido para la ocasión.

—Tienes media docena de vestidos bonitos. Ponte el de tafetán rosa.

—Y no tengo ajuar. Los Morrow siempre me lo echarán en cara...

—Ya lo harás más adelante. Dovie, ¿no habías puesto estas cosas en la balanza hasta ahora?

—No... no... Eso es lo que pasa. No empecé a pensar en nada hasta ayer por la noche. Y mi padre... Tú no conoces a mi padre, Ana.

—¡Dovie, te doy diez minutos para vestirte!

Dovie se vistió en el tiempo señalado.

—Este vestido me... me... me queda muy justo —sollozó cuando Ana la tomó del brazo—. No creo que Jarvis me... me... quiera si engordo mucho más. Me gustaría ser alta delgada y pálida como tú, Ana. ¡Ay, Ana! ¿Y si nos oye la tía Maggie?

—No nos oirá. Se ha encerrado en la cocina y ya sabes que está un poco sorda. Toma tu abrigo y tu sombrero. Yo he metido unas cuantas cosas en este bolso.

—Ay, no sabes cómo me late el corazón. ¿Estoy horrible, Ana?

—Estás preciosa —dijo Ana, sinceramente. Dovie tenía una piel como la seda, rosa y blanca, y ni siquiera las lágrimas le estropeaban los ojos. Pero Jarvis no le vio los ojos en la oscuridad. Además, estaba algo enfadado con su adorada y hermosa Dovie, y se mostró bastante frío en el trayecto hasta el pueblo.

—Por Dios, Dovie, no te asustes tanto por casarte conmigo —le dijo con impaciencia cuando ella bajó las escaleras de casa de los Steven—. Y no llores, que se te hinchará la nariz. Son casi las diez y tenemos que tomar el tren de las once.

Dovie se tranquilizó por fin al verse irrevocablemente casada con Jarvis. Según le contaba Ana a Gilbert en una carta, con picardía, Dovie ya tenía cara de «luna de miel».

—Ana, cielo, te lo debemos todo a ti. Nunca lo olvidaremos. ¿Verdad que no, Jarvis? ¿Y harías una última cosa por mí, cielo? Por favor, dale la noticia a mi padre. Llegará a casa mañana a última hora de la tarde... y alguien se lo tiene que decir. Si alguien lo puede apaciguar eres tú. Por favor, haz todo lo posible para que me perdone.

Ana tuvo la sensación de que quien necesitaba algo para apaciguarse en ese momento era ella; pero como se sentía incómodamente responsable del desenlace del noviazgo, dio su promesa a Dovie.

—Se pondrá como una fiera... como una fiera, Ana, pero a ti no te puede matar —fue la tranquilizante respuesta de Dovie—. Ay, Ana, no sabes... ni te lo imaginas... lo segura que me siento con Jarvis.

Cuando Ana volvió a casa, Rebecca Dew había llegado a ese punto en que o satisfacía su curiosidad o se volvía loca. La mujer siguió a Ana hasta el cuarto de la torre, en camisón, con la cabeza envuelta en un trapo de franela, y se enteró de la historia completa.

—Bueno, supongo que así es la «vida» —asintió con sarcasmo—. Pero me alegro mucho de que Franklin Westcott reciba al fin su merecido, y la señora del capitán MacComber también se alegrará. Eso sí, no te envidio la misión de darle la noticia. Se pondrá furioso y dirá muchas tonterías. Si me viera en su lugar, señorita Shirley, esta noche no podría pegar ojo.

—Creo no va a ser una experiencia muy agradable —asintió Ana con arrepentimiento.

Capítulo VIII

Al día siguiente, por la tarde, Ana se encaminó a El Olmedo por el paisaje mágico de la niebla de noviembre con una profunda sensación de abatimiento. Su recado no era precisamente grato. Tal como había dicho Dovie, Franklin Westcott no la mataría, claro. No iba temerosa de la violencia física... aunque, si todas esas historias que contaban de él eran ciertas, podía lanzarle algún objeto. ¿Bramaría furioso? Ana nunca había visto a un hombre bramar de pura rabia y se imaginaba que debía de ser muy desagradable. De todos modos era probable que ejerciera sus famosas dotes sarcásticas, y el sarcasmo, tanto en los hombres como en las mujeres, era la única arma que ella temía. Siempre le dolía... le levantaba ampollas en el alma que le escocían durante meses.

«La tía Jamesina decía: "Si puedes evitarlo, nunca seas portadora de malas noticias" —reflexionó Ana—. Y en eso, como en todo, era una sabia. Bueno, ya estoy aquí.»

El Olmedo era un caserón antiguo, con torretas en todas las esquinas y una cúpula bulbosa en el tejado. En lo alto de las escaleras de la entrada principal estaba sentado el perro.

«Cuando muerden no te sueltan», recordó Ana. ¿Sería mejor entrar por la puerta lateral? La idea de que Franklin Westcott estuviera mirando por la ventana la animó a armarse de valor. Jamás le daría la satisfacción de ver que le asustaba su perro. Llena de determinación, con la cabeza alta, subió las escaleras, pasó al lado del perro y tocó la campanilla. El perro no se movió. Cuando Ana lo miró de reojo, le pareció que estaba dormido.

Resultó que Franklin Westcott no estaba en casa, pero lo esperaban en cualquier momento, con el tren de Charlottetown. La tía Maggie llevó a Ana a la *biblioteca,* como ella la llamaba. y allí la dejó. El perro se había levantado y las había seguido. Se acercó y se acomodó a los pies de Ana.

A Ana le gustó la *biblioteca.* Era una sala alegre y desordenada, con un fuego acogedor en la chimenea y pieles de oso sobre una deshilachada alfombra roja. Saltaba a la vista que Franklin Westcott estaba bien surtido de libros y de pipas.

En ese momento lo oyó llegar. Colgó su abrigo y su sombrero en el vestíbulo y apareció en la puerta de la biblioteca con el ceño decididamente fruncido. Ana recordó la impresión que le había causado la primera vez que lo vio —la de un pirata con aires de caballero—, y lo mismo le ocurrió esta vez.

—¿Ah, es usted? —dijo con aspereza—. ¿Qué quiere?

Ni siquiera hizo amago de darle la mano. Ana pensó que el perro tenía claramente mejores modales que su dueño.

—Señor Westcott, le pido por favor que me escuche con paciencia antes de...

—Soy paciente... muy paciente. ¡Adelante!

Ana llegó a la conclusión de que era inútil andarse con rodeos con un hombre como aquel.

—He venido a decirle —anunció con voz firme— que Dovie se ha casado con Jarvis Morrow.

Dicho esto esperó el terremoto. No se produjo. Ni un solo músculo se alteró en el rostro enjuto y curtido de Franklin Westcott, que entró en la biblioteca y se sentó en una butaca de cuero con las patas arqueadas, enfrente de Ana.

—¿Cuándo? —preguntó.

—Anoche... en casa de la hermana de Jarvis.

Franklin Westcott la miró un momento con los ojos marrón claro profundamente hundidos bajo los arcos de las cejas canosas. Ana se preguntó por un instante cómo sería cuando era un bebé. Entonces lo vio echar la cabeza hacia atrás con un espasmo de risa muda.

—No culpe a Dovie, señor Westcott —añadió Ana, recuperando el habla ahora que ya había hecho su terrible revelación—. No fue culpa suya.

—Seguro que no —dijo Franklin Westcott.

¿Pretendía ser sarcástico?

—No, fue toda mía —explicó Ana, con valentía y sencillez—. La aconsejé que se fu... que se casara... La obligué. Así que, por favor, perdónela, señor Westcott.

Franklin Westcott empezó a cargar una pipa con frialdad.

—Si ha conseguido usted que Sibyl se fugue con Jarvis Morrow, señorita Shirley, ha hecho más de lo que nunca pensé que pudiera hacer nadie. Ya empezaba a temerme que nunca tendría el valor suficiente. Y entonces me habría visto obligado a dar mi brazo a torcer... ¡y no se imagina cuánto nos fastidia a los Westcott dar nuestro brazo a torcer! Me ha salvado, señorita Shirley, y le estoy profundamente agradecido.

Hubo un silencio clamoroso mientras Franklin Westcott aplastaba el tabaco y observaba a Ana con un brillo divertido en la mirada. Ana estaba tan desconcertada que no sabía qué contestar.

—Supongo —dijo él— que venía usted a darme la terrible noticia temblando de miedo.

—Sí —asintió Ana, con cierta brusquedad.

Franklin se echó a reír entre dientes.

—No tenía ningún motivo. No podría haberme dado mejores noticias. Fui yo quien eligió a Jarvis Morrow para Sibyl cuando eran pequeños. En cuanto los demás chicos empezaron a fijarse en ella, los espanté a todos. Eso hizo que Jarvis diera sus primeras muestras de interés por ella. ¡Qué aires gastaba ese chaval! Pero como se llevaba a las chicas de calle casi no me podía creer que tuviera tanta suerte cuando vi que mi hija le gustaba de verdad. Entonces tracé mi plan de batalla. Conocía a los Morrow de raíz. Usted no. Son una buena familia, pero a los hombres de esa familia no les gustan las cosas que se consiguen fácilmente. Se empeñan en conseguirlas si alguien les dice que no pueden. Son muy de llevar la contraria. El padre de Jarvis les rompió el corazón a tres chicas porque sus familias se las pusieron en bandeja. Yo sabía exactamente lo que pasaría en el caso de Jarvis. Sibyl se enamoraría de él hasta la médula... y él se cansaría de ella enseguida. Sabía que se le quitarían las ganas de estar con ella si la conseguía con demasiada facilidad. Así que le prohibí acercarse a esta casa, y a Sibyl le prohibí dirigirle la palabra, y en general hice el papel de padre duro a la perfección. ¡Para que luego digan del encanto de lo furtivo! Eso no es nada comparado con lo que no se alcanza. Todo salió según lo planeado, pero encontré un obstáculo en la debilidad de Sibyl. Es una buena chica, pero es débil. Ya empezaba a temerme que nunca tendría valor para casarse con él sin mi consentimiento. Ahora, si recupera usted el habla, mi querida muchacha, desahóguese y cuéntemelo todo.

El sentido del humor había vuelto a acudir al rescate de Ana. Nunca rechazaba una oportunidad de reírse a gusto, aunque fuera de sí misma. Y de pronto se sentía muy cómoda con Franklin Westcott.

Él escuchó el relato saboreando tranquilamente su pipa. Cuando Ana hubo terminado, asintió con satisfacción.

—Creo que estoy incluso más en deuda con usted de lo que imaginaba. Sibyl nunca habría tenido el valor de casarse si no hubiera sido por usted. Y Jarvis Morrow no habría corrido el riesgo de quedar en ridículo por segunda vez... no, anda que no conozco yo a esa familia. ¡Caray! ¡Me he librado por los pelos! Estoy a sus órdenes para siempre. Tiene usted buen temple para venir aquí como ha venido si daba crédito a todos los chismes que le han contado. Porque le habrán contado un montón, ¿verdad?

Ana asintió. El *bulldog* había apoyado la cabeza en su regazo y roncaba felizmente.

—Todo el mundo aseguraba que era usted cascarrabias, brusco y malhumorado —contestó con sinceridad.

—Y supongo que le habrán dicho que soy un tirano, que le hice la vida imposible a mi pobre mujer y que gobierno a mi familia con vara de hierro.

—Pues sí, aunque en realidad solo me creí la mitad, señor Westcott. No me parecía posible que Dovie lo quisiera tanto si era usted tan horrible como lo pintaban.

—¡Una chica sensata! Mi mujer era una persona feliz, señorita Shirley. Y cuando la viuda del capitán MacComber le diga que la maté a disgustos, échele la bronca de mi parte. Disculpe mi vulgaridad. Mollie era guapa... más guapa que Sibyl. ¡Tenía la piel blanca y sonrosada... el pelo castaño dorado... y unos ojos azules como el rocío! Era la mujer más guapa de Summerside. Tenía que serlo. Nunca habría podido consentir que otro entrase en la iglesia con una mujer más guapa que la mía. He gobernado mi casa como corresponde a un hombre, pero no con tiranía. Sí, por supuesto que he tenido mis arranques de mal genio de vez en cuando, pero a Mollie no le molestaban cuando se acostumbró. Un hombre tiene derecho a discutir con su mujer de vez en cuando, ¿no? Las mujeres se cansan de los maridos aburridos. Además, siempre le regalaba un anillo, un collar o alguna chuchería por el estilo cuando se me pasaba el mal humor. No había ninguna mujer en Summerside que tuviera tantas joyas bonitas. Tengo que buscarlas y dárselas a Sibyl.

Ana se atrevió a ser mala.

—¿Y qué pasó con los poemas de Milton?

—¿Los poemas de Milton? ¡Ah, eso! No eran de Milton... eran de Tennyson. Siento veneración por Milton, pero a Alfred no lo trago. Es demasiado empalagoso. Esos dos últimos versos de *Enoch Arden* me sacaron tanto de quicio una noche que tiré el libro por la ventana. Pero fui a buscarlo al día siguiente, para salvar su *Canción del Clarín*. Solo por eso le perdonaría cualquier cosa a cualquiera. No cayó en el estanque de George Clarke... eso fue un adorno de Prouty. ¿No irá usted a marcharse? Quédese a cenar con un viejo solitario a quien le han robado a su única hija.

—Lo siento mucho pero no puedo, señor Westcott. Esta noche tengo reunión de profesores.

—Bueno, espero verla cuando vuelva Sibyl. Tendré que dar una fiesta para ellos, claro. ¡Madre mía, qué peso me ha quitado de encima! No se hace usted una idea de cuánto me habría fastidiado dar mi brazo a torcer y decirle a ese chico: «Llévatela». Ahora solo tengo que fingir que estoy destrozado, resignarme y perdonarla con tristeza, por la memoria de su pobre madre. Lo haré de maravilla... Jarvis no debe sospechar nunca nada. No me delate usted.

—Descuide —prometió Ana.

Franklin Westcott la acompañó amablemente hasta la puerta. El *bulldog* se sentó sobre las patas traseras y gimoteó al ver que Ana se marchaba.

En la puerta, Westcott se apartó la pipa de la boca y le dio a Ana unos golpecitos en el hombro con ella.

—No olvide nunca —dijo con solemnidad— que hay más de un modo de despellejar a un gato. Se puede hacer sin que el animal llegue a saber nunca que ha perdido el pellejo. Dele recuerdos a Rebecca Dew. Es una gatita encantadora, cuando se sabe cómo acariciarla. Y gracias, gracias.

Ana volvió a casa en la tarde dulce y serena. La niebla se había aclarado, el viento había cambiado de dirección y el cielo verde pálido presagiaba escarcha.

«La gente me decía que yo no conocía a Franklin Westcott —pensó Ana—. Tenían razón: no lo conocía. Y ellos tampoco.»

—¿Cómo se lo ha tomado? —preguntó Rebecca Dew con curiosidad. Había estado en vilo desde que se marchó Ana.

—No demasiado mal —dijo Ana en tono confidencial—. Creo que con el tiempo perdonará a Dovie.

—A ganarse a la gente no hay quien la supere a usted, señorita Shirley —observó Rebecca Dew llena de admiración—. Tiene usted el don de salirse con la suya.

«"Quien algo ha intentado y algo ha hecho, se ha ganado el descanso nocturno" —citó mentalmente Ana con cansancio esa noche, mientras subía los tres peldaños de su cama—. ¡Pero que nadie vuelva a pedirme consejo sobre fugarse!»

Capítulo IX

(Fragmento de una carta a Gilbert.)

Me han invitado a cenar mañana con una señora de Summerside. Sé que no me creerás, Gilbert, cuando te diga que se apellida Tomgallon: es la señorita Minerva Tomgallon. Dirás que he leído demasiado a Dickens.

Cariño, ¿no te alegras de apellidarte Blythe? Estoy segura de que nunca podría casarme contigo si te llamaras Tomgallon. ¡Imagínatelo! Ana Tomgallon. No, no te lo puedes imaginar.

Es el máximo honor que puede ofrecer Summerside: una invitación a la Casa Tomgallon. No tiene otro nombre. Nada de Olmos, ni Castaños ni Villas para los Tomgallon.

Tengo entendido que fueron la «familia real» en otros tiempos. Los Pringle son champiñones en comparación con ellos. Y ahora solo queda la señorita Minerva, única superviviente de seis generaciones. Vive sola, en una casa enorme en Queen Street: una casa de grandes chimeneas, persianas verdes y con la única vidriera de todo el pueblo en una vivienda privada. Tiene tamaño suficiente para cuatro familias y solo vive allí la señorita Minerva, con una cocinera y una doncella. Todo está muy bien cuidado y, aun así, siempre que paso por delante tengo la sensación de que es un lugar olvidado de la vida.

La señorita Minerva sale muy poco, salvo para ir a la iglesia anglicana, y no la conocía hasta hace unas semanas, cuando vino a una reunión de la junta escolar para donar formalmente al instituto la valiosa biblioteca de su padre. Es justo como cabe esperar de alguien que se llama Minerva Tomgallon: alta y delgada, con la cara estrecha, alargada y blanca, la nariz alargada y fina y la boca alargada y fina. No suena demasiado bonito y, sin embargo, la señorita Minerva es una mujer muy guapa, de aire majestuoso y aristocrático, que viste siempre con gran elegancia, aunque algo chapada a la antigua. De joven era una belleza, según me ha dicho Rebecca Dew, y tiene unos ojazos negros todavía llenos de fuego y brillo oscuro. No le faltan palabras, y creo que nunca he visto a nadie disfrutar tanto de su discurso de presentación.

La señorita Minerva fue especialmente amable conmigo y ayer recibí una nota formal en la que me invitaba a cenar con ella. Cuando se lo conté a Rebecca Dew, puso la misma cara de perplejidad que si me hubieran invitado al palacio de Buckingham.

—Es un gran honor que te inviten a la Casa Tomgallon —dijo con mucho asombro—. Nunca he oído que la señorita Minerva invitase a ningún director. Claro que todos eran hombres, así que supongo que se habría considerado indecoroso. Bueno, espero que no la mate con su conversación, señorita Shirley. Los Tomgallon hablaban por los codos. Y les gustaba estar siempre en primer plano. Hay quien dice que Minerva vive tan apartada porque ahora que es mayor no puede llevar la batuta como antes, y ella no está dispuesta a ser segundo violín de nadie. ¿Qué piensa ponerse, señorita Shirley? Me gustaría verla con su vestido de gasa de seda de color crema y sus lazos de terciopelo negro. Le queda muy elegante.

—Me temo que demasiado «elegante» para una velada tranquila —dije.

—Yo creo que a la señorita Minerva le gustaría. A los Tomgallon siempre les ha gustado que sus invitados vayan bien vestidos. Dicen que el abuelo de la señorita Minerva una vez le dio con la puerta en las narices a una mujer a la que habían invitado a un baile, al ver que llevaba su segundo mejor vestido. Le dijo que ni su mejor vestido estaba a la altura de los Tomgallon.

—De todos modos, creo que me pondré el de gasa verde, y espero que los espíritus de la familia se conformen con eso.

Voy a confesarte algo que hice la semana pasada, Gilbert. Supongo que dirás que ya me estoy volviendo a meter donde nadie me llama, pero *tenía* que hacer algo. No estaré en Summerside el año que viene y no soporto la idea de dejar a la pequeña Elizabeth a merced de esas dos viejas que no la quieren y cada año que pasa se vuelven más estrechas y amargadas. ¿Qué juventud le espera en esa casa vieja y tétrica?

—A veces me imagino —me dijo hace unos días con nostalgia— cómo sería tener una abuela que no dé miedo.

¿Sabes lo que he hecho? *He escrito a su padre.* Vive en París y no sabía su dirección, pero Rebecca Dew había oído el nombre de la empresa que él dirige allí, y se acordaba, así que decidí probar suerte y enviarle la carta a la sucursal. Le escribí en el tono más diplomático posible, pero le dije claramente que tenía que llevarse a Elizabeth. Le conté cuánto lo echa de menos y cuánto sueña con él, y también que la señora Campbell era demasiado severa y estricta con ella. Puede que mi carta no sirva de nada, pero si no la hubiera escrito me habría arrepentido eternamente de no haberlo intentado.

Se me ocurrió escribir cuando Elizabeth me contó un día, muy seria, que había «escrito una carta a Dios» para pedirle que le devolviera a su padre y que hiciera que él la quisiera. Dijo que, al volver de la escuela, se detuvo en el centro de un campo vacío y la leyó en voz alta, mirando el cielo. Yo ya sabía que había hecho algo raro, porque la señorita Prouty vio la actuación y me lo contó al día siguiente, cuando vino a coser para las viudas. Creía que Elizabeth se estaba volviendo «rara»: «¡Mira que ponerse a hablarle al cielo!».

Le pregunté a Elizabeth qué había pasado, y me lo contó.

—Pensé que a lo mejor Dios hacía más caso a una carta que a una oración —dijo—. Llevo mucho tiempo rezando. Seguro que le llegan muchas oraciones.

Esa misma noche escribí a su padre.

Antes de despedirme tengo que hablarte de Ceniciento. La tía Kate me dijo hace tiempo que quería buscar una familia para él, porque Rebecca Dew no paraba de quejarse del gato y sinceramente ya no podía soportarlo más. La semana pasada, al volver del instituto una tarde, Ceniciento ya no estaba. La tía Chatty me dijo que se lo habían dado a la señora Edmonds, que vive en la otra punta de Summerside. Me dio pena, porque Ceniciento y yo éramos grandes amigos. Pero al menos, pensé, Rebecca Dew ahora será feliz.

Rebecca Dew se había ido a pasar el día en el campo, para ayudar a una pariente suya a limpiar las alfombras. Cuando volvió, al caer la tarde, nadie dijo nada, pero cuando Rebecca salió al porche de atrás, a llamar a Ceniciento, la tía Kate le dijo en voz baja:

—No hace falta que llames a Ceniciento, Rebecca. No está aquí. Hemos encontrado una familia que lo quiere. Ya no te dará más molestias.

Si Rebecca Dew hubiera podido ponerse pálida se habría puesto.

—¿Que no está? ¿Que han encontrado una familia que lo quiere? ¡Es increíble! ¿No era esta su casa?

—Se lo hemos dado a la señora Edmonds. Se ha quedado muy sola desde que se casó su hija y pensó que un gatito le haría compañía.

Rebecca Dew entró y cerró la puerta. Estaba muy enfadada.

—Esto es el colmo —protestó. Y la verdad es que lo parecía. Nunca había visto a Rebecca Dew echar semejantes chispas por los ojos—. Me marcho a final de mes, señora MacComber, y antes si puede usted arreglarse.

—Pero, Rebecca... —dijo la tía Kate, desconcertada—. No lo entiendo. Nunca te gustó Ceniciento. La semana pasada dijiste...

—Qué bonito —contestó Rebecca de malos modos—. ¡Écheme a mí la culpa! ¡No tenga usted consideración con mis sentimientos! ¡Ese pobre gato! ¡Con lo que yo lo he cuidado y mimado y la de noches que me he quedado esperando a que volviera a casa! Y ahora se libran de él a mis espaldas, sin siquiera un triste aviso. ¡Y se lo dan a Sarah Edmonds, que no se gastaría ni un centavo en hígado para el pobre animal, así lo viera muriéndose! ¡Mi única compañía en la cocina!

—Pero, Rebecca, tú siempre has...

—Sí, siga usted, ¡siga! No me deje usted meter baza, señora MacComber. He criado al gato ese desde que era pequeño... me he ocupado de su salud y su moral... ¿y para qué? Para que esa mujer tenga un gato bien educado que le haga compañía. Muy bien. Espero que aguante las heladas de noche como las he aguantado yo, llamando al gato ese horas y horas para que no se congelara, aunque lo dudo... lo dudo seriamente. Bueno, señora MacComber, espero que no le remuerda a usted la conciencia cuando estemos a diez bajo cero. Yo no podré pegar ojo cuando pase eso, pero claro, un trasto viejo como yo no le preocupa a nadie.

—Rebecca, si me hicieras el favor de...

—Señora MacComber, yo no soy un gusano, y tampoco un felpudo. La verdad es que esto ha sido una buena lección para mí: ¡una lección valiosa! Nunca más volveré a permitir que mis afectos se enreden con ningún animal de cualquier clase o descripción. Y si lo hubieran hecho ustedes a la cara... pero a mis espaldas... ¡aprovechándose de mí de ese modo! ¡En la vida había visto cosa tan mezquina! Claro que, ¿quién soy yo para esperar que se respeten *mis* sentimientos?

—Rebecca —dijo la tía Kate con desesperación—, si quieres que Ceniciento vuelva podemos traerlo.

—Y entonces, ¿por qué no lo ha dicho usted antes? Además, lo dudo. Jane Edmonds ya le ha echado las garras. ¿Usted cree que lo devolverá?

—Creo que sí —le aseguró la tía Kate, que parecía haberse convertido en gelatina—. Y si vuelve, ¿verdad que no nos dejarás, Rebecca?

—Lo pensaré —dijo Rebecca, como quien hace una tremenda concesión.

Al día siguiente la tía Chatty vino a casa con Ceniciento dentro de una cesta. Sorprendí la mirada que cruzó con la tía Kate cuando Rebecca ya se había llevado al gato a la cocina y había cerrado la puerta. ¡Me quedé de piedra! ¿Era todo una trama bien urdida por las viudas, con la ayuda y el consentimiento de Jane Edmonds?

Rebecca no ha vuelto a quejarse de Ceniciento ni una sola vez y se detecta en su voz una clara nota de victoria cuando lo llama a la hora de acostarse. ¡Suena como si quisiera que todo Summerside supiera que Ceniciento ha vuelto a su casa y ella ha ganado una vez más a las viudas!

Capítulo X

Una noche de marzo oscura y ventosa, cuando incluso las nubes que pasaban por el cielo parecían tener prisa, Ana subió con paso ligero el triple tramo de peldaños amplios y bajos, flanqueados por urnas de piedra y aún más pétreos leones, que llevaban a la imponente puerta principal de la Casa Tomgallon. Siempre que pasaba por allí después de oscurecer veía la casa lúgubre y sombría, con un leve parpadeo de luz en una o dos ventanas. Pero esa noche resplandecía de luz, hasta las alas laterales estaban encendidas, como si la señorita Minerva fuese a recibir a todo el pueblo. Semejante iluminación en su honor abrumó a Ana. Casi lamentó no haberse puesto su vestido de seda color crema.

Estaba encantadora de todos modos con el de gasa verde, y es posible que la señorita Minerva, que salió a recibirla al vestíbulo, así lo pensara, porque su expresión y su voz fueron de lo más cordiales. Vestía de terciopelo negro, con una peineta de diamantes en el pelo gris como el hierro recogido en un moño apretado y un enorme camafeo rodeado por una trenza de pelo de algún difunto Tomgallon. Su indumentaria era en conjunto anticuada, pero la señorita Minerva tenía un aire tan majestuoso que parecía intemporal como una reina.

—Bienvenida a la Casa Tomgallon, querida —dijo, tendiendo a Ana una mano huesuda y también llena de diamantes—. Me alegro mucho de que sea mi invitada.

—Yo también...

—La Casa Tomgallon fue siempre el centro de recreo de la belleza y la juventud en los viejos tiempos. Celebrábamos grandes fiestas e invitábamos a todas las personalidades que visitaban el pueblo —explicó la señorita Minerva, guiando a Ana por la escalinata cubierta por una alfombra de desvaído terciopelo rojo—. Pero todo ha cambiado. Ahora recibo muy pocas visitas. Soy la última de los Tomgallon. Y quizá para bien. Sobre nuestra familia, hija mía, *pesa una maldición.*

La señorita Minerva dio a sus palabras un tono de misterio y horror tan horripilante que Ana casi sintió un escalofrío. ¡La maldición de los Tomgallon! ¡Qué buen título para un relato!

—Por esta escalera se cayó mi bisabuelo y se desnucó, la noche de la fiesta de inauguración de su nueva residencia. La casa quedó consagrada por la sangre humana. Cayó ahí... —La señorita Minerva señaló con un dedo blanco hacia una piel de tigre en el vestíbulo, con tal dramatismo que Ana casi vio al difunto Tomgallon agonizando en ella. Lo cierto es que no sabía qué decir, así que respondió con un insulso: «¡Ah!».

La señorita Minerva la llevó por un largo pasillo forrado de retratos y de fotografías de ajada belleza, con la famosa vidriera al fondo, hasta un dormitorio de invitados, de techos altos y aire majestuoso. La cama alta, de castaño, con su enorme cabecero, tenía una colcha de seda tan maravillosa que a Ana le pareció un sacrilegio dejar ahí su abrigo y su sombrero.

—Tiene usted un pelo precioso, hija —observó la señorita Minerva con admiración—. Siempre me ha gustado el pelo rojo. Mi tía Lydia lo tenía así... fue la única Tomgallon pelirroja. Una noche, cuando se lo estaba cepillando en la habitación del ala norte, se le prendió fuego con la vela y salió gritando por el pasillo, envuelta en llamas. Todo es parte de la maldición, hija mía... todo es parte de la maldición.

—¿Y se...?

—No, no murió quemada, pero perdió toda su belleza. Era muy guapa y presumida. Desde esa noche no volvió a salir de casa hasta el día en que murió, y dejó dicho que llevaran el ataúd cerrado, para que nadie le viese la cara llena de cicatrices. ¿No se sienta para quitarse las botas, hija? Ahí tiene una butaca muy cómoda. Mi hermana murió en ella, de un infarto. Era viuda y volvió a vivir aquí cuando perdió a su marido. Su hijita se escaldó en la cocina con una olla de agua hirviendo. ¿No es una tragedia que una niña muriera así?

—¡Ah, qué...!

—Pero al menos sabemos *cómo* murió. Eliza, que era medio tía mía... o lo habría sido de haber vivido... sencillamente desapareció cuando tenía seis años. Nadie supo jamás qué fue de ella.

—Pero seguro que...

—La buscaron *por todas partes,* pero no la encontraron. Decían que su madre... la segunda mujer de mi abuelo... había sido muy cruel con una sobrina huérfana de él que vivía aquí. Una tarde de verano que hacía mucho calor, la encerró en el armario del pasillo y cuando por fin la dejó salir la encontró... *muerta.* Cuando su hija desapareció, algunos dijeron que ese fue su castigo. Pero yo creo que fue nuestra maldición.

—¿Quién...?

—¡Qué empeine tan alto tiene, hija! El mío también causaba admiración. Decían que podía pasar un arroyo por debajo: una prueba de aristocracia.

La señorita Minerva asomó recatadamente la zapatilla por debajo del vestido de terciopelo para enseñar un pie incuestionablemente bonito.

—Desde luego que...

—¿Le gustaría ver la casa antes de cenar, hija? Antes era el orgullo de Summerside. Supongo que todo está muy anticuado, pero puede que haya algunas cosas interesantes. Esa espada colgada encima de la escalera era de mi tatarabuelo, que fue oficial de la Armada Británica y recibió por sus servicios una finca en la Isla del Príncipe Eduardo. Nunca vivió en esta casa, pero mi tatarabuela sí pasó aquí unas pocas semanas. No sobrevivió mucho a la trágica muerte de su hijo.

La señorita Minerva enseñó a Ana sin piedad hasta el último palmo del enorme caserón lleno de grandes habitaciones, con su salón de baile, su invernadero, su sala de billar, sus tres salones, su sala de desayuno, un sinfín de dormitorios y un ático gigantesco. Todo era tan espléndido como triste.

—Estos eran mi tío Ronald y mi tío Reuben —explicó la señorita Minerva, señalando a dos respetables caballeros que se miraban con el ceño fruncido desde ambos lados de una chimenea—. Eran gemelos y se odiaron a muerte desde que nacieron. Hacían temblar la casa con sus peleas. Le amargaron la vida a su madre. Y en su última pelea, en esta misma sala, un día de tormenta, a Reuben lo mató un rayo. Ronald nunca se sobrepuso. Desde entonces fue un *hombre obsesionado*. Su mujer —añadió la señorita Minerva con aire evocador— se tragó su alianza de boda.

—Qué cosa tan...

—A Ronald le pareció un descuido mayúsculo y no quiso hacer nada. Un emético inmediato quizá hubiera... pero nunca volvió a saberse del anillo. A ella le estropeó la vida. Se sintió siempre *des*casada sin su alianza.

—Qué guapa...

—Ah, sí, esa era mi tía Emilia... Bueno, en realidad no era mi tía. Era la mujer del tío Alexander. Llamaba la atención por su aire espiritual, pero envenenó a su marido con un guiso de setas... en realidad eran matamoscas. Siempre fingimos que había sido un accidente, porque es muy desagradable tener un asesinato en una familia, pero todos sabíamos la verdad. Ella se había casado en contra de su voluntad. Era una chica muy alegre y él era demasiado mayor para ella. Diciembre y mayo, hija mía. Aun así, eso no justifica las matamoscas. Poco después empezó su decadencia. Están enterrados juntos, en Charlottetown: a todos los Tomgallon los entierran en Charlottetown. Esta era mi tía Louise. Bebió láudano. El médico le hizo vomitarlo y le salvó la vida, pero ya nunca pudimos confiar en ella. Fue un verdadero alivio que muriera respetablemente de neumonía. Por otro lado, algunos tampoco la culpábamos demasiado. Es que su marido le daba palizas, hija.

—¿Le daba palizas...?

—Exactamente. Hay cosas que un caballero no debería hacer jamás, y una de ellas es dar palizas a su mujer. Un cachete, todavía, pero una paliza,

¡jamás! —Y añadió con aire majestuoso—: ¡Me gustaría ver al hombre que se atreviera a darme una paliza a mí!

Ana pensó que a ella también le gustaría verlo. Cayó en la cuenta de que, al final, la imaginación también tenía sus límites. Por más que lo intentara no podía imaginarse a un marido dando una paliza a la señorita Minerva Tomgallon.

—Este es el salón de baile. Ahora nunca se usa, claro. Pero ¡la de bailes que ha habido aquí! Los bailes de los Tomgallon eran famosos. Venía gente de toda la isla. Esa lámpara de araña le costó a mi padre quinientos dólares. Mi tía-abuela Patience se cayó una noche muerta mientras bailaba... justo en esa esquina. Había sufrido mucho por un hombre que la decepcionó. No entiendo que una chica deje que un hombre le rompa el corazón. Los hombres —dijo la señorita Minerva mientras examinaba una fotografía de su padre, un hombre de patillas erizadas y nariz de halcón— siempre me han parecido seres de lo más *triviales*.

Capítulo XI

El comedor estaba en consonancia con el resto de la casa. Había en él otra araña impresionante, un espejo igual de impresionante sobre la chimenea, con moldura de oro, y una mesa maravillosamente preparada con plata, cristal y antigua porcelana de Crown Derby. La cena, servida por una criada vieja y adusta, fue abundante y riquísima, y el sano apetito juvenil de Ana supo hacerle justicia. La señorita Minerva se quedó un rato callada, pero Ana no se atrevía a decir nada, por miedo a desencadenar otra avalancha de tragedias. Luego, un gato grande de pelo negro y lustroso entró en el comedor y se sentó a los pies de su ama con un maullido ronco. La señorita Minerva llenó un platito de nata y se lo puso delante. Esto hizo que pareciese mucho más humana, y Ana perdió buena parte del temor que le inspiraba la última de los Tomgallon.

—Coma más melocotones, hija. No ha comido nada... nada de nada.

—Sí, señorita Tomgallon, he disfrutado...

—Los Tomgallon siempre ponían una buena mesa —observó la anfitriona con satisfacción—. Mi tía Sophia hacía el mejor bizcocho esponjoso que he probado nunca. Creo que la única persona a la que mi padre no soportaba ver en nuestra casa era su hermana Mary, porque tenía muy poco apetito. Solo picoteaba y probaba un poquitín. Él se lo tomaba como un insulto personal. Mi padre era un hombre muy rencoroso. Nunca le perdonó a mi hermano Richard que se casara en contra de su voluntad. Lo echó de casa y no le permitió volver jamás. Siempre rezaba el padrenuestro por las mañanas, cuando la familia se reunía para la oración, pero desde que Richard lo desobedeció se saltaba la parte de: «Perdona nuestras ofensas, así como nosotros perdonamos a quienes nos ofenden». Lo estoy viendo ahora mismo —añadió con aire soñador— ahí arrodillado y omitiendo esa parte.

Después de cenar pasaron al más pequeño de los tres salones, que aun así seguía siendo muy grande y desangelado, y disfrutaron de la velada junto a la enorme chimenea, al calor de un fuego más que amable y cordial. Ana se dedicó a su complicado tapete de croché mientras la señorita Minerva tejía una manta afgana y hablaba prácticamente sola, soltando un monólogo compuesto en gran medida de pintorescas y escabrosas anécdotas de los Tomgallon.

—Esta casa está llena de recuerdos trágicos, hija mía.

—¿Nunca pasó *nada* agradable en esta casa, señorita Tomgallon? —preguntó Ana, que de pura chiripa consiguió completar una frase. Su compañera había tenido que callarse para sonarse la nariz.

—Sí, supongo que sí —asintió, como si le fastidiara reconocerlo—. Sí, por supuesto que pasamos aquí buenos momentos cuando yo era pequeña. Me han dicho que está escribiendo usted un libro en el que habla de todo Summerside.

—Pues no... no es verdad...

—¡Ah! —La señorita Minerva mostró su decepción a las claras—. Bueno, si alguna vez lo escribe, tiene usted libertad para contar nuestra historia como quiera, a lo mejor cambiando los nombres. ¿Qué le parece si jugamos una partida de parchís?

—Me temo que va siendo hora de que me vaya.

—No, hija, no puede volver a casa esta noche. Está diluviando... y escuche el viento. Ya no tengo carruaje... Apenas lo necesito... y no puede usted hacer un kilómetro con este aguacero. Se queda a pasar la noche.

Ana no estaba segura de querer pasar la noche en la Casa Tomgallon. Pero tampoco le apetecía volver a casa andando con aquel chaparrón de marzo. Y así jugaron su partida de parchís... con tanto interés por parte de la señorita Minerva que se olvidó de contar más horrores... Luego tomaron un «piscolabis» antes de irse a la cama: una tostada de canela y un cacao servido en un juego de porcelana maravillosamente delicado y precioso.

Por fin la señorita Minerva llevó a Ana a una habitación de invitados que, afortunadamente, no era la misma en la que la hermana de la anfitriona había muerto de un infarto.

—Este era el dormitorio de la tía Annabella —explicó mientras apagaba el gas y encendía las velas en sus candelabros de plata, sobre un tocador verde muy bonito—. Matthew Tomgallon provocó una explosión de gas una noche... y adiós Matthew Tomgallon. Annabella era la más guapa de todas las Tomgallon. Ese retrato de encima del espejo es el suyo. ¿Ve usted qué boca tan orgullosa tenía? Fue ella quien hizo esa colcha tan extravagante de la cama. Espero que esté usted cómoda, hija. Mary ha aireado la cama y ha puesto dentro dos ladrillos calientes. Y también ha aireado este camisón para usted... —Señaló una amplia prenda de franela colgada sobre el respaldo de una silla que desprendía un fuerte olor a alcanfor—. Espero que le valga. No se lo ha puesto nadie desde que murió mi madre con él. Ah, casi se me olvida... —Se volvió hacia la puerta—: Este es el dormitorio en el que resucitó Oscar Tomgallon dos días después de morir. *No lo querían vivo, ¿sabe usted?: esa* fue la tragedia. Espero que duerma bien, hija.

Ana no sabía si podría dormir o no. De repente notó algo extraño y desconocido en la habitación... algo ligeramente hostil. Pero ¿no hay algo extraño en cualquier dormitorio ocupado por sucesivas generaciones? La muerte ha merodeado por allí... el amor ha florecido allí... ha presenciado partos... tantas pasiones... tantas esperanzas. Está lleno de espectros.

Era una casa verdaderamente aterradora, poblada por los fantasmas de odios mortales y corazones desgarrados; repleta de oscuros sucesos que jamás salieron a la luz y seguían acechando en sus rincones y escondites.

Demasiadas mujeres habían llorado entre aquellas paredes. El gemido del viento entre las píceas, junto a la ventana, resultaba espeluznante. Por unos instantes, a Ana le apeteció salir de ahí corriendo, con tormenta o sin ella.

Al cabo de un rato se armó de valor y apeló a su sentido común. Si en un lejano y aciago pasado habían ocurrido allí cosas trágicas y aterradoras, seguro que también habían ocurrido cosas preciosas y divertidas. Allí habían bailado muchachas guapas y alegres y se habían contado sus encantadores secretos; allí habían nacido bebés regordetes; allí había habido bodas y bailes y música y risa. La señora que hacía el bizcocho esponjoso debió de ser una mujer feliz, y Richard, a quien nunca perdonaron, un galante enamorado.

«Pensaré en estas cosas y me iré a la cama. ¡Qué colcha! A lo mejor mañana me he vuelto tan rimbombante como ella. ¡Y estoy en una habitación de invitados! Nunca me olvido de la ilusión que me hacía de pequeña dormir en cualquier habitación de invitados».

Ana se soltó y cepilló el pelo delante de las narices de Annabella Tomgallon, que la observaba con una mezcla de orgullo, vanidad y algo de la insolencia de una gran belleza. Se miró en el espejo con un leve escalofrío. ¿Qué rostros la estarían contemplando desde allí? Todas las trágicas y desgraciadas mujeres que se habían mirado en él, quizá. Abrió con valentía la puerta del armario, casi como si esperase ver salir un montón de esqueletos, y colgó su vestido. Se sentó tranquilamente a descalzarse en una silla rígida con pinta de sentirse insultada si alguien la utilizaba. Después se puso el camisón de franela, apagó las velas de un soplido y se metió en la cama, calentita con los ladrillos de Mary. La lluvia en los cristales y el aullido del viento en los aleros le impidieron dormir hasta pasado un rato. Por fin cayó en una duermevela en la que se olvidó de todas las tragedias de los Tomgallon hasta que abrió los ojos y vio las ramas oscuras de los abetos contra el fondo rojo del amanecer.

—He disfrutado mucho, hija —dijo la señorita Minerva al despedirse de Ana después del desayuno—. ¿Verdad que ha sido una visita muy alegre? Aunque como hace tanto tiempo que vivo sola ya casi me he olvidado de hablar. Y no hace falta que diga que es un placer conocer a una joven verdaderamente educada y encantadora en estos tiempos tan frívolos. Ayer no se lo dije, pero era mi cumpleaños, y es muy agradable ver un poco de juventud en la casa. Ya nadie se acuerda de mi cumpleaños... —añadió, con un leve suspiro— con la de gente que había antes.

—Bueno, supongo que te habrá contado una historia de lo más macabra —dijo la tía Chatty esa noche.

—¿De verdad ocurrieron las cosas que me contó Minerva, tía Chatty?

—Pues lo raro es que sí. Es curioso, señorita Shirley, pero a los Tomgallon les pasaron un montón de cosas horribles.

—No creo que fueran muchas más de las que ocurrieron en cualquier otra gran familia a lo largo de seis generaciones —señaló la tía Kate.

—Pues yo creo que sí. Es verdad que parecían malditos. Muchos murieron de repente, o de muerte violenta. Desde luego hay una veta de locura en esa familia... como todo el mundo sabe. Eso ya era suficiente maldición... pero he oído contar una vieja historia... no recuerdo bien los detalles... Dicen que el carpintero que construyó la casa la maldijo. Por cosas del contrato... Paul Tomgallon se lo hizo cumplir a rajatabla y lo arruinó, porque la casa costó mucho más de lo que había calculado.

—La señorita Minerva parece muy orgullosa de la maldición —dijo Ana.

—La pobrecilla es lo único que tiene —recordó Rebecca Dew.

Ana sonrió al ver que alguien llamaba pobrecilla a la majestuosa señorita Minerva, pero luego subió a su habitación de la torre para escribir a Gilbert:

«Creía que la Casa Tomgallon era un sitio viejo y somnoliento donde jamás pasaba nada. Bueno, puede que ahora no pase nada pero es evidente que ha pasado. La pequeña Elizabeth siempre está hablando del Mañana. La Casa Tomgallon, sin embargo, es el Ayer. Me alegro de no vivir en el Ayer... de que el Mañana siga siendo un amigo.

»Por supuesto, creo que a la señorita Minerva le gusta ser el centro de atención, como a todos los Tomgallon, y no se cansa de disfrutar de sus tragedias. Son para ella lo que el marido y los hijos para otras mujeres. Pero, ay, Gilbert, aunque nos vayamos haciendo mayores con el paso de los años, no pensemos que en la vida *todo* es tragedia y no nos regodeemos en ello. Creo que no soportaría vivir en una casa de ciento veinte años. Espero que cuando encontremos la casa de nuestros sueños sea nueva, sin fantasmas ni tradiciones, o, si eso no es posible, que al menos haya sido el hogar de personas razonablemente felices. Nunca olvidaré mi noche en la Casa Tomgallon. Además, por una vez en la vida, he conocido a una persona que habla más que yo».

Capítulo XII

La pequeña Elizabeth Grayson había nacido con la esperanza de que ocurrieran cosas. Que rara vez ocurrieran, bajo la vigilante mirada de su abuela y la Mujer, nunca sirvió para estimular sus expectativas en absoluto. Simplemente, las cosas estaban destinadas a ocurrir en algún momento... si no era hoy, sería mañana.

Cuando la señorita Shirley vino a vivir a Los Álamos Ventosos, Elizabeth sintió que el Mañana tenía que estar al alcance de la mano, y su visita a Tejas Verdes había sido una especie de muestra. Pero este mes de junio del tercer y último curso de la señorita Shirley en el Instituto Summerside, la niña tenía el alma por los suelos, como las preciosas botas de botones que su abuela le compraba siempre. A Elizabeth le traían sin cuidado las botas de botones si no le permitían recorrer el camino de la libertad. Y ahora su adorada señorita Shirley se alejaría de ella para siempre. Se marcharía de Summerside a finales de junio para volver a su maravilloso Tejas Verdes. La niña no soportaba siquiera pensarlo. Daba igual que la señorita Shirley le hubiera prometido llevarla a pasar el verano con ella antes de casarse. La pequeña Elizabeth sabía que su abuela no le permitiría volver. Sabía que a su abuela en el fondo nunca le había gustado su intimidad con la señorita Shirley.

—Será el final de todo, señorita Shirley —sollozó.

—No pierdas la esperanza, cariño, que solo es el comienzo de algo nuevo —dijo Ana alegremente. Pero ella también estaba desanimada. No había tenido respuesta del padre de Elizabeth. O no había recibido la carta o no le interesaba su hija. Y si no le interesaba, ¿qué iba a ser de Elizabeth? Ya había tenido una infancia difícil, pero ¿cómo sería su vida más adelante?

—Esas dos viejas la seguirán mangoneando hasta que se muera —había vaticinado Rebecca Dew. Y Ana pensó que había en sus palabras más verdad que elegancia.

Elizabeth sabía que la «mangoneaban». Y le molestaba especialmente el mangoneo de la Mujer. Tampoco le gustaba el de su abuela, por supuesto, aunque reconocía de mala gana que tal vez una abuela tuviera cierto derecho a mangonearte. Pero ¿qué derecho tenía la Mujer? Elizabeth siempre había querido preguntarle qué derecho tenía. Se lo preguntaría, algún día... cuando llegase el Mañana. ¡Y cuánto iba a disfrutar al ver la cara que ponía!

La abuela nunca dejaba a la pequeña Elizabeth salir sola... por miedo, según ella, a que la raptaran los gitanos. Habían raptado a un niño hacía cuarenta años. Los gitanos muy rara vez venían ahora a la isla, y Elizabeth pensaba que era una simple excusa. Además, ¿por qué le preocupaba a su abuela que la raptaran o no? Sabía que su abuela y la Mujer no la querían nada de nada. Si podían evitarlo, ni siquiera se referían a ella por su nombre cuando hablaban de ella. Siempre decían «la niña». ¡Qué rabia le daba a ella que la llamaran «la niña», como quien dice «el perro» o «el gato», si es que tuvieran uno. Pero un día que Elizabeth se atrevió a protestar, la abuela puso cara de enfado y la castigó por impertinente, y la Mujer parecía contentísima. No entendía por qué la odiaba la Mujer. ¿Cómo se podía odiar a una niña pequeña? ¿Sería odiosa? Elizabeth no sabía que la madre que perdió la vida dándosela a ella era el mayor tesoro de aquella vieja amargada, aunque de haberlo sabido tampoco habría entendido las formas perversas que puede cobrar el amor.

La pequeña Elizabeth aborrecía la casa lujosa y oscura en la que todo la miraba como a una extraña, a pesar de que había vivido allí toda su vida. Pero cuando la señorita Shirley llegó a Los Álamos Ventosos, todo había cambiado por arte de magia. Desde entonces, la pequeña Elizabeth vivía en un mundo romántico. En todas partes veía belleza. Afortunadamente, la abuela y la Mujer no podían impedirle ver, aunque no le cabía la menor duda de que se lo impedirían si pudieran. Los breves paseos por la carretera del puerto, en la magia roja del atardecer, que muy rara vez le permitían compartir con la señorita Shirley eran lo que daba color a su vida sombría. Le encantaba todo lo que veían sus ojos: el faro a lo lejos, pintado de un rojo extraño con anillos blancos... la costa en la distancia, vagamente azulada... las olas pequeñas, de un color azul plata... las luces temblorosas que brillaban en el crepúsculo violeta... todo le fascinaba tanto que le dolía. ¡Y el puerto, con sus islas brumosas y sus atardeceres incandescentes! Elizabeth subía siempre a una ventana de la buhardilla a contemplarlos entre las copas de los árboles... y veía zarpar los barcos cuando salía la luna. Barcos que regresaban... barcos que nunca regresaban. Soñaba con marcharse en uno de ellos... rumbo a la Isla de la Felicidad. Allí se quedaban los barcos que nunca regresaban, donde siempre era Mañana.

La misteriosa carretera roja se extendía interminablemente, y sus pies anhelaban recorrerla. ¿Adónde llevaría? A veces Elizabeth creía que iba a estallar si no lo averiguaba. Cuando por fin llegase el Mañana echaría a andar por esa carretera, y tal vez encontrase una isla toda suya en la que vivir solo con la señorita Shirley y adonde la abuela y la Mujer nunca pudieran llegar. Las dos odiaban el agua y no pondrían el pie en un barco por nada del mundo. A la pequeña Elizabeth le gustaba imaginarse que las veía desde su isla y se burlaba de ellas al ver la rabia inútil con que la observaban desde la orilla del continente.

—Esto es el Mañana —les decía para chincharlas—. Ya no podéis atraparme. Vosotras estáis en el Hoy.

¡Qué divertido sería! ¡Qué gusto le daría ver la cara de la Mujer!

Pero una tarde, a finales de junio, ocurrió algo increíble. La señorita Shirley le contó a la señora Campbell que tenía que hacer un recado en la Nube Voladora, donde iba a visitar a una tal señora Thompson, encargada de la comisión de refrigerios de la Sociedad de Ayuda, y le pidió llevarse a Elizabeth con ella. La abuela aceptó con su acritud habitual. Elizabeth, que no tenía la menor idea del horror que inspiraba a los Pringle cierta información que obraba en poder de la señorita Shirley, ni siquiera entendía por qué aceptaba... pero el caso es que había dicho que sí.

—Iremos hasta la bocana del puerto —le susurró Ana— después de hacer el recado en la Nube Voladora.

La pequeña Elizabeth se fue a la cama en tal estado de emoción que no contaba con pegar ojo. Por fin iba a responder a esa llamada del camino que la fascinaba desde hacía tanto tiempo. A pesar de la emoción, cumplió a conciencia con su pequeño ritual nocturno. Dejó la ropa doblada, se lavó los dientes y se cepilló el pelo dorado. Creía que tenía un pelo muy bonito, aunque no tan precioso como el de la señorita Shirley, rojizo y dorado, con esas ondas y esos mechones sueltos alrededor de las orejas. Habría dado cualquier cosa por tener el pelo de la señorita Shirley.

Antes de acostarse, Elizabeth abrió un cajón del escritorio alto, negro y lustroso, y sacó una fotografía escondida con cuidado entre un montón de pañuelos: una fotografía de la señorita Shirley que había recortado de una edición especial del *Weekly Courier,* en la que aparecían los profesores del instituto.

—Buenas noches, queridísima señorita Shirley. —Besó la foto y volvió a dejarla en su escondite. Luego subió a la cama y se acomodó debajo de las mantas, porque la noche de junio era fresquita y la brisa del puerto exploradora. En realidad, esta noche soplaba algo más que brisa. Se oían silbidos, golpes, sacudidas y porrazos, y Elizabeth sabía que las aguas del puerto estarían revueltas a la luz de la luna. ¡Qué divertido sería bajar a escondidas hasta el puerto a la luz de la luna! Pero esas cosas solo se podían hacer en el Mañana.

¿Dónde estaría la Nube Voladora? ¡Qué nombre! También parecía sacado del Mañana. Era desquiciante estar tan cerca del Mañana y no poder llegar. ¿Y si el viento traía lluvia para el día siguiente? Sabía que si llovía no la dejarían ir a ninguna parte.

Se sentó en la cama y juntó las manos.

—Querido Dios —dijo—. No me gusta entrometerme, pero ¿*podrías* hacer que mañana haga buen día? *Por favor,* querido Dios.

La tarde siguiente resultó ser gloriosa. La pequeña Elizabeth se sentía como si se hubiera librado de unos grilletes invisibles cuando salió con la señorita Shirley de aquella casa de tristeza. Aspiró una enorme bocanada de libertad, a pesar de que la Mujer las miraba con mal gesto a través del cristal rojo de la imponente puerta principal. ¡Qué divino era recorrer el precioso mundo con la señorita Shirley! Siempre era fabuloso estar a solas con ella. ¿Qué haría cuando la señorita Shirley se hubiera marchado? Apartó enérgicamente este pensamiento. No quería estropear el día pensando en esas cosas. Quizá... aunque era un gran quizá... la señorita Shirley y ella llegasen al Mañana esa misma tarde y no volvieran a separarse nunca. La pequeña Elizabeth solo quería acercarse tranquilamente a ese resplandor azulado del fin del mundo, empaparse de la belleza que la rodeaba. Cada vuelta y recodo del camino revelaba nuevos encantos, y era aquel un camino lleno de vueltas y recodos, pues seguía el curso sinuoso de un riachuelo que surgía como de la nada.

A ambos lados había campos de trébol y botones de oro por los que revoloteaban las abejas. De vez en cuando cruzaban una vía láctea de margaritas. A lo lejos, el estrecho se reía de ellas con sus olas de crestas plateadas. El puerto era un velo de seda líquida. A Elizabeth le gustaba más así que cuando parecía de raso azul claro. Aspiraron el viento. Era un viento muy amable, que ronroneaba a su alrededor y las animaba a seguir adelante.

—¿Verdad que es bonito pasear con este viento? —dijo Elizabeth.

—Un viento suave, amable y perfumado —asintió Ana, más para sí misma que para su compañera—. Antes creía que este viento era el mistral. El mistral me sonaba así. ¡Qué decepción me llevé al descubrir que era un viento brusco y desapacible!

Elizabeth no lo entendió del todo... nunca había oído hablar del mistral, pero la música de esa voz tan querida era más que suficiente para ella. Incluso el cielo estaba contento. Un marinero con zarcillos de oro en las orejas... un personaje típico del Mañana... les sonrió al pasar a su lado. Elizabeth se acordó de un versículo que había aprendido en catequesis: «Las colinas se visten de alegría». ¿Quien escribió ese salmo había visto alguna vez colinas azuladas como estas que rodeaban el puerto?

—Creo que este camino lleva derecho a Dios —dijo, con aire soñador.

—Quizá —contestó Ana—. Quizá todos los caminos lleven a él, Elizabeth. Justo aquí nos desviamos. Tenemos que ir a esa isla: eso es la Nube Voladora.

La Nube Voladora era un islote largo y estrecho tendido a medio kilómetro de la costa. Estaba tapizado de árboles y en él había una casa. La pequeña Elizabeth siempre había soñado con tener su propia isla, con una bahía de arena plateada.

—¿Cómo vamos a llegar?

—Iremos remando en esta barca —explicó la señorita Shirley mientras sacaba los remos de una barquilla amarrada a un árbol inclinado.

La señorita Shirley sabía remar. ¿Había algo que no supiera hacer? La isla resultó ser un sitio fascinante, en el que podría ocurrir cualquier cosa. Naturalmente, era una isla del Mañana. Islas como aquella solo existían en el Mañana. No tenían ni arte ni parte en el monótono Hoy.

La criada jovencita que les abrió la puerta le dijo a Ana que encontraría a la señora Thompson en la otra punta de la isla, cosechando fresas silvestres. ¡Una isla en la que crecían fresas silvestres!

Ana se fue a buscar a la señora Thompson, no sin antes preguntar si Elizabeth podía esperarla en la sala de estar. Pensó que la niña, que no estaba acostumbrada a una caminata tan larga, necesitaba reposar. Elizabeth no lo creía, pero hasta el más mínimo deseo de la señorita Shirley era sagrado para ella.

Era una sala de estar preciosa, con flores por todas partes y las ventanas abiertas a las caprichosas brisas marinas. A Elizabeth le gustó el espejo que había sobre la chimenea, en el que se reflejaba toda la habitación; incluso se veía por la ventana un trozo del puerto, del monte y del estrecho.

De repente entró un hombre. Por un momento, Elizabeth sintió angustia y pánico. ¿Sería un gitano? No se correspondía con su idea de un gitano, aunque nunca había visto ninguno, claro. Podría ser un... y con un súbito fogonazo de intuición Elizabeth decidió que no le preocupaba que pudiera raptarla. Le gustaron sus ojos arrugados, de color avellana, su pelo castaño y revuelto, su mentón cuadrado y su sonrisa. Porque estaba sonriendo.

—¿Quién eres? —preguntó.

—Soy... soy yo —tartamudeó Elizabeth, todavía algo asustada.

—Ah, claro... tú. Supongo que has salido del mar... y has subido entre las dunas... Ningún ser mortal conoce tu nombre.

La niña sintió que el desconocido se burlaba un poco de ella. Pero no le dio importancia. De hecho, le gustó. Aun así, respondió con cierto remilgo.

—Soy Elizabeth Grayson.

Hubo un silencio... un silencio muy extraño. El desconocido la miró unos momentos sin decir nada. Luego le pidió con cortesía que se sentara.

—Estoy esperando a la señorita Shirley —explicó la niña—. Ha ido a ver a la señora Thompson, por la cena de la Sociedad de Ayuda. Cuando vuelva nos iremos al fin del mundo.

«¡Por si se te había pasado por la cabeza raptarme, señor Desconocido!»

—Claro. Pero, mientras, puedes ponerte cómoda. Yo te haré los honores. ¿Qué te gustaría a modo de tentempié? Seguro que el recadero de la señora Thompson ha traído algo.

Elizabeth tomó asiento. Se sentía curiosamente feliz, como en casa.

—¿Puedo tomar lo que quiera?

—Por supuesto.

—Pues me gustaría un helado con mermelada de fresa.

El hombre tocó una campanilla y dio una orden. Sí, esto tiene que ser el Mañana: no cabe duda. El helado y la mermelada de fresa no aparecían por arte de magia en el Hoy, con o sin recaderos.

—Guardaremos un poco para tu señorita Shirley —dijo el desconocido.

Ya eran buenos amigos. El desconocido no era muy hablador, pero miraba a Elizabeth muy a menudo. Había en su rostro una expresión de ternura... una ternura que ella nunca había visto, ni siquiera en la señorita Shirley. Tenía la sensación de haberle caído bien. Y él también le caía bien.

Al cabo de un rato, el desconocido miró por la ventana y se levantó.

—Creo que tengo que irme. Tu señorita Shirley ya viene por el jardín, así que no estarás sola.

—¿No se queda para ver a la señorita Shirley? —preguntó Elizabeth, lameteando la cuchara para aprovechar los últimos restos de mermelada. La abuela y la Mujer se habrían muerto del horror si la hubieran visto.

—Esta vez no.

Elizabeth vio que el desconocido no tenía la más mínima intención de raptarla y sintió una extrañísima e inexplicable decepción.

—Adiós y gracias —dijo con cortesía—. Es muy bonito estar aquí, en el Mañana.

—¿El Mañana?

—Esto es el Mañana —explicó la niña—. Siempre he querido llegar al Mañana y por fin lo he conseguido.

—Ah, ya veo. Pues lamento decir que a mí no me interesa demasiado el Mañana. Me gustaría volver al Ayer.

A Elizabeth le dio lástima. Pero ¿cómo podía ser infeliz? ¿Cómo podía ser infeliz alguien que vivía en el Mañana?

Contempló con añoranza la Nube Voladora mientras se alejaban en la barca. Ya en tierra, justo cuando se abrían camino entre las píceas que bordeaban la costa volvió a mirar atrás para despedirse. Una reata de caballos que tiraban de una vagoneta salió de una curva a toda velocidad, evidentemente fuera de control.

Elizabeth oyó gritar a la señorita Shirley...

Capítulo XIII

La habitación daba vueltas a su alrededor. Los muebles cabeceaban y se reían. La cama... ¿por qué estaba en la cama? Alguien con una cofia blanca acababa de salir por la puerta. ¿Qué puerta? ¡Qué sensación tan rara en la cabeza! Se oían voces en alguna parte... voces bajas. No veía a quienes hablaban, pero algo le dijo que eran la señorita Shirley y el desconocido.

¿Qué decían? Le llegaban frases sueltas entre una confusión de murmullos.

—¿De verdad es usted...? —La señorita Shirley parecía muy nerviosa.

—Sí... su carta... verla... antes de ir a casa de la señora Campbell... La Nube Voladora es la casa de verano de nuestro director general...

¡Ojalá se estuviera quieta la habitación! Qué manera tan rara de comportarse las cosas en el Mañana. Ojalá pudiera volver la cabeza y ver a quienes hablaban... Elizabeth dio un largo suspiro.

Entonces se acercaron a la cama: eran la señorita Shirley y el desconocido. Ella alta y blanca como un lirio, como si acabara de vivir una experiencia aterradora, pero con una especie de resplandor interior... un resplandor que parecía parte de la luz dorada del atardecer que de pronto inundó la habitación. El desconocido miraba a Elizabeth sonriendo. Ella se dio cuenta de que la quería mucho y que había entre los dos un secreto dulce y cariño-so que descubriría en cuanto aprendiera el idioma del Mañana.

—¿Te encuentras mejor, cariño? —preguntó la señorita Shirley.

—¿He estado enferma?

—Te arrolló una reata de caballos desbocados en la carretera —explicó Ana—. No pude reaccionar a tiempo. Creí que habías muerto. Te traje aquí otra vez en la barca y tu... este señor llamó por teléfono a un médico y una enfermera.

—¿Me voy a morir?

—Claro que no, cariño. Solo estabas inconsciente y pronto te pondrás bien. Y, Elizabeth, cariño, este señor es tu padre.

—Mi padre está en Francia. ¿Yo también estoy en Francia? —A la niña no le habría sorprendido. ¿No estaba en el Mañana? Además, todo seguía temblando un poco.

—Tu padre está aquí, mi cielo. —¡Qué voz tan deliciosa tenía! Solo por esa voz se hacía querer. Se inclinó y le dio un beso—. He venido a buscarte. Nunca volveremos a separarnos.

La mujer de la cofia blanca se acercaba de nuevo. Por algún motivo, Elizabeth supo que tenía que decir lo que quería decir ahora, antes de que ella entrara.

—¿Viviremos juntos?

—Siempre —dijo su padre.

—¿Y vivirán con nosotros la abuela y la Mujer?

—No.

La luz dorada del atardecer empezaba a extinguirse y la enfermera la miraba con reproche. Pero a Elizabeth le traía sin cuidado.

—He encontrado el Mañana —dijo, cuando la enfermera pidió a su padre y a la señorita Shirley que salieran.

—He encontrado un tesoro que no sabía que era mío —dijo su padre, cuando la enfermera cerró la puerta—. Y nunca podré agradecerle lo suficiente que me enviara esa carta, señorita Shirley.

«Y así —le contaba Ana a Gilbert esa noche en su carta— el misterioso camino de Elizabeth la ha llevado a la felicidad y al fin de su antiguo mundo».

Capítulo XIV

Los Álamos Ventosos
Callejón de los Espíritus
(Por última vez)

27 de junio

Cariño:

He llegado a otro recodo del camino. Te he escrito muchas cartas en esta vieja habitación de la torre a lo largo de estos tres últimos años. Supongo que esta es la última que te escriba en mucho mucho tiempo. Porque ya no habrá necesidad de más cartas. Dentro de unas semanas seremos el uno para el otro eternamente... estaremos juntos. Imagínatelo... estar juntos... charlar, pasear, comer, soñar, planear juntos... compartir los momentos maravillosos del otro... convertir la casa de nuestros sueños en un hogar. ¡Nuestra casa! ¿Verdad que suena «maravilloso y místico», Gilbert? Llevo toda la vida construyendo casas de ensueño y por fin una va a convertirse en realidad. ¿Y con quién quiero compartir la casa de mis sueños...? Bueno, eso te lo diré el año que viene a las cuatro en punto.

Tres años parecían interminables al principio, Gilbert. Y ya han pasado, como una guardia nocturna. Han sido años muy felices... salvo esos primeros meses con los Pringle. Después, todo ha fluido como un apacible río dorado. Y mi antigua rivalidad con los Pringle ahora parece un sueño. Les gusto tal como soy: se han olvidado de que antes me odiaban. Cora Pringle, una de las viudas de la familia, me trajo ayer un ramo de rosas con una nota que decía: «Para la profesora más dulce del mundo entero». ¿Quién se lo iba a imaginar de una Pringle?

Jen está disgustadísima porque me voy. Seguiré su carrera con interés. Es brillante y de lo más impredecible. De una cosa estoy segura: no tendrá una vida corriente. No en vano se parece tanto a Becky Sharp.

Lewis Allen se marcha a McGill. Sophy Sinclair se va a Queen's. Luego piensa ser maestra hasta que ahorre lo suficiente para ir a la Escuela de Arte Dramático en Kingsport. La «presentación en sociedad» de Myra Pringle será en otoño. Es tan guapa que da igual que no reconozca un participio si se lo encuentra por la calle.

Y ya no hay una vecinita al otro lado de la puerta medio escondida entre la parra. La pequeña Elizabeth se ha marchado para siempre de esa casa sin sol: se ha ido a su Mañana. Si me quedara en Summerside, me daría muchísima pena y la echaría de menos. Pero, como no es así, estoy contenta. Pierce Grayson se la ha llevado con él. No ha vuelto a París: a partir de ahora vivirá en Boston. Elizabeth lloró a mares cuando nos despedimos, pero está tan feliz con su padre que estoy segura de que pronto se le secarán las lágrimas. La señora Campbell y la Mujer se lo tomaron todo muy mal y me echaron a mí toda culpa... yo lo acepté con alegría y sin arrepentimiento.

—Aquí vive muy bien —señaló la señora Campbell con aire majestuoso.

«Nunca ha oído una sola palabra de afecto», pensé, aunque no lo dije.

—Creo que ahora siempre seré Betty, querida señorita Shirley —fueron las últimas palabras de Elizabeth—. Menos cuando la eche de menos: entonces seré Lizzie.

—Ni se te ocurra ser Lizzie, pase lo que pase —le advertí.

Estuvimos lanzándonos besos hasta que nos perdimos de vista y volví a mi torre con los ojos llenos de lágrimas. Qué niña tan dulce y tan preciosa. Siempre me pareció como un arpa de viento, tan sensible al más mínimo soplo de afecto que encontrara en su camino. Ha sido una aventura ser su amiga. Espero que Pierce Grayson sepa ver que tiene una hija maravillosa... creo que lo sabe. Parecía muy agradecido y arrepentido.

—No me daba cuenta de que ya no era una niña —dijo—, y tampoco de que vivía en un ambiente hostil. Mil gracias por todo lo que ha hecho por ella.

Enmarqué nuestro mapa del mundo de las hadas y se lo di a Elizabeth, de recuerdo.

Me da pena irme de Los Álamos Ventosos. Es verdad que estoy un poco cansada de vivir en un cuarto pequeño, pero me encantaba estar aquí... me encantaban las horas frías de la mañana en mi ventana... me encantaba mi cama, a la que tenía que trepar todas las noches... me encantaba mi cojín azul en forma de rosquilla... me encantaban todos los vientos. Me temo que no volveré a ser tan amiga de los vientos en ninguna parte como lo he sido aquí. ¿Y volveré a tener una habitación desde la que vea tanto el amanecer como el atardecer?

Me despido de Los Álamos Ventosos y de los años que he pasado aquí. Y he sido fiel a mi promesa. Nunca le he revelado a la tía Kate el escondite de la tía Chatty, ni el secreto del suero de leche de las dos a nadie.

Creo que todas sienten que me marche... y me alegro. Sería horrible ver que se alegran de que me vaya... o pensar que no me echarán un poquito de menos cuando no esté. Rebecca Dew lleva una semana preparando todos mis platos favoritos... Hasta ha usado diez huevos para hacer *dos* bizcochos de ángel... y lo ha servido en la porcelana de los «invitados». Y los dulces ojos castaños de la tía Chatty se llenan de lágrimas cada vez que menciono que me voy. Hasta Ceniciento parece que me mira con reproche cuando se sienta apoyado en las patitas traseras.

La semana pasada recibí una larga carta de Katherine. Tiene un don para escribir cartas. Ha encontrado trabajo de secretaria personal de un parlamentario que es un trotamundos. ¡Qué expresión tan fascinante: trotamundos! Una persona que dice: «Vamos a Egipto», como quien dice: «Vamos a Charlottetown». ¡Y allá va! A Katherine le gustará mucho esa vida.

Sigue empeñada en atribuirme todo su cambio de actitud y perspectivas. «Ojalá pudiera decirle lo que ha aportado a mi vida», me escribía. Supongo que la ayudé. Y al principio no fue fácil. Nunca decía nada que no fuera hiriente y reaccionaba a todas mis propuestas sobre el trabajo en el centro con la condescendencia de quien da la razón a un loco. Pero me he olvidado de esas cosas. Todo venía de su secreta amargura por la vida.

Todo el mundo me está invitando a cenar... incluso Pauline Gibson. La señora Gibson murió hace unos meses, por eso Pauline se ha atrevido a invitarme. Y he vuelto a cenar en la Casa Tomgallon con la señorita Minerva: una cena del mismo estilo y la misma conversación unilateral. Pero lo pasé muy bien y disfruté de la deliciosa comida que me ofreció la señorita Minerva, y ella disfrutó contándome más tragedias. No podía disimular la lástima que le inspira todo aquel que no sea un Tomgallon, aunque me hizo varios cumplidos muy agradables y me regaló un anillo precioso, con una aguamarina engastada... parece un rayo de luna azul y verde... que le regaló su padre al cumplir los dieciocho años... «Cuando era tan joven y guapa, hija... muy guapa. Supongo que ahora puedo decirlo.» Me alegré de que fuera suyo y no de la mujer del tío Alexander. Estoy segura de que si hubiera sido de esa mujer no podría ponérmelo. Es muy bonito. Las piedras marinas tienen un misterioso encanto.

La Casa Tomgallon es magnífica, especialmente ahora que todo está frondoso y en flor. Pero yo no cambiaría la casa de mis sueños, que de momento no he encontrado, por los terrenos y la Casa Tomgallon, llena de fantasmas.

No, aunque no estaría mal tener en casa un fantasma simpático y aristocrático. Mi única queja del Callejón de los Espíritus es que aquí no hay espíritus.

Ayer fui a dar un último paseo por mi querido cementerio... Di una vuelta completa, pensando si Herbert Pringle se echaría a reír de vez en cuando en su tumba. Y esta noche me despido de mi querido Rey de la Tormenta, con el resplandor del atardecer entre sus ramas, y de mi vallecito sinuoso y rebosante de crepúsculo.

Estoy un pelín cansada después de un mes de exámenes, despedidas y «últimas cosas». Cuando vuelva a Tejas Verdes voy a pasarme una semana holgazaneando, sin hacer absolutamente nada más que correr en libertad entre el verdor y la belleza del verano. Iré a soñar a la Burbuja de la Dríade a la caída del sol. Pasearé por el Lago de Aguas Centelleantes en una barca con forma de rayo de luna... o en la del señor Barry, si resulta que no hay chalupas en forma de rayo de luna disponibles. Iré a buscar borrajas y campanillas de junio al Bosque Encantado. Encontraré matas de fresas silvestres en la ladera del prado del señor Harrison. Me sumaré al baile de las luciérnagas en el Paseo de los Enamorados e iré a visitar el antiguo jardín olvidado de Hester Gray... y me sentaré en el escalón de la puerta de atrás bajo las estrellas a escuchar la llamada del mar sumido en su sueño.

Y cuando haya pasado la semana *tú* estarás en casa... y ya no quiero nada más.

Al día siguiente, cuando llegó la hora de despedirse de las mujeres de Los Álamos Ventosos, Rebecca Dew no estaba. La tía Kate, muy seria, le entregó un sobre a Ana.

> Querida señorita Shirley:
>
> Le escribo esta carta para despedirme, porque no confío en ser capaz de decirle nada de viva voz. Ha pasado usted tres años bajo nuestro techo. Aunque afortunada dueña de un espíritu alegre y un gusto natural por las alegrías de la juventud, nunca se ha entregado usted a los vanos placeres de la gente alocada y voluble. Se ha portado usted en toda ocasión y con todo el mundo, especialmente con quien escribe estas líneas, con la más exquisita delicadeza. Ha mostrado siempre la mayor consideración por mis sentimientos, y me causa una enorme tristeza pensar que ya se marcha. Pero no somos quienes para quejarnos de lo que ordena la Providencia (1 Samuel 29, 18).
>
> Todos los que han tenido el privilegio de conocerla la echarán de menos en Summerside, y sepa usted que el homenaje de este humilde pero fiel corazón será suyo para siempre, y que en mis oraciones siempre rogaré por su felicidad y bienestar en este mundo, y por su eterna dicha en lo que está por venir.
>
> Algo me dice que no seguirá usted siendo la «señorita Shirley» por mucho tiempo, sino que su alma pronto se unirá en comunión con el elegido de su corazón, un joven que, según tengo entendido, es excepcional. Quien esto escribe, dueña de escasos encantos personales y ya consciente del paso de los años (aunque todavía estoy en condiciones de vivir unos cuantos más), nunca se ha permitido acariciar aspiraciones matrimoniales. Sin embargo, no se niega el placer de interesarse por

las nupcias de sus amigas, y por tanto aquí le expreso mi ferviente deseo de que su vida conyugal sea una dicha continua y sin interrupciones. (Aunque no espere usted demasiado de un hombre.)

Mi aprecio, y, permítame decirlo, mi afecto por usted no menguarán nunca, y le pido que de vez en cuando, si no tiene nada mejor que hacer, recuerde, por favor, a esta

Su humilde servidora
Rebecca Dew

P. S.: Dios la bendiga.

Ana tenía los ojos llorosos cuando dobló la carta. Aunque sospechaba vivamente que Rebecca Dew había sacado la mayor parte de sus frases de su favorito *Libro de conducta y etiqueta,* no por eso eran todas menos sinceras, y era evidente que la posdata salía directamente del bondadoso corazón de Rebecca Dew.

—Díganle a la querida Rebecca que nunca la olvidaré y que volveré a verlas todos los veranos.

—Nada podrá quitarnos los recuerdos que guardamos de usted —dijo la tía Chatty entre sollozos.

—Nada —subrayó la tía Kate.

Pero cuando Ana se alejó de Los Álamos Ventosos, el último mensaje de la casa se lo envió una toalla de baño blanca que aleteaba con furia desde la ventana de la torre. Era Rebecca Dew quien la sacudía.

TÍTULOS DE LA COLECCIÓN:

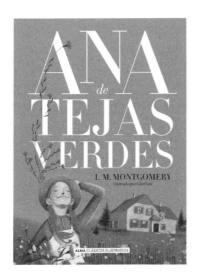

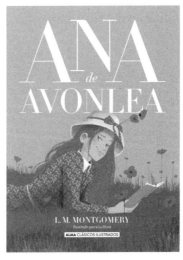

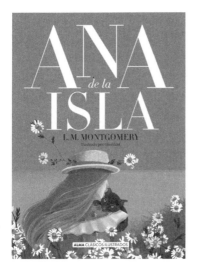

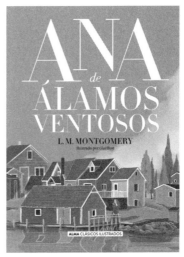

DE PRÓXIMA APARICIÓN:

Ana y la casa de sus sueños